Anja Saskia Beyer
Inselperlen und Meer

## Das Buch

Die Goldschmiedin Matilda liebt ihren kleinen Laden »Perlenzauber und Meer«. Seit Jahren ist die Mallorquinerin verlobt mit dem attraktiven Alvaro, der sie jetzt endlich heiraten will. Doch ist es immer noch das, was Matilda sich wünscht? Nach der Hochzeit zu seiner Mutter ziehen, möchte sie auf keinen Fall.

In ihrem Laden heißt sie Ines und Tom aus München willkommen, die einen Trauring-Workshop bei ihr gebucht haben. Dass der zukünftige Bräutigam Tom bei ihr diese verwirrenden Gefühle auslöst, würde Matilda allerdings gern ignorieren. Aber so einfach ist das nicht. Plötzlich weiß sie nicht mehr, was sie will – vor allem, als sie merkt, dass Alvaro etwas vor ihr verheimlicht.

## Die Autorin

Anja Saskia Beyer studierte Theater-, Kommunikationswissenschaft und Werbepsychologie in München. Sie arbeitet erfolgreich als Drehbuchautorin und Dramaturgin für das Fernsehen. Seit 2013 schreibt sie Romane, darunter drei #1-Kindle-Bestseller und zwei #1-BILD-Bestseller. Anja Saskia Beyer lebt mit ihrer Familie und ihrem Hund in Berlin.

ANJA SASKIA
BEYER

# Inselperlen und Meer

Roman

Deutsche Erstveröffentlichung bei
Tinte & Feder, Amazon Media EU S.à r.l.
38, avenue John F. Kennedy, L-1855 Luxembourg
Mai 2023


Umschlaggestaltung: bürosüd° München, www.buerosued.de
Umschlagmotiv: © Serg64 © New Africa © pixelliebe © hans engbers
© Global Marble Collection © Stokluk Bunlar © execelle © Iness_la_luz
© Budilnikov Yuriy © Nikita Rublev / Shutterstock
1. Lektorat: Judith Zimmer, Hamburg
2. Lektorat und Korrektorat: VLG Verlag & Agentur, Haar bei München,
www.vlg.de
Gedruckt durch:
Amazon Distribution GmbH, Amazonstraße 1, 04347 Leipzig /
Canon Deutschland Business Services GmbH, Ferdinand-Jühlke-Straße 7,
99095 Erfurt /
CPI books GmbH, Birkstraße 10, 25917 Leck

ISBN 978-2-49671-111-0
e-ISBN 978-2-49671-112-7

www.tinte-feder.de

# Kapitel 1

Überfordert stand Matilda im duftenden Orangengarten ihrer Eltern. Es war still. Nur das Summen einer mallorquinischen Schwarzen Biene war zu hören, die sich auf einer weißen Orangenblüte niederließ. Blüten und Früchte wuchsen gleichzeitig an einem Baum. Der Orangenhain ihrer Eltern befand sich im Nordwesten von Mallorca, am Fuße des Tramuntanagebirges. Matilda versuchte, das Gehörte zu verarbeiten. Die Tränen ihres geliebten Papás, der mit seinem kugelrunden Bauch und seiner sonnengegerbten Halbglatze vor ihr stand, erschütterten sie. Schnell nahm Matilda ihn in den Arm, musste sich dazu etwas bücken, denn ihre Eltern waren beide noch kleiner als sie. Wie vertraut und gut er duftete. Nach Orangen, nach Kindheit, nach Liebe. Über seine Schulter sah sie den verzweifelten Gesichtsausdruck ihrer Mutter, die versuchte, sich zusammenzureißen. Eine zierliche Mallorquinerin, die sonst so viel Kraft besaß wie eine Löwin. Matilda atmete flach, löste sich von ihrem Papá.

»Ich bin für euch da, Papá, so wie ihr immer für mich da gewesen seid.«

»Du liebes Kind, aber du hast doch selbst nicht viel.«

»Ich habe meinen Laden, Papá, meine Perlenketten und die Ringe werden gut gekauft, die Touristen lieben sie. Und auch Mallorquiner kommen ab und zu. Und ich habe schon eine Buchung für einen Trauring-Workshop, meine neueste Idee.«

Ihre Mutter schüttelte energisch den Kopf. »Aber du brauchst dein Geld doch selbst, solange dich Alvaro nicht heiratet.«

Matilda schluckte. Seit elf Jahren, seit sie mit Alvaro zusammen war, dessen Eltern eine traditionelle Glasbläserei auf der Insel gehörte, hofften ihre Eltern auf diese Heirat. Sie selbst anfangs auch, aber mittlerweile genoss sie ihr Leben mit Alvaro einfach so. Man brauchte keinen Trauschein, um glücklich zu sein, das hatten ihr ihre Freundinnen von den anderen Läden am Meer bewusst gemacht. »Mamá, Papá, ich will immer unabhängig sein. Und ich will euch wirklich helfen, damit ihr unseren Orangenhain nicht verkaufen müsst. Schließlich hast du es deinem Vater doch versprochen, ihn für immer zu behalten.«

»Auf dem Sterbebett«, presste ihr Papá hervor und nickte. Die Schwarze Biene flog jetzt auf die nächste Orangenblüte, als gäbe es nichts, was die Welt zum Stehenbleiben bringen könnte. Matildas Welt. Die Welt ihrer Eltern. Einfache Orangenbauern, fleißige, ehrliche Leute.

»Papá ohne seine Orangen«, fügte ihre Mutter an, »das geht nicht.«

»Ich habe nichts anderes gelernt«, sagte er bedauernd. »Ich könnte auf dem Bau anfangen. Aber die Arbeit ist zu hart für einen alten Mann, sagt Mamá.«

»Auf keinen Fall, Papá, da hat sie recht. Du und deine Orangen, ihr gehört zusammen.«

Es war das Land ihrer Vorfahren, es durfte nicht verkauft werden. Der Orangenhain gehörte schon seit über hundert Jahren ihrer Familie und ernährte sie. Mal besser, mal schlechter.

Sie standen einen Moment alle drei nur da, Matilda hörte das Summen der Bienen, spürte, wie ihr die Wärme der Sonne an ihrem Rücken Kraft gab. Sie schüttelte den Kopf. »Du musst nicht auf den Bau, du hast dein ganzes Leben lang so viel gearbeitet. Das lasse ich nicht zu.«

»Was willst du denn dagegen tun? Selbst Mallorquiner auf der Insel kaufen die Orangen aus Südafrika, die es hier im Supermarkt gibt. Das Obst von Mallorca ist allen zu teuer. Aber ich kann es nicht billiger hergeben, sonst verdienen wir gar nichts mehr.«

»Das darf nicht sein, Papá, dass ehrliche Arbeit und die Früchte der Insel nichts mehr wert sind. Vertrau mir, ich lasse mir etwas einfallen.« Sie hatte absolut keine Idee.

»Wie willst du das denn allein schaffen?«

»Meine Freundinnen von den Läden am Meer helfen sicher mit.«

Liebevoll strich er ihr über das braune Haar. »Mein liebes Kind, aber was wollt ihr Frauen denn tun?«

»Wir Frauen schaffen viel, Papá. Wir helfen uns gegenseitig, das haben wir schon oft getan. Amelie ist unsere Marketingexpertin, und auch Josy, Liz und Teresa sind sehr klug und haben gute Ideen.«

Er seufzte. »Gut ist, dass du dir einen anständigen Mann gesucht hast, dein Alvaro wird mit der Glasbläserei seiner Familie für dich sorgen, wenn ihr verheiratet seid.«

Sie konnte es nicht mehr hören, hielt sich aber zurück.

Ihr Vater starrte vor sich hin. »Ich habe es nicht geschafft, deiner Mutter ein besseres Leben zu bieten, das ist das Schlimmste für mich.«

»Fabio!«, empörte sich ihre Mamá jetzt. »Hör sofort auf, so einen Unsinn zu reden.«

Matilda gab ihrer Mutter recht. »Papá, Mamá liebt dich, egal in welcher Situation ihr seid, hab ich recht, Mamá?«

Die starrte ihren Mann jetzt wütend an, die Arme vor der Brust verschränkt, gab einen Moment kein Wort von sich. Bitte, sage es, dachte Matilda. Sie wusste, wie störrisch ihre Mutter sein konnte. Dann brach es aus ihrer Mutter heraus: »Natürlich, du Narr!«

Ihre Eltern fielen sich in die Arme, drückten sich, voller Liebe und Zärtlichkeit.

Berührt stand Matilda daneben. Sie liebten sich, sie würden alles durchstehen, oder nicht?

Ihre Mamá war so ein großherziger Mensch, ihr Papá sehr emotional. Sie waren ihr Vorbild für eine schöne, lange Beziehung.

Alvaros Eltern dagegen hatten eine distanziertere Ehe geführt. Sein Vater, der Patriarch der Familie, war vor drei Jahren gestorben und seine Mutter, Matildas zukünftige Schwiegermutter Ariadna, konnte eigen und anstrengend sein.

Matildas Eltern hatten sich wieder gelöst, standen Arm in Arm vor ihr, ihre Mutter schnäuzte sich erneut. »Du musst dich mit deiner Schwiegermutter besser verstehen, Matilda. Sonst fragt dich Alvaro nie«, erklärte ihre Mutter.

»Wie soll das denn gehen, du kennst Ariadna doch. An mir liegt es nicht.«

Ihre Mutter nickte einsichtig.

Matilda wollte jetzt nichts mehr davon hören. »Ich werde euch jeden Monat unterstützen, euch das geben, was ich kann. Zum Glück ist meine kleine Wohnung günstig, und die Ladenmiete dank Cecilia auch.«

»Nein, das wollen wir nicht«, wehrte ihre Mutter wieder ab. »Du hast es selbst nicht leicht.«

»Ihr wart so lange für mich da, jetzt gebe ich gern etwas zurück. Manchmal ist das eben so, dass die Kinder für die Eltern da sein müssen. Ich schaffe das mit meinem Laden, vertraut mir.«

# Kapitel 2

Die Morgensonne schien durch einen Spalt der Vorhänge in Matildas Gesicht. Unruhig wachte sie auf, blinzelte. Sie lag in ihrem Bett, spürte Alvaro neben sich, wie fast jeden Morgen. Er schlief tief und fest, zuckte dabei wie immer mit seinem markanten Kinn.

Sie rieb sich die Augen und die Erinnerung an das, was ihr Vater vor ein paar Tagen zu ihr gesagt hatte, warf sie erneut beinahe um. Sofort war ihre Sorge wieder da, sie spürte diesen Kloß im Hals, das Gefühl der Machtlosigkeit. Die Sorge um ihre Eltern. Ihre Eltern, die sie über alles liebte. Sie dachte an ihr Versprechen. Würde sie es halten können? Sofort hatten die Freundinnen eine Krisensitzung bei Josy im Café abgehalten. Alle waren sich einig: Matildas Papá durfte nicht wieder weinen, sie würden sich etwas ausdenken.

Matilda setzte sich im Bett auf, sah auf eine Kette, die auf ihrem Nachttischchen lag. Ihre Mutter hatte Matilda die Liebe zur Handarbeit vererbt. Schon früh hatte sie mit ihrer Tochter Ketten gebastelt, aus Melonenkernen, aus Muscheln, die sie zusammen am Strand gesammelt hatten, oder aus Glasperlen. Ihre Eltern betrieben nicht nur ihren Orangenhain, sie hielten auch ein paar Hühner, hatten drei Bienenstöcke, einen Hund

und vier Katzen. Und Matildas Mutter liebte ihren Gemüse- und Obstgarten, in dem Tomaten, Kürbisse und Melonen wuchsen. Dort auf dem Land, auf der Finca ihrer Familie war Matilda aufgewachsen. In Sollér hatte sie Alvaro kennengelernt, mit siebzehn, als dieser auf der »Fira de la Taronja«, dem Fest der Orange, mit einem Freund unterwegs gewesen war. Auf dem Orangen- und Kunsthandwerkermarkt auf der Plaça de la Constitució verkaufte Matilda frisch gepressten Saft von den Orangen ihrer Eltern und ein paar Muschelketten, die sie selbst hergestellt hatte. Sie war damals noch schüchterner und stiller gewesen als jetzt, presste für Alvaro Saft und er sah erst sie an und dann ihre Ketten. »Hast du die selbst gemacht?«, fragte er nach. Matilda nickte, schlug ihre Augen nieder, blickte auf die Orangen. »Magst du auch Glaskunst?«, fragte er weiter.

»O ja, sehr.«

»Wir suchen noch eine Künstlerin. Für unsere Glasbläserei.«

Matilda hatte sich geehrt gefühlt, an die Arbeit in einer Glasbläserei gedacht, dann sofort abgelehnt.

»Du sagst Nein?«, fragte er fassungslos nach.

Vielleicht war es das, was Alvaro reizte. Noch nie hatte ein Mädchen ihm einen Korb gegeben, wie sie später erfuhr. Aber Matilda hatte ihre Gründe gehabt.

Sie sah zu Alvaro, der wie immer nackt neben ihr schlief. Nackt und schön. Er trieb viel Sport, war braun gebrannt und einen halben Kopf größer als sie. Sein Kinn war sehr kantig, aber das gefiel ihr. Offiziell hatte er noch ein Zimmer im Haus seiner Mutter, weil sie ja nicht verheiratet waren, aber eigentlich schlief er meist bei ihr in ihrer kleinen Wohnung. Nach dem Tod seines Vaters hatte er die größte Glasbläserei der Insel, ein Traditionsunternehmen, übernommen. Seit fast dreihundert Jahren und sieben Generationen gehörte es seiner Familie. Es lag im Nordosten der Insel, knapp eine Stunde von Sollér entfernt.

Nachdem Matilda und er lange eine Wochenendbeziehung geführt hatten, hatte Matilda bald nach ihrer Ausbildung zur Goldschmiedin hier im Nordosten diese kleine Wohnung bezogen und ihren Laden »Perlenzauber und Meer« eröffnet, neben den Läden der Freundinnen.

Sollér war zwar nicht weit entfernt, aber im Alltag, mit der Arbeit im Laden und einer zukünftigen Schwiegermutter, die viel forderte, hatte es Matilda in letzter Zeit nicht so oft zu ihren Eltern geschafft. Umso mehr hatte sie geschockt, was diese ihr erzählt hatten.

Sie sehnte sich plötzlich nach zu Hause. Nach den selbst gemachten Ensaimadas ihrer Mutter, die es sonntags meist zum Frühstück gab, der mallorquinischen Gemüsesuppe und der Coca mallorquina, ihrer köstlichen Gemüsepizza.

Matilda fuhr sich mit beiden Händen übers Gesicht, drehte sich auf die Seite, blickte Alvaro an. Seinen vertrauten, muskulösen Körper, sein schönes, prägnantes Gesicht. Sie hatte ihm vor ein paar Tagen im Bett alles sofort erzählt, nachdem er von der Arbeit spät zu ihr gekommen war. Er hatte versucht, sie zu trösten, war dann aber bald erschöpft eingeschlafen.

Jetzt bewegte er sich leicht, schlug seine dunklen Augen mit den langen Wimpern auf, sah sie verschlafen an. »*Mi amor,* hast du wieder schlecht geschlafen?«

»Natürlich. Ich mache mir so Sorgen. Das Herz meines Papás ist nicht das beste. Was, wenn ich sie nicht genug unterstützen kann?«

»Ich denke, du hast schon eine Buchung für einen Trauring-Workshop?«

»Ja, aber ob noch weitere Buchungen kommen?«

Er küsste ihren Oberarm. »Ganz bestimmt. Du hast doch immer gute Ideen.«

Dankbar sah sie ihn an. »Du hast recht. Ich schaffe das.«

»So ist es besser.« Er streichelte ihr mit dem Zeigefinger über die Wange. »Und ich habe heute Abend eine Überraschung für dich, das wird dich aufmuntern.«

»Ach ja?« Was sollte sie jetzt schon aufmuntern?

Matilda liebte es normalerweise, überrascht zu werden. Was konnte es sein? Sie atmete den vertrauten, leicht zitronigen Duft von seinem Aftershave ein, streichelte ihm gedankenverloren über den Rücken.

Er rekelte sich wohlig. »Oder soll ich sie dir jetzt schon verraten?«

»Was? Nein. Dann ist es doch keine Überraschung mehr. Sag oder zeig es mir erst, wenn es so weit ist, dann habe ich etwas, auf was ich mich freuen kann.« Traurig sah sie vor sich hin.

Alvaro rieb sich die Augen, setzte sich auf. »Ich muss in die Glasbläserei, Gonzalez wollte was Wichtiges von mir.«

»Können wir nicht zusammen frühstücken?«

»Geht nicht.«

»Wieso bist du eigentlich gestern so spät gekommen?«, fragte sie.

»Da war doch Basketball. Danach war ich mit Gonzalez etwas trinken, wie immer.«

»Ach ja.« Sie dachte an ihren Vater, der ihr einmal gesagt hatte, dass er am liebsten Zeit mit ihrer Mutter verbrachte. Jede freie Minute. War das ein Rezept für eine lange Liebe? Viel Zeit zusammen zu verbringen? Um sich nicht auseinanderzuleben? Eigene Hobbys durfte man natürlich haben. Alvaro war allerdings sehr oft ohne sie irgendwo. Entweder war er in der Glasbläserei oder viel mit Freunden unterwegs. Da dabei immer viel getrunken wurde und Matilda seinen Freund Gonzalez nicht besonders mochte, hatte sie keine Lust, mitzugehen. Und gestern hätte sie sich einfach gern in seinen Arm gelegt.

Aber sie kannte es nicht anders, denn es war ihre erste Beziehung. Schon immer hatte sie sich viel mit Freundinnen getroffen, anfangs mit ihrer Schulfreundin Paula, und seit sie die Mädels am Meer kannte, die aus Deutschland auf die Insel gekommen waren und hier ihre Läden eröffnet hatten, auch mit diesen. Irgendwann hatte Amelie, die den Laden neben ihrem führte, einmal gesagt: »Findest du das nicht seltsam, dass ihr euch so wenig seht? So selten schöne Zeit zusammen verbringt?« Amelie war Single, kannte sich mit langen Beziehungen nicht aus. Matilda hatte Alvaro verteidigt, wie sie es immer tat, auch vor seiner Mutter Ariadna. Denn die war streng und erlaubte ihrem Sohn immer schon wenig.

Alvaro war bereits im Bad, sie hörte, wie er sich die Zähne putzte und lange gurgelte. Matilda musste auch aufstehen, heute würde sie den ersten Trauring-Workshop in ihrem Laden abhalten.

Die Sonne stand bereits hoch am Himmel. Gerade war kein Kunde im Laden. Matilda lehnte nachdenklich am Türrahmen des Eingangs, sah aufs Meer hinaus, das in der Sonne glitzerte, und dachte erneut an ihre Eltern. Sie versuchte, sich abzulenken, erinnerte sich an Alvaros Worte, eine Überraschung für sie geplant zu haben. Was mochte es sein?

Eine Biene flog in ihren Laden, ließ sich auf einem perlmuttfarbenen Perlenohrring nieder. »Was machst du denn hier? Hast du dich verirrt?«

Wie wunderschön die Schwarze Biene neben der weißen Perle aussah. Die Goldschmiedin in ihr hatte sofort eine neue Idee. Eine schwarze Biene und eine weiße Mallorca-Perle als Kettenanhänger zusammen, das war es! Die Biene flog weiter im Laden umher, drehte suchend einen Kreis, wollte offensichtlich zurück in die Freiheit.

»Komm, hier entlang.« Matilda kannte diese Bienenart von den Bienenstöcken ihrer Eltern. Die friedlichen Insekten waren verbreitet auf Mallorca. Die »Schwarze Biene«. Sie nahm ein Blatt Papier von der Ladentheke, versuchte, die Biene damit sanft zur Tür zu lotsen. »Hier geht's raus, jetzt komm schon, flieg, du bist frei.« Endlich fand das Insekt den Weg und flog davon in Richtung Meer. Matilda sah ihr lächelnd nach. Sie genoss den Anblick des Meeres von ihrem Laden aus jeden Tag so sehr.

Dann drehte sie sich wieder um und schaute auf das Blatt, auf dem stand: »Neu: Trauring-Workshops für Verliebte hier im Laden«. Matilda liebte diese Freiheit, sich immer wieder etwas für ihren Laden auszudenken, ohne dass ihr jemand reinreden konnte. Sie hängte das Papier ins Schaufenster, sodass es von außen lesbar war. Hoffentlich würde sie noch weitere Teilnehmer finden. Dann konnte es erst mal gehen.

»Hey, kommen heute Nachmittag nicht schon die ersten bedauernswerten Geschöpfe?«, hörte sie Amelies Stimme von der Tür. Ihre Freundin und direkte Ladennachbarin rechts trat ein. Ihr Laden hieß »Mandelduft und Meer«, dort gab es handgefertigte Seifen und ökologische Körper-, Gesichts- und Haarpflegeprodukte aus mallorquinischen Rohstoffen wie Blumen, Kräutern, Oliven- und Mandelölen. Amelies hellblonde, glatte Haare sahen gesund und glänzend aus. Sie kam aus Norddeutschland und liebte es, den Wind durch ihr Haar streichen zu lassen, hatte sie einmal gesagt. »Früher eine steife Brise an der Nordsee, jetzt, noch besser, den mallorquinischen, warmen Sommerwind.«

»Wie bitte, bedauernswerte Geschöpfe?« Matilda musste lachen, Amelie grinste.

»Trauring-Workshop. Du kennst ja meine Einstellung zur Ehe. Muss jeder selber wissen. Aber die Workshop-Idee ist wie gesagt cool.«

Matilda mochte Amelies trockene Sprüche. Amelie hatte schon einige schlechte Erfahrungen gemacht und war deshalb Single aus Überzeugung.

»Ja, nachher kommt das erste Pärchen für meinen Workshop. Kaum hatte ich die Ankündigung online gestellt, haben die zwei ihn schon gebucht. Sie sind gerade auf der Insel.«

Amelie freute sich für Matilda. »Perfekt. Und Spitzenmarketing würde ich sagen.«

Wieder lachte Matilda, denn Amelie war für alle fünf Ladeninhaberinnen die Marketingberaterin und pflegte die gemeinsame Homepage. Sie hatte auch bei den Namen der Läden mitberaten. Matildas Laden hieß »Perlenzauber und Meer«, lag zwischen Amelies »Mandelduft und Meer«, und Teresas »Blütentraum und Meer«. Dann gab es noch Liz' Laden »Olivenliebe und Meer« mit tollen mallorquinischen Olivenprodukten und Josys »Schokoladenglück und Meer«. Josy führte ein Café und bot Touren auf der Insel zu Wasser und zu Land an. Alle Läden hatten dank Amelies Marketingkonzept eine weiße Markise und immer die Worte »und Meer« im Namen. Seit Neuestem gab es einheimische Körbe aus geflochtenen Zwergpalmenblättern als Einkaufsbeutel bei allen. Die Region um Capdepera und Artá war auf Mallorca für ihre Korbflechter berühmt, und die mallorquinischen Körbe kamen bei den Kunden sehr gut an.

Die meisten Kunden schlenderten von einem Laden zum anderen, denn in jedem gab es ganz besondere mallorquinische Spezialitäten – perfekte Mitbringsel für Touristen, aber auch Insulaner kamen, um einzukaufen.

»Kommst du kurz mit zu Josy auf ein Lunch-Sandwich?«, fragte Amelie.

»Heute nicht, ich muss noch schnell zur Panadería Emilio ins Dorf für Alvaros Mamá, sie liebt das Brot dort so und hat gerade angerufen, ob ich ihr eins bringen kann.«

»Dass sie es liebt, versteh ich. Ist ja auch alles lecker dort. Aber lass dich nicht ständig rumschicken von deiner Schwiegermutter.« Sie alle nannten sie nur noch »die Schwiegermutter«, auch wenn sie es ja eigentlich noch nicht war.

»Du weißt, ich kann dann nicht Nein sagen. Ist ja nur ein kleiner Gefallen. Und sie ist wie Familie.« Wieso verteidigte sie sich so, fragte sie sich selbst.

Amelie lächelte aufmunternd. »Neinsagen üben wir. Liz hat es auch geschafft. Also dann bis später.« Sie ging.

Matilda nahm ihre Handtasche und setzte ihre Sonnenbrille auf. Sie schloss den Laden für die Mittagspause ab und machte sich auf den Weg, der am Meer entlang ins Dorf führte. Eigentlich war es kein richtiges Dorf, eher eine kleine Häuseransammlung mit einer Bäckerei. Josy und Teresa wohnten dort und die Panadería Emilio, die Bäckerei, gehörte Cecilia, ihrer aller Ersatzgroßmutter und Vermieterin der Läden am Meer. Matilda ging die kleine Straße entlang, genoss die Aussicht auf das Wasser und die Natur. Ein Esel kam ihr entgegen. Er hieß Picasso und gehörte Cristian, einem alten Freund von Matilda, der eine Olivenfarm betrieb und mit Liz zusammen war. Picasso ging hier öfter spazieren. Cristian ließ ihm seinen Freiraum. Auch wenn er seinen Esel hin und wieder suchen und zurückholen musste, weil Picasso zu weit weg gelaufen war.

»Picasso, *bon dia*«, sagte Matilda zu ihm. Das Tier wirkte aufgeregt, was hatte es nur? Sie streichelte ihm über seine weichen Nüstern, versuchte, es zu beruhigen. »Alles gut, es ist alles gut«, redete sie auf Mallorquin auf ihn ein. Oder war nicht alles gut?

Sie sah sich um, alles wirkte friedlich. Sie musste weiter, streichelte ihn ein letztes Mal. »Ich muss zur Panadería, mach es gut.«

Immer noch wirkte das Tier unruhig. »Willst du mir etwas sagen?« Aber sie wusste nicht, was.

Sie zog ihr Handy heraus, rief Cristian an. Der meldete sich sofort. »Alles in Ordnung bei euch auf der Finca?«, fragte sie besorgt nach und erzählte ihm, dass Picasso hier an der Straße stand und aufgeregt wirkte.

Cristian konnte es sich nicht erklären. »Hier ist alles gut. Danke für deinen Anruf.«

Sie verabschiedeten sich, Matilda musste sich beeilen, wollte ihre Mittagspause nicht ewig ausdehnen. Picasso trottete den kleinen Pfad in Richtung Olivenfarm zurück und Matilda setzte ihren Weg fort. Sie liebte Tiere, Cristian, der früher als Arzt gearbeitet hatte, hielt viele verschiedene auf seiner Farm, auch zu therapeutischen Zwecken, um Menschen zu heilen.

Einige Hundert Meter weiter wurde sie von einem Radfahrer im Radlerdress überholt. Es gab viele Radfahrer auf Mallorca, die Insel war perfekt geeignet, um sie mit dem Rad zu erkunden. Das Meer glitzerte in der Sonne. Dann hörte sie plötzlich ein Motorengeräusch und ein Lieferwagen der Glasbläserei von Alvaro fuhr rasant an ihr vorbei. So fährt nur Gonzalez, dachte sie sofort. Und tatsächlich erkannte sie im Vorbeifahren das Basecap von Alvaros bestem Freund. Er preschte jetzt an dem Radfahrer vorbei, bedrängte ihn dabei so, dass dieser ins Wanken geriet und mit seinem Rad stürzte. Matilda schlug sich die Hand vor den Mund. Der Radfahrer kullerte in den Straßengraben, der Lieferwagen fuhr einfach weiter!

»Das gibt's doch nicht«, entfuhr es Matilda. »Das ist … Fahrerflucht!« Gonzalez hatte den Radler abgedrängt und ließ einen Menschen einfach im Straßengraben liegen!

Schockiert und wie gelähmt sah Matilda dem Wagen nach. Gonzalez arbeitete seit zwei Jahren in der Glasbläserei. Weil er ständig in Geldproblemen steckte, hatte ihm Alvaro, gutmütig wie er war, dort einen Job gegeben. Gonzalez fuhr immer wie bei einem Autorennen und das auf dieser schmalen Landstraße.

Matilda löste sich aus ihrer Starre und rannte besorgt zu dem Radfahrer, der bewegungslos auf dem Bauch lag. O Gott, war er tot? Sie kniete sich nieder. Er trug zum Glück einen Helm, hatte den Kopf zur Seite gedreht, die Augen geschlossen. Lebte er? Panik erfüllte sie. Was musste sie tun? War er bei Bewusstsein? Sie hielt ihren Finger unter seine Nase, spürte keinen Lufthauch. Dann legte sie zwei Finger an seinen Hals, wie sie es in den Krimis oft taten, um nach dem Puls zu tasten. Es pochte, ein Glück, er lebte. Musste sie Mund-zu-Mund-Beatmung machen? Aber dafür musste sie ihn drehen. Durfte sie das, ohne ihn noch mehr zu verletzen? Was, wenn er dann querschnittsgelähmt würde wegen ihr?

»Geht es Ihnen gut?«, rief sie panisch auf Englisch. »Sind Sie okay?« Er reagierte nicht. O Gott! Was musste sie jetzt tun? Ihr Erste-Hilfe-Kurs war schon so lange her! Ihre Panik wurde größer. Sie musste ihn umdrehen, dann wiederbeleben, Mund-zu-Mund-Beatmung. Nein, Mund-zu-Nase war das doch oder nicht? Oder erst den Notarzt rufen? Sie griff nach ihrem Handy, doch es war nicht da. Verdammt, vorhin hatte sie doch mit Cristian telefoniert. War ihr das Handy danach aus der Tasche gerutscht? Zurückzulaufen, um den Weg abzusuchen, kam nicht infrage. Sie musste handeln, jede Minute zählte. Matilda holte tief Luft und dachte nach. Wenn sie ihn jetzt umdrehte, konnte er wirklich querschnittsgelähmt werden. Erneut tastete sie mit zwei Fingern seitlich an seinem Hals nach dem Puls. Ihre Hand zitterte. Die Haut fühlte sich warm an und darunter pochte es immer noch. Doch atmete er überhaupt? Sie musste Herzdruckmassage machen, das war es. Nur wie, wenn er auf dem Bauch lag? Und wie oft drücken? So schnell wie der Rhythmus dieses einen Liedes, fiel ihr ein. Wie hieß dieses Lied noch mal, Himmel? Genau, »Highway to

Hell«. Vorsichtig, aber auch zügig, um keine Zeit zu verlieren, drehte sie ihn jetzt doch auf den Rücken. Nicht, dass er zu lange keinen Sauerstoff bekam. Er öffnete seine Augen, sah sie mit erstauntem Blick an. Er lebte, blinzelte jetzt. Das hieß doch, er brauchte keine Herzdruckmassage, oder? Jetzt lächelte er sogar. Ein nettes Lächeln. Puh! Ein Riesenstein fiel ihr vom Herzen.

»Wo bin ich?«, fragte er auf Deutsch.

»Hier, bei mir. Ich meine, auf Mallorca. Sie hatten einen Unfall. Mit dem Fahrrad. Haben Sie irgendwo Schmerzen?«

Er schien seinen Körper geistig abzuscannen, nickte dann.

»Wo?«

»Meine Hand.« Er versuchte, seine rechte Hand zu bewegen, verzog vor Schmerz das Gesicht.

»Kann es sein, dass sie gebrochen ist?«

»Keine Ahnung. Glaube nicht.« Er riss sich zusammen, rappelte sich auf. Matilda griff nach seinem Arm, um ihm zu helfen.

»Sie duften gut«, sagte er lächelnd.

Matilda lachte erleichtert auf. »So schlecht scheint es Ihnen nicht zu gehen.«

»Nein, hab wohl Glück gehabt. Was ist das für ein Duft? Erinnert mich an Marzipan.«

»Mandel. Ich habe Mandellotion benutzt.«

»Ja, Mandel und noch mehr.«

Matilda lächelte. »Können Sie aufstehen? Kommen Sie, ich helfe Ihnen.«

»Nein, nein, danke, geht schon. Ist ja nur die Hand.« Er stand auf, war einen Kopf größer als sie und sehr sportlich gebaut.

Sie sah zu ihm auf. »Tut sonst wirklich nichts weh? Ich habe leider mein Handy nicht da, offenbar vorhin verloren. Haben Sie eines? Wir müssen einen Notarzt rufen.«

»Ich habe eines, aber das muss wirklich nicht sein. Ich bin okay. Sicher auch dank Helm. Aber dieser Typ ist hier ja ganz schön gerast. Und hält nicht mal.«

»Ja, das ist unentschuldbar. Das Schlimme ist, ich kenne den Fahrer des Wagens auch noch. Ein Bekannter.«

»Wirklich?«

Matilda nickte mit zusammengepressten Lippen.

»Na ja, ist ja noch mal glimpflich ausgegangen. Ich bin übrigens Tom.«

»Ach ja, Entschuldigung, ich bin Matilda.«

»Leben Sie auf der Insel?«, fragte er nach. »Sie klingen spanisch.«

»Ja, ich bin Mallorquinerin.«

»Sie haben es gut. Ich komme aus München, bin das erste Mal auf Mallorca. Viel habe ich bisher noch nicht gesehen, doch es ist toll hier. Woher sprechen Sie so gut Deutsch?«

»Ich hatte es in der Schule und habe deutsche Freundinnen, die auf der Insel leben.«

Sie sahen sich lächelnd an. Was für freundliche hellblaue Augen, dachte Matilda. Überhaupt ein sehr angenehmer Mensch. Jeder andere hätte den Unfallfahrer verflucht. Alvaro war sehr temperamentvoll, wäre nicht so ruhig geblieben.

»Ich werde ein ernstes Wort mit Gonzalez reden. Dem Fahrer des Unfallwagens. Ich verstehe, wenn Sie ihn anzeigen wollen. Fahrerflucht geht gar nicht.«

»Anzeigen? Nein, das muss nicht sein.«

»Wie gesagt, ich bin dafür.«

»Dann sitze ich den ganzen Tag bei der Polizei herum und das im Urlaub, nein, nein. Mir geht es ja ganz gut.«

»Sie müssen aber auf jeden Fall zum Arzt. Dann können Sie noch mal überlegen. Und Gonzalez muss sich bei Ihnen entschuldigen. Er fährt immer viel zu schnell. Er muss einsehen, dass das unmöglich war.«

»Ja, das stimmt, das war es. Doch entschuldigen muss er sich nicht persönlich, wie gesagt, ich habe keine Lust auf Stress im Urlaub. Schon okay.«

»Sie versprechen mir aber, zum Arzt zu gehen, wie gesagt, danach können Sie ja noch einmal über eine Anzeige nachdenken.«

Er nickte. »Wir können ruhig du sagen.«

Matilda lächelte. »Gern.«

Er gab ihr seine linke Hand. Sie fühlte sich warm und groß an. Dann löste er sie, trat zu seinem Rad, das, auf den ersten Blick unbeschädigt, im Graben lag, richtete es mit der gesunden linken Hand auf. Matilda half ihm, und dabei berührten sie sich einen Moment erneut. Ein warmes Gefühl durchströmte sie. Irritiert zog Matilda ihre Hand zurück.

»Es gibt viele Radfahrer auf der Insel«, sagte sie, um irgendetwas zu sagen. »Früher bin ich auch gern gefahren.«

»Ja, Mallorca scheint perfekt, um die Gegend auf diese Weise zu erkunden. Wurde mir von meinem besten Freund empfohlen. Vor allem im Tramuntanagebirge macht es Spaß, dort war ich gestern unterwegs.«

»Stimmt. Dort war ich früher mal mit meinem Vater Rad fahren.«

»Und jetzt fährst du nicht mehr?«, fragte er nach.

Matilda zuckte die Schultern. »Ich arbeite, dann ist mal dies und das, ich habe nicht mehr so viel Zeit.«

»Die sollte man sich für schöne Dinge immer nehmen.«

»Das stimmt.«

Am liebsten hätte sie noch länger mit ihm geredet, aber sie kannte ihn ja kaum, es hätte seltsam gewirkt. »Willst du meine Telefonnummer?«, rutschte ihr heraus. »Ich meine, nur falls du mich als Zeugin brauchst, wegen der Krankenkasse oder doch bei der *policía*.«

Er lächelte, zog sein Handy heraus. »Okay. Gib mal.«

Matilda diktierte sie ihm und er tippte sie in sein Handy.

Dann schlug sie vor: »Ein Freund könnte dich und dein Rad mit seinem Jeep zu deiner Ferienunterkunft bringen. Das Rad müsste reinpassen. Und er ist sehr hilfsbereit. Wo wohnst du denn hier?«

»In Port d'Alcúdia, nein, nein, ich bin eh hier in der Nähe verabredet, gar nicht weit, da schiebe ich es einhändig hin, kein Problem.«

»Du versprichst mir aber wirklich, zu einem Arzt zu gehen.«

Er lachte. »Ja, mach ich.«

»Cristian, ich meine, der Freund mit dem Jeep, war sogar früher Notarzt, er könnte es sich ansehen, ob du ins Krankenhaus musst oder nur in eine Arztpraxis.«

»Das ist total lieb, aber wie gesagt, ich hab gleich was vor in der Nähe.«

Matilda sah ihn gespielt streng an. Tom lachte. »Spätestens morgen geh ich zu einem Arzt, versprochen. Diesem strengen Blick kann ja keiner widerstehen.«

Sie musste nun auch lachen. »Gut. Na dann …«

Unschlüssig sahen sie sich wieder in die Augen. Das helle Blau erinnerte sie an das Meer in vielen Buchten auf Mallorca.

»Ich hoffe, wir sehen uns noch mal«, sagte er jetzt.

»Ja, das hoffe ich auch.«

Sie winkte ihm, drehte sich um und ging verwirrt und aufgewühlt weiter in Richtung Dorf. Erst nach ein paar Minuten fiel ihr das verlorene Handy ein und sie machte kehrt, um den Weg bis zu der Stelle, wo sie Picasso getroffen hatte, abzusuchen. Zum Glück fand sie es auf halber Strecke am Wegesrand.

# Kapitel 3

Der Duft des frisch gebackenen Brotes, das auf ihrer Ladentheke lag, stieg Matilda in die Nase. Sie stand in der Werkstattecke ihres Schmuckladens, der ihr auch als Goldschmiedeatelier diente, und legte die Materialien und Werkzeuge für den Trauring-Workshop zurecht, der gleich losgehen würde. Wie stolz war sie gewesen, als sie damals die Lehrstelle als Goldschmiedin in Palma gefunden hatte. Anfangs machte es großen Spaß, in diesem kleinen, hübschen Atelier mitten in der Altstadt von Palma zu lernen. Doch ihr Chef erwies sich als cholerisch und oft übel gelaunt. Immer wenn sie etwas Neues kreieren wollte, fing er an zu schreien. Dann bebten seine Nasenhaare, ebenso sein dicker Bauch, der unter dem T-Shirt hervorquoll. »Matilda! Was soll das? Was tust du da? Hier wird nur gemacht, was ich sage!«, schrie er des Öfteren. Kein einziges Schmuckteil durfte sie neu entwerfen, nur immer das Gleiche herstellen, was es hier schon seit dreißig Jahren gab.

So hatte sie sich ihren Traumberuf nicht vorgestellt. In dieser Zeit wachte Matilda nachts oft auf, weinte und konnte nicht wieder einschlafen. Alvaro tröstete sie, konnte ihr aber nicht helfen. Nichts konnte sie ihrem Chef recht machen, jeden Tag hatte sie Angst, dass er wieder explodierte, dass er sie anschrie:

»Du sollst tun, was ich sage, und nichts anderes!« Da Matilda ein zurückhaltender, harmoniebedürftiger Mensch war, tat sie, wie ihr geheißen, arbeitete sogar nach der Lehre noch ein Jahr bei ihm im Atelier. »Wie sieht das denn sonst aus«, hatte Alvaro gesagt. »Wie wenn er dich nicht übernommen hätte.«

In dieser Zeit reifte ein fester Gedanke: *Ich will irgendwann meinen eigenen Schmuckladen haben, sei er auch noch so klein.*

Natürlich war finanziell daran nicht zu denken gewesen. Alvaro hatte zwar nichts dagegen, hatte aber viel in der Glasbläserei der Familie zu tun. Als Matilda zufällig bei einem Spaziergang die leer stehenden, etwas heruntergekommenen Ladenlokale am Meer entdeckt hatte, träumte sie davon, wie sie instandgesetzt aussehen würden und wie sie jeden Morgen in ihrem Laden stehen und aufs Meer blicken konnte. »Das wird er, mein eigener kleiner Laden«, sagte sie sich in einem Traum und auch noch am Morgen danach. Es ließ sie nicht los, ebenso wenig das Rätsel, warum aus diesen Immobilien offenbar seit Jahren nichts gemacht worden war. Wieso standen fünf Läden in Bestlage leer?

Sie erkundigte sich im nahe gelegenen Dorf, wem die alten Läden gehörten, und lernte Cecilia kennen, diese liebe alte Frau.

»Ich möchte sie einfach nicht an irgendjemanden vermieten. Ständig fragt einer, aber es war noch nicht die richtige Person dabei«, sagte Cecilia. Dann sah sie, wie enttäuscht Matilda war, hörte, wie es ihr bei ihrem cholerischen Arbeitgeber im Goldschmiedeatelier erging und dass sie davon träumte, selbstständig zu sein. Auch wie sich Matilda ihren Laden bildlich vorstellte, schien ihr zu gefallen. Sie versprach, noch einmal darüber nachzudenken. Ihr Geheimnis, warum sie die Läden länger leer stehen ließ und auf die Miete verzichtete, verriet Cecilia ihr nicht. Aber dafür erklärte sie Matilda ein paar Tage später, dass die Läden auf eine so besondere und sympathische junge Frau wie Matilda gewartet hätten. Vielleicht würden sie ja noch ein paar Frauen finden, die die anderen Läden übernehmen konnten. Ihr Enkel könne sicher bei der Renovierung der Läden helfen, erklärte Cecilia, sie wolle ihn gleich fragen.

Cristian, ihr Enkel, der damals noch als Notarzt arbeitete, schien anfangs nicht begeistert zu sein. Sein Job brachte ihn des Öfteren an sein Limit. Doch seiner lieben Großmutter konnte er nichts abschlagen und so half er Matilda, ihren Laden zu renovieren. Sie hatte den ganz in der Mitte ausgewählt. Hier fühlte sie sich am wohlsten. Auch Alvaro half in seiner wenigen freien Zeit und so nahmen ihr Laden und ihre Selbstständigkeit immer mehr Gestalt an. Nach und nach wurden die anderen Läden renoviert und die anderen Frauen, zufällig alle aus Deutschland, fanden sich ein, die die Läden mieten wollten. Josy mit ihrem kleinen Café und ihrem Tourenangebot, Teresa mit ihren typisch mallorquinischen Ikatstoffen und Blütensachen, dann Amelie mit ihren Duftcremes und schließlich Liz mit ihren Olivenspezialitäten.

Cecilia hatte Matilda außerdem folgenden Deal vorgeschlagen: Sie würde erst mal ein paar Monate auf die Ladenmiete verzichten, dafür half Matilda beim Renovieren und sollte ihr später einen Teil nachzahlen.

Matilda bestand darauf, alles nachzuzahlen, weshalb sie bis vor wenigen Jahren immer noch die Anfangsmiete in Raten mitgezahlt hatte. Große Rücklagen hatte sie also nicht machen können und obwohl inzwischen alles abgezahlt war, konnte sie sich mit den Einnahmen auch jetzt keine großen Sprünge erlauben. Aber ihre Selbstständigkeit wog so viel mehr, machte sie glücklich, und das zählte.

Als sie diesen Laden entdeckt hatte, wollte sie zuerst ein reines Goldschmiedeatelier eröffnen, jetzt war es eine Mixtur geworden. Eher ein Schmuckladen, in dem der Verkauf von mallorquinischem Kunsthandwerk gegenüber dem von ihr selbst Produzierten an erster Stelle stand. Denn die weltweit berühmten Mallorca-Perlen – hochwertige Imitationsperlen, die in einem ganz besonderen Verfahren hergestellt wurden und den echten Austernperlen sehr ähnlich waren – verkauften sich so gut, dass es wirtschaftlicher Unsinn gewesen wäre, sie nicht mit anzubieten. Außerdem wollte Matilda damit andere Künstler der Insel, die Kunsthandwerk herstellten, unterstützen. Auch Kettenanhänger aus Glasbläserkunst aus Alvaros Firma konnte man hier erwerben.

Da sich Matilda in Sachen Buchhaltung auskannte – das hatte sie bei ihrem damaligen Chef gelernt –, hatte sie sich die letzten Monate kaum Zeit genommen, Schmuck aufwendig selbst herzustellen und womöglich auf den Materialkosten sitzen zu bleiben. Denn viele Touristen, die hierherkamen, wollten oder konnten nicht viel für hochwertigen Schmuck ausgeben. Bei Eheringen war das etwas anderes. Der Trauring-Workshop war die perfekte Variante, selbst wieder mehr als Goldschmiedin arbeiten zu können und gleichzeitig die Gewissheit zu haben, dass die von den Materialkosten her teuren Produkte auch gekauft werden würden.

Zusammen mit dem Partner die eigenen Eheringe selbst herzustellen – was gab es Schöneres für ein zukünftiges Brautpaar? Noch dazu auf dieser Sonneninsel war das für Touristen ein tolles Event. Matilda war zwar nicht so romantisch veranlagt wie ihre Freundin Teresa, die den Blütentraum-Laden links von ihrem führte, aber schon als junges Mädchen war für sie klar gewesen, heiraten und eine Familie gründen zu wollen. Seit sie Alvaro kannte, wusste sie auch, mit wem. Denn der hübsche junge Mann mit den seidigen dunklen Haaren, dem kantigen Kinn und den schwarzen, nachdenklichen Augen hatte sich ganz schnell in ihr Herz geschlichen. Sie hatte damals kaum ein Wort hervorgebracht, als er sie gefragt hatte, ob sie mit ihm beim Orangenfest tanzen gehen wolle.

»Auch wenn ich nicht für dich arbeiten mag?«, hatte sie schüchtern gefragt.

»Auch dann.«

Ihr Papá, der mitbekam, wer da mit ihr tanzen wollte, hatte sie ermutigt und vom Stand weggeschickt. »Geh nur, mein Kind, die Glasbläserfamilie, das ist eine ordentliche Familie.«

Alvaro hielt sie beim Tanzen vorsichtig in seinen Armen, als sei sie zerbrechlich, als sei sie aus Glas. Als hätte er noch nie so etwas Wertvolles in seinen Händen gehalten.

Tatsächlich war auch sie seine erste feste Freundin, seine erste Liebe, wie er sagte. Und durch seine Liebe blühte Matilda auf. Wurde selbstbewusster, fröhlicher, voller Glück. Da sie zu weit voneinander entfernt wohnten, konnten sie sich nicht jeden Tag sehen. Deshalb schlug er vor, gemeinsam eine Ausbildung in der Glasbläserei seiner Familie zu machen, sie könne dann bestimmt bei ihnen wohnen. Sein Urahne hatte die Glaskunst vor vielen Jahren aus Venedig mit nach Mallorca gebracht und jeder Nachkömmling musste erst eine Ausbildung absolvieren. Matilda wollte nicht, konnte nicht, musste ihm gestehen, weshalb: Als sie noch ein kleines Kind gewesen war, hatte sich einmal bei einem Lagerfeuer ihre Haarschleife entflammt und auch ihr Haar am Hinterkopf. Danach musste sie eine Zeit lang mit einer kahlen Stelle am Kopf herumlaufen. Zum Glück waren weder ihr Gesicht noch ihre Haarwurzeln verbrannt und die Haare wuchsen nach. Dieses traumatische Erlebnis jedoch saß tief, hatte sie einschneidend geprägt. Eine tägliche Arbeit mit einer so großen Flamme wie in einer Glasbläserei konnte sie sich deshalb auf keinen Fall vorstellen. Alvaro sagte oft, sie müsse sich ihrer Angst stellen. Deshalb wagte sie es, sich für die Goldschmiedekunst zu entscheiden, obwohl man auch hier ab und zu mit einer kleinen Flamme arbeiten musste. Mit ihren Händen zu arbeiten, kreativ zu sein, das machte ihr Spaß. Sie fand nur nicht auf Anhieb eine Lehrstelle, und so schlugen ihre

Eltern vor, doch gleich zu heiraten. Aber Matilda und Alvaro ging das zu schnell. Dazu kam, dass Alvaros Eltern sich für ihren Sohn nicht gerade die Tochter eines Orangenbauern gewünscht hatten. Trotzig wie Alvaro damals gewesen war, verlobte er sich mit Matilda, auch um seine Eltern zu ärgern. Mehr wollten beide damals nicht, sie genossen ihre Gefühle füreinander, ihre Berührungen, ihre Küsse. Seit sie verlobt waren und Matilda in ihrer eigenen kleinen Wohnung in der Nähe ihres Ladens lebte, konnten sie sich sehen, sich fühlen und lieben.

Matilda lächelte, als sie an die gemeinsamen Jahre dachte, wurde wieder in die Gegenwart geholt, da sie Stimmen auf ihren Laden zukommen hörte. Die freudige Stimme einer Frau, die Deutsch sprach, das konnten ihre Workshop-Kunden sein. Matilda, die gerade mit dem Rücken zur Tür stand, drehte sich um und sah ein Pärchen eintreten. Eine attraktive blonde Frau mit schulterlangen Haaren und ein großer dunkelhaariger Mann mit einer Schiene an seiner rechten Hand. Tom! Der Radfahrer von zuvor!

Auch er sah Matilda verblüfft an und stoppte. Seine Freundin redete fröhlich los: »Guten Tag, hier sind wir, zum Trauring-Workshop, ich bin die Braut, er ist der Bräutigam.« Sie lächelte glücklich. »Zumindest bald sind wir das. Hi, ich bin Ines, das ist Tom. Ach, bin ich aufgeregt, Sie sprechen doch Deutsch, oder nicht? Stand zumindest im Internet.«

Matilda sah die beiden zunächst nur verblüfft an, blickte Tom dann in die Augen und er ihr. Sie riss sich los, blickte Ines an. »*Bon dia,* Ines, Tom, ja, genau, ich spreche Deutsch. Schön, dass Sie beide da sind. Herzlich willkommen zum Trauring-Workshop.«

»Danke. Ah, wow, so viel wundervoller Schmuck.« Ines drehte sich einmal im Kreis, sah die Schmuckkreationen bewundernd an. Dann blickte sie auf die kleine Goldschmiedeecke. »Ich sehe schon, da fertigen wir unsere Eheringe, wie schön!«

Ines trat dorthin, betrachtete die Materialien und Werkzeuge genauer. »Oh, das sieht ja kompliziert aus, ich bin handwerklich gar nicht so begabt, muss ich gestehen, Tom dagegen schon, aber er hatte dummerweise einen Unfall. Irgend so ein Honk hat ihn geschnitten, als er Rad gefahren ist, und hat Fahrerflucht begangen. Aber das wird ein Nachspiel haben.«

»Oh«, entfuhr es Matilda nur. »Ja, das verstehe ich sehr gut. Unmöglich so etwas.«

Tom schüttelte den Kopf. »Nein, nein, es wird kein Nachspiel haben. Es geht schon wieder, ist nur eine Prellung, sonst könnte ich die Hand ja gar nicht bewegen. Ines hatte eine Schiene dabei, weil sie ab und zu eine Sehnenscheidenentzündung bekommt. Die tut gut. Praktisch, was?«

»O ja«, sagte Matilda. Sie fühlte sich wie gelähmt.

»Dummerweise kann ich jetzt nicht mit an den Ringen arbeiten«, fuhr Tom fort.

»Ja, nein, das geht nicht, aber dann helfe ich eben aus«, erklärte Matilda, die sich wieder gefangen hatte, nett. »Sie sollten die Hand auf jeden Fall schonen.«

Ines schlug begeistert die Hände zusammen. »Siehst du, Tom, der Workshop geht auch ohne dich. Ich danke Ihnen. Er wollte den Kurs nämlich schon absagen wegen seiner Verletzung, aber so viel, wie er kostet, ich meine, es wäre doch wirklich schade gewesen. Wer hat schon selbst hergestellte Eheringe, noch dazu von Mallorca? Als ich den Kurs im Internet gesehen habe, wusste ich sofort, das ist es. Das besondere Etwas, genau richtig für uns.«

»Schön.« Matilda lächelte bemüht. »Setzen Sie sich doch schon mal, soll ich Ihnen einen Kaffee besorgen? Bei meiner Freundin Josy, zwei Läden nebenan, gibt es den besten Kaffee der Insel.«

»Oh, das klingt fantastisch«, erwiderte Ines. »Und wir können uns gern duzen.«

»Gern.«

»Und den Kaffee bitte für mich ohne alles, Tom dagegen mit allem. Bei uns gilt das Motto: Gegensätze ziehen sich an.« Sie lachte, ein sympathisches Lachen. Natürlich war sie sympathisch, sonst hätte er sie ja nicht heiraten wollen. Tom sah Matilda nachdenklich an. Beide schienen sich unschlüssig, ob sie sagen sollten, dass sie sich schon begegnet waren. Ja, warum eigentlich nicht? Matildas Gedanken schwirrten. Da er nichts sagte, klärte sie es auch nicht auf. Sie musste jetzt kurz an die frische Luft. Normalerweise gehörte ein Kaffee nicht zum Kurs, aber sie brauchte ein paar Minuten für sich. Dieser Tom hatte irgendetwas in ihr ausgelöst. Gut, dass er bald heiratete, und sie war ja selbst verlobt. Und dennoch brachte seine Anwesenheit ihr Herz zum Klopfen, es fühlte sich fast so an wie damals bei Alvaro auf dem Orangenfest, als sie ihn noch kaum kannte. Verrückt. Sie war jetzt Ende zwanzig, eine Frau, kein Teenager mehr. Dennoch fühlte sie sich oft nicht wie eine Erwachsene.

Sie ging an Teresas Laden vorbei, winkte ihrer hochschwangeren Freundin kurz zu. Teresa war so glücklich mit ihrem Simon und die Schwangerschaft mit den Zwillingen war bisher völlig problemlos verlaufen, zum Glück. Teresa strahlte und ihre Wangen waren rosig. Der Bauch sah inzwischen riesig aus. Teresa hatte sich selbst ein paar blumige Schwangerschaftskleider genäht. Heute trug sie eines mit großen Sonnenblumen darauf.

Matilda ging weiter, trat in Josys Laden und sog den herrlichen Kaffee- und Kuchenduft ein. Josy grüßte, strich eine blonde Haarsträhne zurück, verabschiedete gerade einen älteren Mann in ihrer »Tourenecke«. Sie trug eine ihrer kurzen Jeans-Latzhosen, die sie so mochte. »Schön, dann freue ich mich und wünsche Ihnen viel Spaß morgen bei der Tramuntanatour.«

»Werde ich bestimmt haben.«

Josy trat zu Matilda. »Hey, was gibt's, hast du jetzt nicht deinen Workshop?«

»Ja, genau, ich bräuchte bitte drei Kaffees, einmal ohne alles, zweimal mit allem.«

»Verstehe, kommt sofort.« Josy trat zur Kaffeemaschine und bereitete das Gewünschte zu. Es zischte und dampfte und so hatte Matilda kurz Zeit, ihre Gefühlsverwirrung zu sortieren. Da dieser Tom verlobt war, wie sie auch, war es gar nicht nötig, länger über diese seltsame Anziehung, die er auf sie ausübte, nachzudenken. Wieso nur brachte sie das alles so durcheinander? Sie hatte gerade wirklich andere Sorgen.

Josy drehte sich zu ihr, goss den Milchschaum über zwei der Kaffees. »Aber irgendwas ist doch noch«, sagte sie und musterte Matilda.

»Nein, nichts. Was soll sein?« Wie unangenehm, jetzt sah man es ihr schon an. Sie musste sich gleich vor den beiden sehr zusammenreißen.

»Geht dir der Fahrradunfall mit der Fahrerflucht durch den Kopf?«, fragte Josy nach.

Matilda hatte den Freundinnen vorher kurz aufgewühlt davon erzählt.

Josy fuhr fort: »Du musst wirklich unbedingt mit Gonzalez reden. Fahrerflucht geht gar nicht, er kann nicht so einfach davonkommen. Auch wenn er der beste Freund von Alvaro ist.«

»Ich weiß. Ich rede mit Alvaro. Soll *er* Gonzalez das klarmachen. Der Radfahrer hätte sterben können.« Sie dachte an Tom, wie er da lag. Ein Schauer durchlief sie.

»Magst du ihn eigentlich?«, hakte Josy nach.

Ertappt sah Matilda auf. »Merkt man das?«, entfuhr ihr.

Josy sah sie verdutzt an. »Gonzalez meine ich.«

»Ach so.« Matilda biss sich auf die Lippe.

Josy sah sie forschend an. »Wen meintest du denn?«

»Niemanden. Nein, gar nicht. Gonzalez kann man nicht trauen, aber Alvaro kennt ihn noch aus der Schulzeit. Kannst du die Kaffees aufschreiben, ich habe kein Geld dabei, fürchte ich, bin etwas durch den Wind.«

»Klar. Mach ich.« Sie reichte Matilda auf einem kleinen Tablett die Kaffeetassen. Dazu hatte sie je eine der kleinen Schokis to go gelegt, die ihr Freund Eric in Palma in seiner Schokomanufaktur herstellte. Weitestgehend aus mallorquinischen Zutaten. Josy lächelte. »Die Schoki geht aufs Haus. Zum Appetitanregen.« Sie zwinkerte. Matilda hielt das Tablett, lächelte.

»Klappt bestimmt, so köstlich wie die Mandel-Orangen-Schoki und die anderen von Eric schmecken. Danke, bis später.«

Matilda ging mit dem Tablett hinaus, sie konnte ihre Hände nicht ruhig halten, ein wenig Milchschaum schwappte über die Tasse.

* * *

Tom und Ines hatten sich zwischenzeitlich auf die Stühle in der Goldschmiedeecke gesetzt und Ines nahm Matilda erfreut den Kaffee ab. »Ich liebe Kaffee und, mmhm, der duftet wirklich köstlich.«

»Er schmeckt auch so und die kleine Schoki erst. Die wird in Palma von einem Freund hergestellt, mit mallorquinischen Produkten.«

»Wow! Wo kann man die kaufen?«

»In Josys Café, zwei Läden weiter, wenn man rausgeht, rechts. Ach nein, links, sorry, ich habe eine Rechts-Links-Schwäche.«

»So was gibt es?«, fragte Ines nach.

»Ist doch nicht schlimm«, fand Tom.

»Hab ich ja nicht gesagt«, entgegnete Ines.

Matilda fuhr fort: »Ja, also die Schokolade gibt es auch in Palma, in der Schokomanufaktur eines Freundes.«

»Allein die Verpackung ist toll«, fand Ines. »Alles aus Pappe, sieht nachhaltig aus. Und so besonders.«

»Ist sie auch.«

Während Matilda das sagte, begegneten sich wieder Toms und ihr Blick. Er sah sofort wieder weg. Ganz offensichtlich war ihm die Situation unangenehm. Aber das hieß ja, dass sie auch etwas in ihm auslöste, oder nicht? Da Matilda nie einen anderen Freund gehabt hatte als Alvaro, kannte sie sich mit Flirtsignalen oder Ähnlichem nicht aus. Nur durch die oft chaotischen Liebeswirren ihrer Freundinnen hatte sie ein wenig mitbekommen. Aber eigentlich nur so viel: Die meisten Männer waren undurchschaubar.

Matilda schüttelte ihre Gedanken ab und begann den Workshop, indem sie den beiden die vor ihnen liegenden Schritte erklärte: »Die Materialstreifen aus Gold werden auf dem Amboss mit unterschiedlichen Hämmern und durch Walzen auf die ungefähren Maße gebracht, die die Ringe haben sollen. Dann werden sie mit einem Feingehalt-Stempel und einem Meisterstempel versehen. Mit unterschiedlichen Zangen biegt man das Stück Gold anschließend zu einem Ring. Der wird zusammengelötet, aber das ist morgen dran. Fangen wir einfach mal an, bei den einzelnen Schritte erkläre ich das Vorgehen genauer.«

Ines stellte sich handwerklich gar nicht schlecht an. Wieso trauten sich Frauen nur immer so wenig zu? Sie lachte viel über sich selbst, war wirklich sehr nett und Matilda taute auch weiter auf.

Als der Kurs für heute zu Ende war, verabschiedeten sich die beiden nett und Ines wollte unbedingt noch bei Josy im Café vorbeisehen und mehr von dieser leckeren Schoki mitnehmen.

»Die wären auch optimal, um sie bei der Hochzeit auf dem gedeckten Tisch zu verteilen, was meinst du, Tom?«

Der zuckte die Schultern. »Was willst du denn noch alles auf den Tisch legen?«

»Bis jetzt haben wir nur Deko, aber über so eine köstliche mallorquinische Schoki freuen sich unsere Gäste sicher. Genau, das ist es. Wir ändern unser Motto um in ›Mallorca-Dream-Wedding‹!«

Wieder trafen sich sein und Matildas Blick für einen Moment, dann wandte er sich amüsiert an Ines. »Ich dachte, es ist schon alles organisiert.«

Ines nickte lächelnd. »Ist es. Du hast recht.« Sie wandte sich fröhlich an Matilda. »Wir Frauen wollen immer eine große Märchenhochzeit und die Männer am liebsten nur mal kurz aufs Standesamt huschen, hab ich recht?«

Matilda wiegelte ab. »Also ich würde auch lieber ganz klein heiraten«, gab sie zu.

Wieder ein nachdenklicher Blick von Tom.

Ines zuckte lächelnd die Schultern. »So ist jeder Jeck anders, sagen die Kölner. Komm, Tom, wir wollen doch essen gehen. Ich muss erst noch duschen und Haare waschen.«

Er nickte, wandte sich an Matilda. »Danke für den spannenden Workshop-Tag. Auch wenn ich nicht mitwerkeln konnte, weiß ich jetzt schon mal mehr darüber, wie man einen Ring herstellt.«

»Sehr gern. Und gute Besserung.«

Sie lächelten sich an. Dann verabschiedeten sich alle noch einmal. Ines und Tom gingen und Matilda machte sich daran, das Werkzeug zusammenzuräumen. Morgen würde der Workshop weitergehen. Sie machte die Kasse, denn gleich würde sie den Laden schließen. Feierabend. In Gedanken verhangen, hielt sie einen Moment inne. Was für ein seltsamer Tag.

Da erschien plötzlich ein großer, bunter Blumenstrauß in ihrer Ladentür. Matilda schreckte aus ihrem Tagtraum auf, erkannte nicht, wer dahintersteckte. Tom? Ihr Herz schlug schneller, sie hielt den Atem an. Der Blumenstrauß wurde gesenkt und dahinter erschien Alvaros Gesicht, lächelnd. Matilda atmete weiter. »Ach.«

»Wie ach?« Alvaro kam zu ihr, grinste.

»Ach ja, die Überraschung«, sagte sie schnell. »Blumen, wie schön!«

»Nicht nur Blumen.« Er lächelte jetzt etwas angespannt.

Matilda kam hinter dem Tresen hervor, ging zu ihm und umarmte ihn, wie sie es immer tat, wenn sie sich sahen. Sollte sie ihm jetzt von Gonzalez' Fahrerflucht erzählen? Es war der falsche Moment.

Er drückte sie fest an sich, in der rechten Hand immer noch die Blumen. Er duftete so gut. Vertraut.

Dann gab er ihr einen Kuss in die Halsbeuge, löste sich und strahlte sie an. »Also, jetzt kommt die Überraschung, *mi amor.*« Er zögerte, wurde ernst. Stille.

»Ich denke, du magst keine Überraschungen«, sagte sie, um etwas zu sagen.

Er zuckte die Schultern, schwieg immer noch.

»Hast du die Blumen bei Teresa gekauft?«

»Ach, daran hab ich gar nicht gedacht. Gibt es bei ihr auch Blumen?« Er konnte sich nie merken, was es in den Läden alles zu kaufen gab.

»Ein paar blühende Topfpflanzen. So ganze Sträuße nur auf Bestellung. Teresa kennt doch jemanden auf der Insel, der Blumen anbaut, die man auch essen kann. Einen Mauro.«

Er runzelte kurz die Stirn, erinnerte sich offenbar nicht, dass sie ihm das schon einmal erzählt hatte. Jetzt reichte er ihr die Blumen. »Du siehst hübsch aus heute.« Seine Stimme klang belegt.

»Danke.« Matilda nahm den Strauß und roch daran. Verschiedenste mallorquinische Blumen, wunderschön. Sie sah ihn erwartungsvoll an. »Danke, Alvaro.« Sie küsste ihn sanft auf den Mund. Er presste seine Lippen auf die ihren, nahm ihr gleichzeitig den Strauß ab, legte ihn hinter sich auf den Tresen. Dann löste er seine Lippen, hielt sie um die Taille, legte seine Stirn auf die Ihre. Offenbar wollte er ihr etwas Wichtiges sagen. Die Worte ihrer Freundin Amelie kamen ihr in den Sinn. *Mädels, wenn euch ein Mann einen großen Blumenstrauß schenkt, ist er fremdgegangen. Ich spreche aus Erfahrung.*

Bitte nicht!

»Matilda, ich möchte dir etwas sagen.« Alvaro räusperte sich.

»Ja? Sag es doch endlich.«

»Aber eigentlich nicht hier.«

»Bitte, sag es.« Ihr Hals schnürte sich zu. Hatte er sie wirklich betrogen? Er, der immer Eifersüchtige? Hätte sie ihm nicht blind vertrauen dürfen? Sie dachte an heute Morgen. Schlief er seit Längerem deshalb nur noch so kurz mit ihr?

»Wollen wir nicht an den Strand gehen? Das hatte ich eigentlich vor, um es dir zu sagen.«

»Bitte, sag es mir hier«, flüsterte sie tonlos. Ihr wurde schlecht. Sie kannten sich so lange, würde er jetzt einfach so Schluss machen?

»Okay«, sagte er mit belegter Stimme, löste seine Stirn, sah sie ernst an. »Matilda, ich möchte dich fragen … ob du endlich meine Frau werden willst.«

Die Anspannung wich aus Matilda, als würde ein Luftballon platzen. Sie lachte erleichtert auf. »Was? Ich habe etwas ganz anderes erwartet.«

Irritiert sah er sie an. »Und was?«

»Egal.«

Er nahm ihre Hand, gab ihr einen Handkuss. »Ich weiß, du wartest darauf, und deine Familie erst. Wir sind schon so lange verlobt und werden bald dreißig, ich glaube, es ist jetzt Zeit für uns. Was sagst du? Es ist ein guter Zeitpunkt, oder?«

»Ja, meine Familie …«

»Ich wusste, dass du Ja sagst.« Alvaro lächelte, umarmte sie, hob sie hoch und drehte sich einmal im Kreis mit ihr. Dann setzte er sie ab.

So lange hatte Matilda vor Jahren gewartet, in der Tat. Ihre Eltern sagten damals: »Pass auf, Kind, nachher lässt er dich doch noch sitzen und dann endest du als alte Jungfer, wie Tante Carmen.«

»Es wird eine wunderschöne Hochzeit werden«, fuhr Alvaro fort. »Ich weiß schon, welche Musiker wir nehmen.«

»Musiker? Alvaro, eine kleine Feier reicht mir. Wirklich.«

»Ich weiß, *mi amor,* du bist immer so bescheiden, deshalb liebe ich dich ja auch. Aber du heiratest mich, den Sohn der berühmtesten Glasbläserfamilie Mallorcas.«

»Na gut, Musik ist ja immer schön. Aber bitte, ich stehe nicht so gern vor vielen Leuten im Mittelpunkt, das weißt du doch.«

»Ja, ja.« Er küsste sie. »Ich bin für dich da. Finanziell, meine ich auch.«

Überwältigt sah sie ihn an.

»Danke. Aber ich möchte immer finanziell unabhängig bleiben.«

Er ging nicht weiter darauf ein. »Komm, wir gehen jetzt zum Strand. Im Wagen hab ich einen Picknickkorb. Wie gesagt, ich wollte dich eigentlich dort fragen.«

Er nahm ihre Hand, wollte sie mit sich ziehen. Sie hielt dagegen. »Warte. Die Blumen, sie müssen ins Wasser, sonst sterben sie.«

Sie löste sich, ging zu den Blumen, überlegte. Zum Glück hatte sie eine Vase, fiel ihr ein. Sie nahm die Vase unterm Tresen hervor, ging damit in das kleine Bad, das sich hinten im Laden befand, füllte die Vase mit Wasser. Ihre Hand zitterte leicht. Hätte sie nicht sofort Ja sagen sollen? Hatte sie überhaupt Ja gesagt? Wenn sie sich Bedenkzeit erbeten hätte, wäre er tödlich beleidigt gewesen. Außerdem hatte sie doch schon damals, als sie sich verlobt hatten, Ja gesagt. Sie sah sich im Spiegel über dem Waschbecken an. Ganz zarte Falten um ihre Augen zeigten ihr, wie vergänglich alles war. Auch die Liebe? Diese tiefe Liebe zu Alvaro, die sie seit ihrer Jugend begleitete? Die sie getragen hatte durch wunderschöne Jahre, die sie erfüllt hatte vor Glück. War es nicht normal, dass man nach so vielen Jahren in einer Beziehung nicht immer noch Schmetterlinge im Bauch spürte? Dass der Sex ein bisschen Routine wurde, dass man auch die Seiten am Partner sah, die einen störten? Dabei gab es kaum etwas an Alvaro, das ihr nicht gefiel. Eigentlich nur seine Eifersucht. Aber er war nun mal ein leidenschaftlicher Mallorquiner. Ganz anders als die Deutschen, zumindest als diejenigen, die Matilda kannte.

Oder lag es an der Begegnung mit diesem Tom, der sie jetzt so aus der Bahn warf? Hätte sie vor ein paar Tagen auch dieses Gefühl im Magen gehabt, die plötzliche Unsicherheit, ob es wirklich noch das war, was sie sich wünschte? Ein ganzes Leben mit Alvaro? Kinder mit ihm, eine Familie mit ihm? Unsinn, dieser Tom hatte damit nichts zu tun. Sie kannte ihn nicht, er heiratete eine andere. Ihr seltsames Gefühl hing mit Sicherheit damit zusammen, dass Alvaro ihre erste Liebe war. Ihr erster Mann. Dass Amelie schon oft gesagt hatte, dass sie sich nicht vorstellen könne, nur mit einem Mann in ihrem ganzen Leben zu schlafen. Dieser Satz, den sie erst kürzlich wieder gesagt hatte, hatte Matilda nachdenklich gemacht. War eine Ehe mit

Alvaro dazu verdammt, nicht glücklich zu werden, nur weil sie vorher keinen Anderen gehabt hatte?

Matilda schossen Tränen in die Augen. Das Wasser in der Vase lief über. Rasch machte sie den Wasserhahn aus, fuhr sich mit dem Handrücken übers Gesicht. Sie liebte Alvaro und mit ihm zu schlafen war schön, wenn auch immer sehr kurz. Aber kurz war ja nicht schlecht, oder nicht? Sie wusste es nicht, sie hatte keinen Vergleich! Das mussten jetzt die Nerven sein. Matilda atmete tief ein. Fühlte sich so eine Panikattacke an? Ihre Freundin Josy hatte früher öfter welche gehabt, hatte sie erzählt. Seit sie auf der Insel lebte, nicht mehr.

»Matilda?«, hörte sie Alvaro rufen.

»Ich komme!« Sie schüttete etwas Wasser aus der Vase, nahm sie in beide Hände und ging damit zurück in den Laden.

»Alles gut bei dir?«, erkundigte er sich.

»Ja, alles gut.« Sie lächelte ihn an, stellte die Blumen in die Vase und diese dann auf die Ladentheke. Der ganze Raum duftete jetzt danach.

»Komm. Ich habe Hunger. Meine Madre hat uns ihre Tapas gemacht.«

»Deine Mutter? Hast du ihr gesagt, dass du mich fragen willst?«, hakte Matilda nach.

»Natürlich. Wieso nicht? Sie hat sich sogar gefreut.«

Es ärgerte sie, dass er es erst mit seiner Mutter besprochen hatte. Aber so war er. Und sie fand das im Grunde ja auch gut. Dass er ein enges Verhältnis zu seiner Mutter Ariadna hatte. Im Lauf der Jahre allerdings, in denen sich Ariadna immer öfter in ihre Beziehung eingemischt hatte, hatte sich Matildas Einstellung dazu etwas geändert. Was sie und Alvaro anging, das mussten sie beide allein besprechen. Das hatte sie Alvaro auch einmal gesagt. Und sie hatte eigentlich gedacht, er habe es verstanden.

Alvaro ging voran, Matilda folgte ihm, schloss ihren Laden ab. Sie bemühte sich wirklich, eine gute »Schwiegertochter« zu sein. Aber Ariadna hatte oft etwas an ihr auszusetzen. Zumindest kam es bei Matilda so an. Auch deshalb hatte sie Alvaro schon einmal gesagt, dass sie mit ihm nicht zu seiner Mutter ins Haus ziehen wolle. Auch wenn das groß, wunderschön, mit einem bezaubernden Garten, mitten in der Natur und in Meernähe war. Schon öfter hatten sie darüber diskutiert und Alvaro verstand es. Ganz zu Matilda ziehen ging nicht, weil die Wohnung sehr klein war. Aber unverheiratet eine neue Wohnung suchen, erlaubte Ariadna auf keinen Fall. Was sollten denn die Leute denken? Und auch Matildas Eltern waren froh, dass sie sich in dem Punkt nicht widersetzte. Ihre brave Tochter, mit der sie wirklich Glück hatten, wie sie immer wieder betonten. Denn Matilda war nicht einmal als Jugendliche rebellisch gewesen. Ihr sanftes Gemüt, ihre liebe, zurückhaltende Art waren es auch, die Alvaro schon immer so an ihr fasziniert hatten. Denn er kannte nur das Aufbrausende, Bestimmende seiner Mutter. Sowohl er als auch Matilda waren Einzelkinder. Das war vielleicht auch etwas, was sie verband. Sie hatte sich immer einen Bruder gewünscht und er sich eine Schwester.

Alvaro war bereits an seinem Wagen am Parkplatz, wartete auf Matilda, die den Freundinnen noch kurz zugewunken hatte. Auch die anderen schlossen ihre Läden. Was würden sie wohl dazu sagen, dass es jetzt bald eine Hochzeit gab? Teresa, die Romantischste von ihnen, würde sich sehr freuen. Amelie und Josy dagegen, beide unabhängige, moderne Frauen, würden sich den ein oder anderen Kommentar nicht verkneifen können. Auch wenn sie ja wussten, dass Matilda schon lange verlobt war. Aber es war so lange kein Thema mehr gewesen. Diese direkte Art lag Matilda fern, aber sie gefiel ihr. Ehrlich zu sein war in ihren Augen das Allerwichtigste.

Alvaro saß bereits im Wagen und hatte den Motor angelassen. Matilda stieg auf der Beifahrerseite ein und schon ging es los.

»An welchen Strand fahren wir denn?«, erkundigte sich Matilda.

»Nach Alcúdia«, erklärte er. Zu seinem Lieblingsstrand, dachte Matilda. Sie mochte mehr den Playa de Muro.

Am Strand von Alcúdia angekommen, parkte er den Wagen, holte einen Korb aus dem Kofferraum, eine Weinflasche ragte heraus, mehrere Plastikschüsselchen lagen darin. Alles in Plastik, Matilda versuchte, Plastik zu umgehen, der Umwelt zuliebe.

Alvaro holte noch eine Decke aus dem Kofferraum, die Decke seiner Mutter, die bei ihr immer auf dem Sofa lag, um ihre Füße zu wärmen. Er reichte sie Matilda, schloss den Kofferraum und nahm den Korb hoch. Dann lächelte er sie an. »Los geht's, bald bist du endlich meine Frau. Komm.«

Matilda lächelte ihn an und folgte ihm. Alvaro war sehr traditionell erzogen, was positiv war, denn er war ein Gentleman – was aber auch hieß, dass er als Mann das Sagen haben wollte. Bisher hatte ihr das nichts ausgemacht. Sie konnte sich eh schlecht entscheiden, er meinte es ja immer nur gut mit ihr.

Alvaro blieb stehen. Es befanden sich einige Touristen an diesem Strandabschnitt. Kein Wunder, es war Hochsaison. Mit ein Grund, warum Matilda eher einen anderen Ort für dieses Picknick gewählt hätte. Sie sah Alvaro an, dass auch ihm zu viele Menschen hier waren.

»Ganz schön was los«, sagte er. »Meine Madre hat den Strand vorgeschlagen, vermutlich war sie schon lange nicht mehr hier. Zuletzt bestimmt in den Fünfzigern«, scherzte er. Matilda lachte. Zum Lachen brachte er sie immer wieder, das mochte sie so an ihm.

Sie ließen sich auf Ariadnas Fußdecke nieder, breiteten die Plastikschüsselchen aus, die alle mit einer durchsichtigen Folie abgedeckt waren, die ein Gummi an dem Schüsselchen festhielt. Alvaro öffnete mit dem mitgebrachten Korkenzieher den Wein. Er hatte zwei Plastikbecher dabei, schenkte ein.

»Plastikbecher?«, fragte Matilda. »Gläser wären umweltschonender gewesen. Kauf bitte keine Plastikbecher mehr, okay?«

»Meine Madre hat sie gekauft.«

»Verstehe.«

»Sie ist sonst nicht verkehrt, nicht wahr?«, hakte er nach.

»Nein, das ist sie nicht.«

Er lächelte sie erleichtert an. »Das freut mich.«

»Was?«

»Dass du sie inzwischen doch magst. Das ist wichtig. Familie ist mir sehr wichtig.«

Matilda nickte, lächelte, nahm den Plastikbecher mit Wein, den er ihr reichte. Sie lenkte ab. »Du musst doch noch fahren, du darfst keinen Alkohol trinken.«

»Ein Schlückchen nur, auf unsere Hochzeit.« Sie prosteten sich zu, tranken und sahen sich dabei in die Augen.

Alvaro stellte seinen Becher ab, sodass er nicht umkippen konnte, und sagte verträumt. »Das wird ein Fest. Der ganze Ort wird davon sprechen. Ich würde es gern mit einem Event für die Glasbläserei verbinden.«

»Mit einem Event? Alvaro. Ich hatte doch gesagt, ich möchte nicht so groß heiraten.«

»Ja, ich weiß, *mi amor,* aber die Firma ernährt uns. Und du weißt, es läuft nicht so gut gerade. Und ich muss etwas dagegen tun.«

Sie nickte nachdenklich. Wusste, wie sehr es ihn belastete, wollte ihn ja auch unterstützen.

»Außerdem freue ich mich so, ich möchte diese Freude mit allen teilen.« Er lächelte wie ein kleines Kind, das unterm Weihnachtsbaum saß. Sie mochte das an ihm, dieses Natürliche, Unverstellte.

»Ich wollte dir Sicherheit geben, weil du dir so Sorgen machst um deine Eltern. Ich nehme an, sie würden kein Geld von mir annehmen, oder soll ich es anbieten? Sie sind ja sehr stolz. Viel geht im Moment nicht, aber ein wenig.«

»Nein, nein, *ich* werde sie unterstützen, ich allein, ich danke dir.« Matilda lehnte den Kopf an seine Schulter, er legte den Arm um sie und so saßen sie da, nippten an ihrem Vino und sahen aufs Meer. Die Tapas von seiner Mutter in den Plastikschüsselchen mit der Folie darüber standen unberührt da. Sie wollte die Stimmung eigentlich nicht zerstören, aber es brannte ihr auf der Seele, ihm von dem Unfall zu erzählen.

»Alvaro, ich muss dir auch etwas sagen.«

»Und was?« Er löste seinen Arm von ihr, wirkte angespannt.

»Es geht um Gonzalez. Er hat etwas Unverzeihliches getan.«

»Gonzalez?« Er schien erleichtert, zuckte die Schultern. »Tut er doch immer«, versuchte er zu scherzen. »Um was geht es?«

»Er hat mit dem Firmenwagen einen Radfahrer geschnitten, der dann in den Graben gefallen ist. Gonzalez hat ihn einfach liegen gelassen. Er hat Fahrerflucht begangen!«, sagte Matilda aufgewühlt. Alvaro sah sie erschrocken an.

Matilda fuhr fort: »Ohne zu wissen, ob der Radfahrer überhaupt noch lebte, verletzt war und wenn ja, wie sehr.«

»Oh!«, entfuhr es ihm jetzt. Er knetete sein Kinn. »Und wie geht es dem Radfahrer?«

»Zum Glück ganz gut. Aber seine rechte Hand ist verletzt.«

Alvaro sah sie erleichtert an. »Nur die Hand? Das ist doch nichts Tragisches. Diese Radfahrer auf der Insel meinen immer, sie seien die Könige der Insel. Bestimmt war er selbst schuld an dem Unfall. Zu schnell. Oder betrunken Rad gefahren, ganz sicher.«

»Was? Nein! Doch nicht um diese Uhrzeit.«

»Du kennst doch die Touristen.«

»Nein, ich war ja zufällig am Unfallort.«

Stirnrunzelnd sah Alvaro sie an. »Du?«

»Ja, ich bin da entlanggelaufen, zur Panadería für deine Mutter. Dann kam Gonzalez mit dem Firmenwagen angerast, wie er immer fährt, hat ihn weggedrängt und ist weitergefahren.«

Alvaro sah sie an. »Du hast es gesehen? Wieso sagst du nicht sofort etwas?«

»Ich wollte, aber dann hast du mich wegen der Hochzeit gefragt, ich wollte die Stimmung nicht zerstören, ich dachte, dass du dich über Gonzalez aufregst.«

»Das stimmt. Es war unmöglich von Gonzalez, du hast völlig recht!«

»Eben. Der Radfahrer hätte sterben können. Ich rede morgen mit Gonzalez.«

»Nein. Ich rede mit Gonzalez.«

»Gut. Sag ihm, er soll sich bei dem Unfallopfer entschuldigen. Ich hab die Nummer von ihm.«

»Du hast seine Nummer?« Sofort sah er sie eifersüchtig an.

»Ich bin die Zeugin.«

»Verstehe.« Er starrte aufs Meer. Was musste er nur immer so schnell eifersüchtig werden?

# Kapitel 4

Tom war gerade aufgewacht, lag nachdenklich im Bett, hörte die Dusche rauschen, gefühlt seit Stunden. Die Sonne kitzelte ihn im Gesicht. Die Ferienwohnung war nicht groß, aber das brauchte man ja auch nicht auf einer Sonneninsel wie Mallorca. Er wäre jetzt gern mit dem Rad unterwegs. Oder wenigstens auf einer Wanderung durchs Tramuntanagebirge. Aber Ines war dazu nicht zu bewegen. Sie hatte gestern nach dem Workshop essen gehen wollen und sonst einfach nur chillen.

Das Geräusch von fließendem Wasser hörte nicht auf. Sollte man nicht gerade hier Wasser sparen? Es regnete schon lange viel zu wenig auf der Insel und es gab immer mehr Touristen, sodass langsam das Trinkwasser knapp wurde. Hatte Ines nicht erst gestern die Haare gewaschen? Und wozu eigentlich jetzt schon wieder, wenn sie nachher doch eh im Meer schwimmen ging? Eines würde er nie verstehen: Was Frauen so lange im Bad machten, zumindest manche Frauen. Tom setzte sich auf. Seine Hand tat immer noch weh, aber gebrochen konnte sie auf keinen Fall sein. Er hatte keine Lust, hier zu einem Arzt zu gehen, der ihm dann doch nur sagen würde, er solle sie schonen und ruhig halten. Was konnte man da schon tun? Auf Schmerzmittel wollte er verzichten, er nahm möglichst nur homöopathische

Arznei, wenn er irgendwelche Beschwerden hatte. Die verabreichte ihm seine Mutter immer. Sie kannte sich damit ziemlich gut aus und hatte ihn schon einige Male sehr wirkungsvoll therapiert. Ines hielt davon nichts, aber das musste ja jeder selber wissen.

Ines war leicht hypochondrisch veranlagt, womit er sie gern aufzog. In den Urlaub eine Handschiene mitzunehmen, nur weil sie kürzlich eine Sehnenscheidenentzündung gehabt hatte, fand er ziemlich *strange*. Andererseits kam ihm die Schiene jetzt zugute. Insofern war es diesmal nützlich, dass sie jedes Mal ihren halben Hausstand mit in den Urlaub nahm. Er selbst reiste lieber mit kleinem Gepäck, so fühlte er sich freier. Und Freiheit war etwas, was ihm sehr, sehr wichtig war. Tom liebte deshalb auch seine Arbeit als Selbstständiger. Er arbeitete seit seinem Produktdesign-Studium als freier Grafiker in München, hatte sich dort einen guten Kundenstamm aufgebaut. Eigentlich hätte er auch zu Ines nach Frankfurt ziehen können. Doch sie hatten vereinbart, dass sie sich einen Job in München suchen würde, denn München war einfach die attraktivere Stadt. Mit Frankfurt verband Tom in erster Linie Bänker, und diese Spezies war so gar nicht seins. Die Münchner Schickis konnten zwar auch nerven, aber er bewegte sich ohnehin vor allem in der freien Grafiker- und Werberszene. Da gab es zwar ein paar seltsame, für seinen Geschmack zu hippe Typen, aber im Großen und Ganzen waren es ziemlich coole Leute.

Sein bester Freund Freddy, der als Freelancer in einer der angesagtesten Werbeagenturen arbeitete, war einer davon. Sie kannten sich vom Radfahren, ein Hobby, das Tom schon mit sechzehn angefangen hatte. Sie waren damals beide Rennradfahrer im Verein gewesen, hatten dann irgendwann keine Lust mehr auf Wettkämpfe und das Vereinsgedöns und trafen sich stattdessen privat weiter zu gemeinsamen Radltouren. Freddy, Urmünchner, hatte genau Toms Humor, war wie er ein lockerer Typ, ganz anders als die meisten in seiner Klasse. Sie hingen in ihrer Freizeit zusammen ab, radelten zum Starnberger See, saßen dort am Ufer und redeten über die beknackte Schule, den Sinn des Lebens, kifften zusammen, lernten Frauen kennen, vor allem Freddy. Er sah in deren Augen wohl besser aus oder war extrovertierter als Tom. Weshalb Freddy auch öfter eine Freundin hatte, Tom eher selten. Er wollte mit einer Frau nur zusammen sein, wenn er sich mit ihr so richtig gut verstand. Das Aussehen war ihm da nicht so wichtig, sie konnte durchaus auch etwas rundlicher sein, musste nicht den gängigen Schönheitsidealen entsprechen.

Wie Simi, seine Ex, mit der er sieben Jahre zusammen gewesen war. Er hatte sie über eine Freundin kennengelernt und sie war so herzlich und offen, dass er sich sofort in sie verliebt hatte. Dass sie sich selbst nicht lieben konnte, stand irgendwann zwischen ihnen. Sie haderte so sehr mit ihren paar Pfunden zu viel, da konnte ihr Tom noch so oft versichern, wie schön sie sei, Simi konnte es ihm nicht glauben. Sie hatte eine dominante Mutter, die die Selbstachtung ihrer Tochter in vielen Jahren zertrampelt hatte. Simi trennte sich von Tom, »weil er etwas Besseres verdient hatte«, und ließ nicht mit sich reden. Er kämpfte um sie, kam wieder mit ihr zusammen, doch dann stellte sich heraus, dass sie ihn betrogen hatte. Tom war am Boden zerstört, verstand die Welt nicht mehr. Dieser Betrug zog ihm den Boden unter den Füßen weg, er blieb lange solo.

Bis Ines in sein Leben getreten war. Rein äußerlich war sie so ziemlich das Gegenteil von Simi. Eher klassisch schön, sah vielleicht sogar zu gut aus, aber ihre forsche, auch irgendwie geradlinige Art und dass sie ihn so unbedingt wollte, warum auch immer, erzeugte in Tom ein saugutes Gefühl. Ines war blond und sah verdammt gut aus. Hätte er sie in der U-Bahn gesehen, hätte er sie niemals angesprochen. Viel zu edel, zu verwöhntes Töchterchen, hätte er gedacht. War sie aber nicht. Sie kam zwar aus einem wohlhabenden Elternhaus, im Gegensatz zu ihm, doch es wohnte auch die Punkerin in ihr, wie Tom seinem Freund Freddy immer sagte. Der konnte es kaum glauben, hatte aber auch nicht so viel Zeit mit ihr verbracht wie Tom. Was Frauen anging, kamen sie sich zum Glück eh nie in die Quere. Freddy stand auf andere Typen, wobei Tom ja gar nicht so den *einen* Typ Frau hatte.

Anfangs war das mit Ines für Tom einfach eine schöne Sache gewesen, ausbaufähig. Für Ines dagegen war er wohl von Beginn an der Mann, den sie heiraten wollte. Sie war drei Jahre älter als er, träumte von einer Familie, einer heilen Familie, die sie zu Hause nicht hatte. Ihre Eltern waren wohlhabend, aber nicht glücklich. Die Scheidung stand schon lange im Raum. Einzig das gemeinsame Vermögen hinderte beide daran, sich zu trennen, denn dann hätten sie auch ihren Wohlstand halbieren müssen. Ines mochte an Tom, dass er aus einer bodenständigen, liebevollen Familie kam, dass seine Eltern alles unterstützten, egal welche Flausen dem Jungen in den Kopf kamen. Ines kannte das nicht. Ihr Vater machte alles schlecht, was sie vorhatte oder tat, um ihren Ehrgeiz anzuspornen. Das war in seinen Augen eine grandiose Erziehungsmethode. Sätze wie: »Wetten, du machst dein Studium nicht zu Ende?« Oder »Germanistik und Psychologie? Das ist doch ein Hausfrauenstudium, damit verdienst du nie Geld, studier etwas Richtiges« gehörten beinahe zur Tagesordnung. Tatsächlich wollte es Ines ihrem Vater zeigen, nicht klein beigeben. Sie hatte ihr Studium der Germanistik und Psychologie durchgezogen und mit sehr gutem Erfolg beendet. Anschließend hatte sie sogar eine feste, gut bezahlte Stelle als Personalerin in einer Softwarefirma bekommen. Aber gelobt hatte er sie nie. Sie kämpfte lebenslang um die Liebe ihres Vaters und als sie Tom kennenlernte, um seine.

Und bald schon wurde ihm bewusst, dass er für diese Frau, der er so viel zu bedeuten schien, auch sehr viel empfand. Mehr, als er anfangs gedacht hatte. Dass sie ihm bei einer Fahrt im Riesenrad auf dem Oktoberfest spontan einen Heiratsantrag gemacht hatte, fand er cool, fühlte sich glücklich dort oben im Himmel und sagte spontan Ja. Die leisen Zweifel am nächsten Morgen, gepaart mit einem ordentlichen Kater vom »Wiesnbier«, wischte er beiseite. Wann wusste man schon, dass es der richtige Mensch für ein ganzes Leben war? Eine hundertprozentige Sicherheit gab ihm keiner. Denn schon bei Simi hatte er gedacht, das ist sie, die Mutter meiner Kinder. Dass sie ihn einmal so sehr verletzen würde, hätte er niemals für möglich gehalten. Diesen Schmerz wollte er nie wieder erleben. Den Schmerz, nicht richtig geliebt zu werden. Deshalb verstand er Ines sehr gut. Nicht geliebt zu werden, tat weh, machte etwas mit einem.

Freddy konnte es erst gar nicht glauben, als Tom ihm von seinen Heiratsplänen mit Ines erzählte. Doch dann gratulierte er ihm sehr herzlich, umarmte ihn kumpelhaft und sagte zum Glück zu, sein Trauzeuge zu sein. Einen anderen hätte Tom nicht gewollt.

Das Rauschen der Dusche hörte nicht auf. Warum nur ging ihm die Frau aus dem Perlenladen nicht aus dem Kopf? Was hatte das zu bedeuten? Normale Heiratspanik oder sollte ihm das etwas sagen? Matilda. Wieder ein komplett anderer Typ. Mallorquinin, dunkelhaarig, zurückhaltend. Schwer einzuschätzen, aber sicher ein liebes Wesen. Ähnlich wie Simi, dachte er plötzlich. Und da war wieder diese Sehnsucht nach seiner unerfüllten Liebe. Dieses dumme Gefühl, denn was brachte es, jemandem hinterherzutrauern, der einen nicht wollte? Simi war mit ihrem neuen Freund zusammen, einem Bierbrauer, einem korpulenten Typen. Erst dadurch hatte Tom verstanden, dass es einfach nicht gepasst hatte, dass sie sich bei dem anderen wohler fühlte, ihn selbst, Tom, nicht genug liebte.

Er setzte sich auf, schlug die Bettdecke zurück, stand auf, ging nackt, wie er war, zum Fenster und sah hinaus. Der Himmel war so blau wie auf diesen Fotos auf Insta. Der Meerblick, den Ines gebucht hatte, gigantisch. Morgens aufstehen und aufs Meer blicken, was gab es Besseres? Hier arbeiten, dachte er. So wie Matilda in ihrem Laden. Sie hatte einen noch schöneren Blick aufs Meer, auf eine tolle Bucht. Endlich hörte das Rauschen der Dusche auf.

Tom ging zum Bad, klopfte gegen die Tür. »Süße, kann ich rein? Das Frühstücksbüfett macht gleich zu. Ich sterbe vor Hunger.«

»Ich dachte, Luft und Liebe reichen dir?«, neckte sie ihn.

Er musste lächeln.

»Gleich, nur noch paar Minütchen«, rief sie.

Tom seufzte. Die kannte er, die paar Minütchen. Er ging wieder zum Bett, legte sich darauf, spürte seine rechte Hand pochen. Er dachte an Matilda, der er es am Unfallort versprochen hatte, zum Arzt zu gehen.

Endlich kam Ines aus dem Bad, nackt, auf dem Kopf einen Handtuchturban. Sie sah toll aus. Eine Figur wie ein Model. Freddy hatte sie sogar einmal für eine Werbung casten wollen. Aber Ines hatte abgelehnt.

Sie löste lächelnd ihren Turban, die nassen blonden Haare fielen ihr über die Schulter. Lasziv ging sie auf ihn zu, ihre Brüste wippten leicht. »Wir haben noch etwas Zeit, oder?« Sie kam zu ihm aufs Bett, strich ihm mit der Hand über den nackten Bauch.

Sie sah toll aus, aber er hatte jetzt so gar keine Lust. Nur Hunger. Es regte sich nichts bei ihm. »Äh, ich glaube, wir sollten jetzt wirklich zum Büfett«, sagte er entschuldigend. »Ich brauche Energie.«

Sie lächelte bemüht, aber die Enttäuschung war ihr anzusehen. »Ich hab mich extra eingecremt für dich. Mit Pfirsichduft.«

»Du riechst auch super und siehst super aus. Aber mir ist grad einfach nicht danach.«

»Mal wieder«, rutschte es ihr heraus. Dann drehte sie sich um, ging zum Kleiderschrank, suchte Unterwäsche und ein Sommerkleid aus und zog sich an.

Getroffen verfolgte er ihr Tun. *Mal wieder.* Ja, das stimmte. Hatte es mit dem Alter zu tun? Dabei war er mit Mitte dreißig ja wirklich noch nicht alt. Früher wäre ihm das beim Anblick so einer Frau nicht passiert. Seufzend stand er auf.

Einen Moment sagten beide kein Wort. Dann lenkte Ines ein. »Wie gehts deiner Hand?«

»Geht. Pocht bisschen.«

»Wie bitte?« Alarmiert drehte sie sich um. »Pocht? Und das sagst du jetzt erst?«

»Ist nicht schlimm. Ist vielleicht auch kein Pochen. Ich spür sie halt.«

»Dann gehen wir nach dem Frühstück sofort zum Arzt. Ich hab ja gleich gesagt, das sollten wir tun. Was, wenn du nicht mehr zeichnen kannst? Dann bist du berufsunfähig und hast keine Berufsunfähigkeitsversicherung!«

»So schlimm ist es nicht, das wird schon wieder.«

»Woher willst du das denn wissen?« Sie klang gereizt. Ganz sicher trug die Ablehnung von gerade eben dazu bei. »Tom, wir gehen zum Arzt. Und danach zur Polizei. Den Typen, der Fahrerflucht begangen hat, den zeigen wir an. Den finden die schon. Du kannst den Wagen doch beschreiben.«

»Ich gehe nicht zur Polizei.«

»Wieso denn nicht?« Sie klang noch gereizter.

»Weil Matilda den Fahrer kennt.«

»Matilda?«

»Die Goldschmiedin von unserem Workshop.«

»Was hat die denn damit zu tun?« Jetzt klang sie wirklich sauer.

»Nichts. Sie kennt den Fahrer aber. Und ich will nicht, dass er Probleme durch eine Anzeige bekommt. Ist schließlich ein Bekannter von ihr. Sie war am Unfallort, hab ich dir das noch gar nicht gesagt?«

»Nein, hast du nicht! Sag mal, Tom, was ist eigentlich los mit dir? Was geht dich der Bekannte von dieser Matilda an? Der hat Fahrerflucht begangen! Der scheint ein Arsch zu sein. Und wie du *Matilda* aussprichst! Stehst du auf sie?«

»Was? Wie kommst du denn darauf?«

»Ich hab doch Augen im Kopf. Wie du sie angesehen hast. Und sie dich. Ich bin doch nicht blöd!«

»Jetzt komm mal wieder runter, Ines, du steigerst dich gerade total in einen Quatsch rein. Dabei bist du nur sauer, weil ich gerade nicht mit dir schlafen wollte, obwohl das doch gar nichts mit dir zu tun hat.«

»Ach ja? Und mit wem dann? Mit Matilda?« Es war so wütend dahingesagt, aber Tom merkte, dass es ihn traf. Dass es vielleicht die Sache auf den Punkt brachte. Konnte er jetzt nicht mit Ines schlafen, weil er an Matilda gedacht hatte und sich wie ein Schuft vorkam? Allein, dass er an eine andere Frau dachte, obwohl er bald Ines heiraten würde. Er widerte sich selbst an.

»Wir reden am besten ein anderes Mal weiter, das hat jetzt echt keinen Sinn.«

»So, keinen Sinn? Ich finde schon, dass Reden Sinn hat. Oder sollen wir jetzt so den Tag zusammen verbringen? Schweigend? Oder über das Wetter plaudernd? So wie meine Eltern immer?«

Sie hatte ja recht. Er war normalerweise auch ein Freund der klaren Worte. Doch wenn er die Worte nicht einmal für sich selbst formulieren konnte, wie sollte er sie dann ihr sagen?

»Du hast ja recht. Weißt du was, ich brauch was zu essen und du auch, wir sind beide unterzuckert.«

»Stimmt«, fauchte sie. Er merkte ihr an, dass sie versuchte, sich zusammenzureißen.

Sein Handy klingelte. Er sah aufs Display. »Das ist Freddy.«

Sie sah ihn mit Tränen in den Augen an. »Und wehe, du sagst deinem Freddy gleich, dass ich eine Furie bin, das bin ich nämlich nicht.«

»Ich weiß, dass du das nicht bist.« Auch er klang viel versöhnlicher.

Sie atmete durch. »Dann nimm schon ab. Ich geh vor in den Frühstücksraum und trinke einen Kaffee.«

»In Ordnung. Ich komm gleich nach.«

»Okay.«

»Aber du musst dich doch noch föhnen«, sagte er.

Sie schüttelte wild den Kopf. »Gar nichts muss ich.« Mit diesen Worten schnappte sie sich ihre Handtasche, verließ das Apartment.

Ihr Vater hatte ihr immer gesagt, was sie alles müsse, erinnerte sich Tom an eine Erzählung. Wie viel Eltern doch anrichten konnten mit ihrer »Erziehung«.

Er nahm sein Handy, ging ran. »Hey, Alter, stör ich gerade bei Honeymoontätigkeiten?«, scherzte Freddy.

»Was? Nein. Im Gegenteil.«

»Im Gegenteil?« Freddy schien zu überlegen.

»Hochzeitswahnvorbereitungen?«, rätselte er. In seinen Augen war Ines eindeutig dem Hochzeitswahn erlegen. Tom hatte es bisher nicht gestört, Frauen wollten doch alle eine Märchen-Traumhochzeit. Ines' Vater hatte angeboten, die Feier zu bezahlen, insofern war es für Tom okay.

»Nee, Quatsch. Was gibt's denn?«, versuchte er abzulenken.

»Ich oxidier hier im Büro rum, warte auf ein Meeting und guck mir gerade die endgeilen Radstrecken auf Mallorca im Netz an. Sind sie wirklich so cool, wie hier beschrieben wird?«

Sofort schwärmte Tom ihm vor, wie echt perfekt es hier zum Radeln sei. Dann erzählte er seinem Freund von seinem kleinen Unfall, aber nichts von Fahrerflucht oder Ähnlichem. Beide waren schon oft vom Rad gefallen, hatten immer mal wieder etwas geprellt. Freddy war sogar noch härter im Nehmen als Tom. Insofern machte Freddy da auch kein Ding draus. Nicht so wie Ines, dachte Tom.

* * *

Heute fand der Trauring-Workshop bei Matilda vormittags statt, immer abwechselnd, mal nachmittags, vormittags, nachmittags. Tom saß neben Ines, die den Mietwagen die Küste entlang lenkte. Sie fuhren zu den kleinen Läden am Meer. Ines sah ihn skeptisch von der Seite an. »Was lächelst du denn so?« Die Stimmung zwischen ihnen war eben nicht die beste gewesen. Er zuckte die Schultern. »Ich freu mich halt.«

»Worüber denn?«

»Na … auf den Workshop«, erwiderte er, ohne nachzudenken. Es war die Wahrheit, aber sie klang für Ines natürlich ziemlich untypisch. Sie hatten länger diskutiert, ob sie den Workshop buchen sollten, denn Tom hatte eigentlich keine Lust gehabt. Natürlich bekam sie es auch sofort in den falschen Hals. »Du meinst, du freust dich auf diese Matilda?«

Tom atmete durch. »O Mann! Du bist doch sonst nicht so übertrieben und grundlos eifersüchtig.«

Das war sie tatsächlich nicht. Bisher nicht.

Er fuhr fort. »Natürlich nicht deshalb. Auf das Event freu ich mich. Auch wenn ich nicht mitmachen kann.« Nach einem

Geistesblitz fügte er hinzu: »Immerhin basteln wir unsere Eheringe. Ist ja schon was Besonderes.« Er lächelte sie an.

Ines lächelte besänftigt zurück. »Ich kann es nicht mehr erwarten, bis wir endlich verheiratet sind.«

»Ich auch nicht«, fühlte sich Tom bemüßigt zu sagen. Dabei hätte es, wenn es nach ihm gegangen wäre, durchaus Zeit gehabt mit dem Heiraten, so wahnsinnig lange kannten sie sich schließlich noch nicht. So viele Ehen gingen in die Brüche, er hätte auch nichts dagegen gehabt, einfach so zusammen glücklich zu sein. Denn das waren sie. Zumindest fühlte er sich gut mit Ines. Sie gab ihm die Sicherheit, nicht morgen plötzlich verlassen zu werden, ohne Vorankündigung. Sie würde ihm nicht komplett unvorbereitet das Herz rausreißen wie Simi damals. Das hatte Spuren hinterlassen, musste er sich eingestehen. Eine tolle, wunderschöne Frau wie Ines, die ihn wollte, die ihn gut fand, war deshalb ein Glücksfall für seine verletzte Seele. Mit Freddy redete er über vieles, aber das hatte er für sich selbst erkannt.

»Weichei«, hätte Freddy sicher zu ihm gesagt, ihn immer wieder aufgezogen. Darauf hatte Tom keine Lust. Auch wenn es Freddy niemals böse meinte, so waren seine Sprüche durchaus manchmal etwas heftig, deftig. »Deftig wie eine Schweinshaxe mit Semmelknödeln«, hatte Freddy einmal selbstkritisch lachend gesagt. »So bin ich halt. Fast wie ein Norddeutscher. Klar und direkt.«

»Vielleicht solltest du dir eine norddeutsche Frau suchen«, hatte Tom geantwortet. »Die weiß damit umzugehen.« Denn Freddy eckte bei Frauen immer wieder an. Sie warfen ihm vor, unsensibel zu sein, dabei war er das nicht. Er merkte schnell, wenn etwas nicht gut lief, hatte feine Antennen und sprach aus, was er dachte.

Ines lenkte den Wagen auf den Parkplatz bei den Läden am Meer. Es war schon einiges los, die Läden mit ihren mallorquinischen Spezialitäten schienen bei den Touristen sehr gut anzukommen. Sie stiegen aus, Ines kam zu ihm, küsste ihn sanft auf den Mund. »Wieder gut?«

»Klar.« Er lächelte, legte den Arm um sie. Sie war ja auch nur ein verletztes Wesen, das geliebt werden wollte, so wie sie war. Ihrem Vater hatte sie nie etwas recht machen können, ihren Ex-Freunden offenbar auch nicht. »Selbst schuld, wenn ich mir immer so Unternehmensberaterfuzzis oder Bänker ausgesucht habe«, hatte sie einmal selbstkritisch gesagt. »Die sind oft Narzissten, oder zumindest sehr von sich selbst überzeugt. Eine Frau ist da nur hübsches Vorzeigeobjekt.«

»Bei mir doch auch«, hatte Tom gewitzelt. Aber natürlich war er nicht so. Eine Frau war bei ihm bester Kumpel, Pferdestehlerin, Radlfahrerin und große Liebe. Das mit der Radlfahrerin passte bei Ines zwar nicht, sie ging ins Fitnessstudio, aber Radfahren als Sport mochte sie nicht. Er fand das jedoch nicht so schlimm, denn er hatte zum Radln ja Freddy.

Sie gingen an dem kleinen Café vorbei, grüßten Josy, die gerade Kaffee und Kuchen auf der Terrasse servierte, und weiter an diesem hübschen Blütentraum-Laden entlang, aus dem ein blumiger Duft herauskam, bis zu Matildas »Perlenzauber und Meer«. Die weißen Markisen der Läden flatterten leicht im Wind.

»Diese Läden und ihre Namen sind superschön«, sagte Ines. »Daran werde ich immer denken, wenn ich mir meinen Ehering ansehe, bis ins hohe Alter. Und ans Meer, und diese tolle Bucht, überhaupt Mallorca, diese Trauminsel.«

»Ja, eine echt coole Erinnerung, war eine super Idee von dir, hierherzukommen.«

»War ja nicht meine. Hab den Workshop ja nur auf Insta gefunden. Die Idee hatte Matilda.«

Tom löste seinen Arm von Ines und sie traten in Matildas Laden ein.

Matilda trug heute ein rotes Sommerkleid, das ihr supergut stand. Ihre dunklen Haare und ihre braune Haut kamen so zur Geltung. Tom ertappte sich selbst dabei, sie anzustarren. Matilda sah zu ihm auf, lächelte zurückhaltend, begrüßte ihn und Ines herzlich.

»Hallo, ihr beiden. Ich hoffe, ihr hattet einen schönen Abend gestern.«

Tom und Ines sahen sich kurz an, nickten dann unisono. Sie waren noch Pizza essen gegangen. Tom hätte lieber Tapas gegessen, aber Ines mochte das nicht.

»War sehr schön«, versicherte Ines.

Matilda sah von ihr zu Tom. Er konnte nicht anders, sein Blick verfing sich in ihren dunklen, geheimnisvollen Augen.

* * *

Matilda spürte wieder dieses Kribbeln im Bauch, als sie ihm in die Augen sah. Schnell senkte sie den Blick, ging zu ihrer Goldschmiedeecke und erklärte, was heute auf dem Programm stand. Ines und Tom folgten ihr, setzten sich und ließen sich von Matilda erklären, wie sie heute den Ring löten würden. »Die Ringe sind ja noch nicht ganz rund, an der Fuge löten wir sie zusammen. Mit einem Lötbrenner mit offener Flamme werden sie erhitzt und mit einem sogenannten Flussmittel eingeschmiert. Das hält die Lötfuge sauber, dann kann das Lot in die Fuge fließen.«

»Gelötet hab ich als kleiner Junge oft«, entfuhr es Tom.

»Du kannst den Lötkolben eh nicht halten mit deiner Hand«, warf Ines ein.

»Stimmt leider.«

»Und es ist kein klassischer Lötkolben, sondern einer mit einer kleinen Flamme, speziell für Goldschmiedearbeiten«, erklärte Matilda noch einmal.

Sie sah auf das Lötgerät und ihre Hand fing zu zittern an. Wie jedes Mal, wenn sie damit arbeiten musste. Immerhin war die Flamme klein, viel kleiner als die in der Glasbläserei. Sie hatte es so oft geschafft, sich ihrer Angst zu stellen. Aber an manchen Tagen machte ihr Körper einfach nicht mit. Sogar die kleine Lötflamme bei der Bearbeitung eines Schmuckstückes war immer wieder eine Riesenherausforderung für sie. Doch diese Herausforderung hatte sie angenommen. In der Hoffnung, dass es besser wurde, ihre Angst vor Feuer kleiner.

»Du zitterst ja«, stellte Tom besorgt fest. »Ist dir nicht gut?«

Matilda lachte schüchtern auf. »Doch. Es ist nur, ich habe als Kind einmal am Hinterkopf an den Haaren Feuer gefangen und seitdem habe ich diese verrückte Angst.«

»O Gott!«, entfuhr es Ines. »Wie schrecklich!«

»Es ist letztendlich ja gut gegangen, einige Haare habe ich damals verloren, aber sie sind zum Glück nachgewachsen. Nur dass sich mein Körper immer, wenn ich Feuer sehe, daran erinnert.«

»Verstehe ich«, sagte Tom mitfühlend. »Und trotzdem arbeitest du mit Feuer?«

»Eigentlich sollte ich Glasbläserin lernen, aber da war mir die Flamme definitiv zu groß. Goldschmiedin dagegen wollte ich unbedingt lernen. Dachte, diese kleine Flamme, das schaff ich schon. Tu ich ja auch, ich habe die Ausbildung fertig gemacht und danach eine Zeit lang als Goldschmiedin gearbeitet. Aber mein Chef war sehr anstrengend, die Variante mit dem eigenen Laden, in dem Kunsthandwerk der Insel verkauft wird, und nur ab und zu selbst etwas zu schmieden, ist für mich perfekt.«

»Kann ich mir vorstellen«, bestätigte Tom.

»Heute zittere ich irgendwie besonders stark.«

»Sollen wir das mit dem Löten übernehmen?«, schlug Tom nett vor.

»Du meinst, ich?«, warf Ines ein und deutete auf seine geschiente Hand.

»Wenn es für dich okay ist? Wir machen ja auch den Workshop, um die Ringe selbst herzustellen«, sagte Tom zu ihr.

»Klar. Wenn du mir zeigst, wie es geht, Matilda?«

»Sehr gern.«

Matilda warf Tom einen dankbaren Blick zu. Sie setzten sich, Matilda wies Ines in den Umgang mit dem Lötgerät ein. Dabei spürte sie immer wieder Toms Blick auf sich, sah ab und zu auf, senkte ihren Blick jedes Mal wieder und versuchte, sich auf die Ringherstellung und Ines zu konzentrieren, die die Flamme entzündete.

Matilda starrte in die Flamme, setzte sich auf ihre Hände, die jetzt erst recht zitterten. Es war ihr unangenehm vor Tom, so ein Angsthase zu sein. Alvaro nannte sie immer so, wenn sie bei Freunden waren und es dort ein Lagerfeuer gab. Wenn Matilda sich zurückzog und mindestens drei Meter Abstand hielt.

Ihr Handy klingelte. Sie ließ es klingeln, da Ines noch mit dem Lötkolben zugange war.

»Dein Handy«, sagte Ines und deutete mit einer unkontrollierten Bewegung in Richtung des Geräuschs. Matilda zuckte zusammen.

»Vorsicht!«, schrie sie auf.

Ines machte das Feuer aus. »Oje, du bist ja wirklich ganz panisch. Da kann doch nichts passieren.«

»Ich weiß, tut mir leid.«

»Das muss dir nicht leidtun«, sagte Tom.

Matilda lächelte ihn an, ging rasch an ihr Handy, um der Situation zu entfliehen. Alvaro meldete sich. »*Mi amor,* es ist etwas geschehen!« Er sprach Mallorquin und klang aufgeregt, Matildas Magen zog sich zusammen.

»Was denn?«

»Meine Madre, sie ist die Kellertreppe hinuntergefallen.«

»O Gott, nein! Wie geht es ihr?«

»Sie hat höllische Schmerzen im Fuß. Vermutlich angeknackst, sagt der Arzt, der gerade da war. Sie muss das Bein hochlegen, zwei Wochen mindestens.«

»Zwei Wochen?«, entfuhr es Matilda. »Die Arme!«

»Ja, und weil sie ja allein in dem großen Haus lebt, seit mein Padre tot ist, hat sie niemanden, der sie pflegt.«

Stille am Ende der Leitung. Matildas Gedanken rasten. Sie wusste, was das bedeutete.

»Wir ziehen die nächsten Wochen bei ihr ein, *mi amor*, zusammen können wir sie abwechselnd rund um die Uhr versorgen. Das ist doch in Ordnung für dich? So können wir unsere Hochzeit besser planen, denn meiner Madre soll sie ja auch gefallen, dann kann sie gleich mitreden.«

Matildas Mund fühlte sich mit einem Mal trocken an. Staubtrocken. Als befände sie sich in einer Wüste.

»*Mi amor?* Ist doch in Ordnung für dich, oder? Sie hat wirklich große Schmerzen.«

»Ja, natürlich ist das in Ordnung«, erwiderte sie. Sie sah zu Tom und Ines. Die beiden hatten gemerkt, dass etwas geschehen sein musste. Sie erklärte kurz: »Meine zukünftige Schwiegermutter ist die Kellertreppe hinuntergefallen und hat sich verletzt.«

»Oje!«, entfuhr es Ines. Tom blickte Matilda traurig an, oder bildete sie sich das ein? Er hatte nicht gewusst, dass sie bald heiraten würde. War er deshalb auf einmal so niedergeschlagen?

Matilda verabschiedete sich von Alvaro und legte auf.

»Deine arme zukünftige Schwiegermutter«, sagte Ines jetzt. »Als alter Mensch ist man in solchen Situationen wirklich aufgeschmissen, wenn man allein wohnt.«

»Ja«, erwiderte Matilda aufgewühlt.

»Du hast gar nicht erzählt, dass du auch bald heiratest«, fuhr Ines fort. Sie klang erleichtert.

»Nein, es geht hier ja um euch«, erwiderte Matilda. »Wollen wir weiter eure Ringe schmieden?«

»Gern.« Ines wirkte gelöst, stellte das Feuer am Lötkolben wieder an und Matilda spürte, dass sie jetzt am ganzen Leib zitterte. Sie fühlte sich wie eine Maus in der Falle. Erst mal zur Schwiegermutter zu ziehen, hieß, für immer dort wohnen zu bleiben. Ariadna würde alles daransetzen, sie nicht mehr aus dem Haus zu lassen.

Matilda seufzte und zitterte jetzt erst recht.

* * *

»Wie bitte?! Das ist doch nur eine Masche von deiner Schwiegermutter, auf keinen Fall ziehst du zu ihr!«, entfuhr es Amelie. Die Freundinnen standen alle bei Josy mit einem Café solo in der Hand an der Theke, nur Teresa trank einen Tee. Eigentlich hatten sie sich heute erneut zu einem Treffen verabredet, um zu beraten, wie Matilda ihre Eltern langfristig finanziell mehr unterstützen konnte, zum Beispiel, indem sie das Angebot in ihrem Laden erweiterte. Aber das beherrschende Thema ihres Hot-News-Kaffee-Treffens, wie es Amelie einmal genannt hatte, war heute der Einzug bei der Schwiegermutter.

»Ich glaube nicht, dass es gespielt ist, ich kenne Ariadna schon so lange, so etwas tut sie nicht. Bösartig war Ariadna nie. Nur sehr bestimmend, dominant. Ich muss mich kümmern. Sie ist wie Familie und bald sowieso.«

»Warum bald sowieso?«, hakte Liz nach. Auch die anderen horchten auf.

Matilda suchte nach Worten. Sie hatte den Freundinnen noch gar nicht erzählt, dass Alvaro sie wegen der Hochzeit gefragt hatte. Zurückhaltend fuhr sie fort: »Das wollte ich euch auch noch sagen. Alvaro hat mich gestern gefragt, ob wir jetzt heiraten.«

»Was?! Heiraten?« Amelie warf den anderen einen Blick zu. Nur Teresa freute sich sofort mit Matilda, stellte ihre Tasse ab, umarmte sie, so gut es mit dem Schwangerschaftsbauch ging, und gratulierte. »Wie romantisch, ich freue mich so für dich, Matilda. Du hast so lange darauf gewartet.«

»Danke, du Liebe.«

»Ich helfe dir gern beim Organisieren«, fuhr Teresa freudig fort. »Zumindest bis zur Geburt ganz viel und danach versuche ich es auch noch.«

»Danach übernehme ich«, schlug Josy vor.

»Wir alle«, fügte Liz an.

»Das ist so nett von euch, aber das hat alles noch Zeit, ich muss mir erst mal selbst klar werden, was ich will.«

Josy und Liz hatten ihre Tassen auch abgestellt, umarmten sie jetzt nacheinander auch.

Josy flüsterte ihr ins Ohr: »Glückwunsch. Freust du dich denn wirklich?«

Matilda nickte und flüsterte zurück. »Ja, das tu ich.«

Und Liz sagte: »Hätte ich jetzt gar nicht damit gerechnet. Du?«

»Nein.« Matilda löste sich aus Liz' Armen. »Das kam ganz überraschend, auch für mich. Jetzt sind wir schon so lange verlobt …«

Amelie stellte ihre Tasse lautstark auf den Tresen, drückte sie ebenfalls. »Und wieso jetzt?«, hakte sie sofort nach.

Matilda erklärte, dass er ihr Sicherheit geben wollte, weil sie sich so Sorgen machte um ihre Eltern. Dass er sie zur Not unterstützen würde, dass sie das aber nicht wolle.

»Das ist trotzdem sehr nett von ihm«, fand Liz.

»Ja«, bestätigte Matilda. Dann gab sie aber noch zu, dass die Feier mit einem Event der Glasbläserei verbunden werden solle.

»Mit einem Jobevent?«, stellte Amelie trocken fest. »Hallo? Das ist deine Hochzeit, da würde ich auf keinen Fall einwilligen.«

»Das sagst du so. Es geht um die Glasbläserei der Familie, sie läuft nicht so gut, seit Alvaro sie übernommen hat. Er bezieht es auf sich, aber die Zeiten sind auch schlechter geworden. Wir müssen alle zusammenhelfen.«

Amelie rollte die Augen. »Da gibt es ja wohl andere Marketingevents, die man veranstalten kann. Und dann noch zur Schwiegermutter ziehen, das, was du nie wolltest. Das weiß Alvaro doch.«

»Natürlich. Er hat es ja längst akzeptiert. Aber jetzt durch den Unfall seiner Mutter, das ist doch etwas ganz anderes.«

»Ich bin auch skeptisch, ob sie sich wirklich verletzt hat. Aber das siehst du ja bald, wenn du dort zum Helfen hinziehst«, wandte Josy ein.

»Ja, genau. Warum sollte sie uns das denn auch vorspielen?«

Teresa streichelte mit einer Hand über ihren Bauch, gab ihr recht. »Man sollte nicht immer vom Schlechten ausgehen. Die arme Frau ist die Kellertreppe hinuntergefallen, das passiert vielen älteren Leuten. Wie die Oma von einer Freundin bei uns im Dorf in Niederbayern damals auch. Sie hat sich die Schulter gebrochen und so ein Drahtdings reinbekommen. Ich find es richtig, dass ihr euch jetzt ein paar Wochen um sie kümmert und so lange da einzieht. Aber das heißt ja nicht, dass das für immer ist.«

Erleichtert gab ihr Matilda recht. »Ja, das heißt es nicht.«

Liz strich ihr über den Arm. »Da kannst du jetzt mal so richtig schön lernen, wie man Nein sagt, wenn sie zu weit geht. Das, was ich auch erst lernen musste bei meinem Großonkel. Mir scheint, die sind aus dem gleichen Holz geschnitzt.«

Matilda lächelte sie an. »Stimmt. Ich sehe es einfach als Übung an.«

Josy scherzte: »Eine Art Neinsagen-Workshop gratis.«

Teresa, Matilda und Liz lachten. Nur Amelie blickte finster und besorgt. »Und wenn sie dich in ihrem Hexenhäuschen festhält, holen wir dich da raus«, sagte sie schließlich.

Matilda lachte. »Oje. Das Hexenhäuschen. Jetzt wird mir aber ganz anders. Danke, dass es euch gibt. Und ihr könnt euch schon mal überlegen, was ihr als meine Brautjungfern anziehen wollt. Die Hochzeit soll in acht Wochen stattfinden, hat mir Alvaro am Strand gestern dann noch gesagt.«

»In acht Wochen schon? So schnell kann man doch gar keine große Hochzeit organisieren«, fand Teresa.

»Ariadna kennt so viele hier auf der Insel, ihre Bekannten und die Angestellten der Glasbläserei stellen auch in acht Wochen ein großes Hochzeitsevent auf die Beine.«

»Himmel, dann sind die Zwillinge gerade auf der Welt«, überlegte Teresa. »Dann kann ich nicht wild mit euch feiern und tanzen.«

»Dafür hast du dann deine zwei Goldschätze«, erwiderte Liz etwas sentimental.

Josy horchte auf. »Wünschst du dir jetzt etwa auch schon Kinder?«

Liz lächelte. »Schon ist gut. Cristian und ich lassen es jetzt darauf ankommen, haben wir gestern beschlossen.«

»Ach, wie schön!« Teresa strich ihr erfreut über den Arm.

»Dann könnt ihr euch die ganze Zeit über den Babywindel-Stress austauschen«, sagte Amelie trocken, für die das Thema Kinderkriegen ganz weit in den Sternen stand, wie sie einmal gesagt hatte.

»Keine Sorge, wir werden auch andere Themen haben.« Scherzend fügte Teresa hinzu: »Milchstau zum Beispiel.«

Amelie und die anderen lachten.

»Hast du mit Simon nie überlegt, doch vor der Geburt zu heiraten?«, fragte Liz bei Teresa nach.

»Nur kurz. Aber ich wünsche mir schon so eine richtige Traumhochzeit. Seit ich ein Kind bin. Für Simon wäre auch eine kleine Feier okay.«

Josy grinste. »Hauptsache, ihr feiert nicht auf seiner Jacht. Mit Blütenkranz im Haar. Sonst passiert noch das Gleiche wie bei diesem Blütenkochen.« Sie erinnerten sich amüsiert an Teresas Erzählung, wie sie damals vor all den Gästen ins Wasser gesprungen war, um einer heiklen Situation zu entfliehen.

Matilda lächelte, sah auf die Uhr, wurde wieder ernst, trank ihren Café solo aus und sagte dann bemüht fest: »Man kann nicht immer abtauchen. Man muss im Leben manchmal Kompromisse eingehen. Als Paar erst recht. Sonst funktioniert keine lange, gute Beziehung.«

»Sehe ich anders«, entgegnete Amelie, gab dann aber zu, noch nie »so ewig« mit jemandem zusammen gewesen zu sein wie Matilda. »Beziehungstipps vom Dauersingle«, scherzte sie.

»Ein paar Kompromisse sind okay«, fand Josy. »Da muss jeder sehen, wozu er bereit ist.«

Matilda nickte. »Ja, aber ich kann da jetzt nicht Nein sagen, seine Mutter braucht Hilfe.«

»Das meint ja auch keine von uns«, wandte Liz ein. »Das ist doch völlig klar. Nur solltest du Nein sagen, wenn es eine Dauerlösung werden sollte. Und wenn sie dich zu sehr herumkommandiert.«

»Ich weiß, ich weiß.«

Plötzlich fasste sich Teresa an ihren Bauch und verzog ein wenig das Gesicht. »Autsch!«

»Geht es schon los?«, erkundigte sich Matilda sofort.

»Keine Ahnung, mein Bauch tat gerade weh.« Teresas Stimme klang angespannt.

Liz sah sie an. »Wenn es wieder vorkommt, solltest du sofort zum Arzt.«

»Das mach ich.« Teresa klang jetzt besorgt. »Es ist ja noch ein bisschen zu früh. O Mann, ich dachte, die Angst, dass etwas schief geht während der Schwangerschaft, hört nach dem dritten Monat auf. Aber ich mach mir ständig Sorgen, um ehrlich zu sein.«

Josy beruhigte sie. »Bestimmt war es nur ein kleines Zwacken, mehr nicht. Setz dich, du brauchst vielleicht einfach mehr Ruhe.« Sie schob Teresa einen Stuhl hin, die ließ sich darauf sinken, streichelte über ihren Bauch.

»Hoffentlich.« Teresa standen Tränen in den Augen. »Ich weiß, ich reagier total über. Aber ich denk immer wieder an die Fehlgeburt damals … Müssen die Hormone sein.«

Matilda schüttelte den Kopf. »Nein, das verstehen wir gut. Geh doch auf jeden Fall zu deinem Frauenarzt, der kann dir deine Angst sicher nehmen. Soll ich dich hinbringen?«

Teresa sah angespannt vor sich hin. »Danke, aber Simon fährt mich bestimmt hin.« Sie zog ihr Handy heraus und rief ihn an. »Schatz, mir geht es nicht so gut, irgendwie hat sich mein Bauch gerade seltsam angefühlt.« Teresa lauschte, nickte.

Matilda streichelte der Freundin besorgt über den Arm. Das waren sie, die richtigen Sorgen.

# Kapitel 5

Matilda stand in ihrer kleinen Wohnung vor einem halb gepackten Koffer und lauschte in ihr Handy. Teresa ging immer noch nicht an ihr Telefon. Bestimmt war sie gerade beim Arzt. Matilda machte sich Sorgen um ihre Freundin, wollte es später noch mal versuchen.

Sie überlegte weiter, was sie für die nächsten zwei Wochen bei ihrer Schwiegermutter noch brauchte. Irgendwie kam gerade alles auf einmal. Aber ausgerechnet jetzt, wo sie vielleicht doch irgendwann auf Alvaros Unterstützung angewiesen war, damit ihre Eltern ihren Orangenhain nicht verkaufen mussten, durfte sie es sich mit seiner Mutter nicht verderben. Sie konnte nur hoffen, dass Ariadna sie nicht zu sehr herumkommandieren würde.

Sie hatte bereits ein paar Kleidungsstücke, ihre Beauty-Tasche und zwei Paar Schuhe in den Koffer gepackt. Es würde ja kein Urlaub werden, eher das Gegenteil. Für Alvaro hatte sie ein paar Sachen, die er in ihrer Wohnung deponiert hatte und zu Hause jetzt sicher brauchte, bereits zusammengesucht. Dass er immer noch offiziell sein altes Kinderzimmer bei seiner Mutter hatte, war schon seltsam. Matilda dachte an die Erzählungen der Freundinnen, dass es in Deutschland normal sei, ohne Trauschein zusammenzuwohnen. Natürlich wusste sie das und sicher gab es einige Familien auf Mallorca, die es lockerer sahen, aber weder ihre Eltern noch Ariadna hätten das gutgeheißen. »Bring keine Schande über uns«, hatte ihre Mutter einmal gesagt. »Erst wird geheiratet, dann zusammengezogen und dann möchte ich ganz bald Großmutter werden.« Da weder Matilda noch Alvaro Geschwister hatten, hoffte die ganze Familie schon lange auf eine Schar von Enkelkindern von ihnen beiden. Nach der Eheschließung natürlich. Bis vor einigen Jahren hatte Matilda sehr auf eine Hochzeit gehofft, wollte aber die Initiative nicht selbst ergreifen. Irgendwann dann, vermutlich durch die Ansichten der Freundinnen hier, die viel moderner waren, hatte sie kaum mehr darüber nachgedacht. Alvaro tut dir gut, hatte Josy einmal gesagt, was willst du mehr.

Sein plötzlicher Wunsch zu heiraten, um ihr Sicherheit zu geben, hatte sie berührt. Dass er es mit diesem Fest für die Firma verbinden wollte, war wiederum nicht besonders romantisch. Aber heirateten nicht viele sogar nur aus finanziellen Gründen?

Matilda schloss den Koffer. Alvaro hatte sich nach dem Sturz seiner Mutter in der Glasbläserei sofort freigenommen, war seitdem bei Ariadna und wartete dort auf Matilda. »Sobald du da bist, muss ich in die Firma zurück«, hatte er gesagt. »Ich muss mich um einiges kümmern.« Er klang angespannt, der Druck, die Verantwortung für die Mitarbeiter, lasteten schwer auf ihm und er tat Matilda leid.

Sie nahm ihren Koffer und den Rucksack mit Alvaros Sachen hoch, sah sich in ihrer Wohnung um. Sie hatte sie gemütlich eingerichtet, liebte ihre kleine Wohnung sehr. Ein beigefarbenes Sofa mit cremeweißen Kissen darauf stand im Wohnzimmer. So einige Mädelsabende hatte sie hier mit einer oder mehreren Freundinnen verbracht. Mit mallorquinischen Mandelkeksen und Aperol Spritz. Immer dann, wenn Alvaro länger in der Glasbläserei zu tun gehabt hatte, oder wenn er Basketball spielen war mit seinem Freund Gonzalez, jeden Mittwoch und Freitag, seit Jahren. Matilda fand zwar gut, dass er Sport trieb, aber mit Gonzalez konnte sie sich einfach nicht anfreunden. Und nach der Fahrerfluchtsache erst recht nicht mehr. Ein Jammer, dass er Alvaros bester Freund war. Auch mit seinen wechselnden Partnerinnen konnte sie nie viel anfangen, weshalb Pärchenabende mit Gonzalez und seiner jeweiligen Freundin für Matilda meist eher anstrengend waren.

Sie ging zur Tür, verließ ihre Wohnung, schloss ab. Ihre Pflanzen hatte sie noch einmal gegossen, würde einmal die Woche kommen, um nach ihnen zu sehen. Es fühlte sich an wie ein Abschied. Auch wenn sie sich vornahm, sich von Ariadna und Alvaro nicht überreden zu lassen, dauerhaft dort zu wohnen. Sie kannte sich einfach zu gut. Harmonie war ihr wichtig, ihre Eltern stritten so gut wie nie. Wenn ihr Vater einmal die Stimme erhob, so belastete das ihre Mutter sehr. Glücklicherweise kam es selten vor. Zuletzt, als wieder ein paar Touristen Orangen in seinem Orangenhain gestohlen hatten, denn das gehörte zu den wenigen Dingen, die ihn so wütend werden ließen. Wütend, weil er die Menschen nicht verstand, die einem kleinen Orangenbauern aus Spaß die Ernte stahlen.

Eigentlich hätte Matilda als einziges Kind ihrer Eltern einmal den Orangenhain übernehmen sollen, aber glücklicherweise hatte ihre Mutter ihren Vater überredet, sie Goldschmiedin lernen zu lassen. »Unsere Tochter soll das machen, wovon sie träumt,« hatte sie gesagt.

»Wenn sie von der Handwerkskunst träumt, dann soll sie besser Glasbläserin lernen, wo sie doch eh Alvaro heiraten wird«, hatte ihr Vater erwidert.

In seinem Stolz, dass sie in die wohlhabende Glasbläserfamilie einheiraten würde, hatte er versucht, sie zu überreden, trotz ihres Feuertraumas Glasbläserin zu lernen.

»Lass das Kind in Ruhe«, hatte ihre Madre gesagt. »Hauptsache, Alvaro ist zufrieden mit ihr.«

Es ging immer nur darum, den Mann glücklich zu machen, so war ihre Mutter erzogen worden. Sicher wollte Matilda, dass Alvaro glücklich war, aber es ging doch auch um sie. Wenn sie jahrelang unzufrieden wäre, würde das ihre Beziehung belasten.

Nachdenklich schritt sie mit dem Koffer und dem Rucksack die Treppe hinunter. Vielleicht würden die nächsten zwei Wochen ja gut werden mit Ariadna. Matilda wollte positiv denken über ihre baldige Schwiegermutter.

* * *

Rechts und links neben der Haustür von Ariadnas Haus standen Töpfe mit roten und weißen Geranien, die dringend Wasser brauchten. Matilda drückte auf den Klingelknopf. Wenig später öffnete Alvaro die Tür.

»Alvaro, wer ist da an der Tür?«, hörte sie Ariadna aus dem Wohnbereich rufen.

»Nur Matilda, Mamá«, rief er zurück.

»Komm rein, wo bleibst du denn?«, fragte er Matilda angespannt. »Ich muss los.«

*»Hola«,* erwiderte Matilda und küsste ihn auf den Mund. »Es ging nicht schneller. Ich musste auch noch im Laden vorbeifahren.«

»Dein Laden, dein Laden«, murmelte er angestrengt, gab ihr einen Kuss auf die Wange, zog die Tür hinter sich zu und weg war er.

Matilda stand im dunklen Eingangsbereich des typisch mallorquinischen Hauses. Eine braune Kommode stand darin, darauf eine Vase mit getrockneten Blumen, es war so dunkel, weil es nur ein kleines Fenster gab. Schon oft war sie hier gewesen, schon immer hatte sich das Haus kühl angefühlt. Ein

Geruch nach Antiquitäten und Zitrone stieg ihr in die Nase. Matilda stellte den Koffer auf den Terrakottafliesen ab und den Rucksack an der Holzgarderobe, zog ihre Ballerinas aus und schob sie ordentlich unter die Garderobe. Ariadna war ziemlich pingelig, sie wollte ihr keinen Grund geben, sich aufzuregen.

»Matilda?«, schallte es aus dem Wohnzimmer.

»Ich komme.« Sie ging ins Wohnzimmer, da lag ihre zukünftige Schwiegermutter auf dem Sofa, im Rücken ein bordeauxrotes Kissen wie eine Königin, den rechten Fuß dick verbunden.

»Da bist du ja endlich«, sagte sie streng. »Alvaro wird in der Glasbläserei gebraucht, was denkst du dir denn?«

»Entschuldige, es ging nicht eher. Wie geht es dir?«, fragte sie, um sie abzulenken, und trat auf sie zu.

»Das siehst du doch. Gar nicht gut.«

»Das tut mir leid. Wie ist das denn genau passiert? Du bist die Kellertreppe hinuntergefallen, sagt Alvaro?«

Ariadna sah sie an. »Die Kellertreppe, ja. Ich hätte mir den Hals brechen können und keiner hätte es gemerkt.«

»Zum Glück hast du das nicht und zum Glück hattest du das Telefon eingesteckt.«

Alvaro hatte es seiner Mutter eingebläut, es immer in ihrer Jacken- oder Rocktasche bei sich zu haben. Falls sie einmal stürzen sollte und allein im Haus wäre. Das nächste Nachbarhaus war nicht in Rufnähe.

»Ich hatte vergessen, es aus meiner Jackentasche zu nehmen«, verbesserte Ariadna. »Das war nur Zufall.«

»Ein Glück.« Matilda stand unschlüssig da.

Ariadna sah sie argwöhnisch an. »Du ziehst jetzt also ein?«

»Solange du nicht laufen kannst, natürlich. Wir sind für dich da.«

Ariadnas Miene entspannte sich etwas. »Ich habe Durst.«

»Soll ich dir ein Glas Wasser bringen?« Sie war froh, etwas zu tun zu haben.

»Mach mir deine Orangen-Zitronen-Limonade.«

Verwundert sah Matilda sie an. Sie kannte ein gutes Rezept. »Hast du Orangen und Zitronen da?«

»Ja, aus dem Supermarkt.«

Ahnungsvoll ging Matilda in die Küche. Tatsächlich, dort lag je ein Netz Orangen und Zitronen aus Südafrika auf dem Küchentisch. Wenn nicht einmal die Einheimischen darauf achteten, mallorquinische Produkte zu kaufen, da wunderte es keinen, wenn es den hiesigen Bauern schlecht ging. Die Touristen bemerkten es vermutlich oft gar nicht, dass die Orangen hier im Laden nicht aus Mallorca stammten. Sie hörte Ariadnas Stimme in ihrem Nacken. »Und danach kannst du die Böden wischen. Es ist dringend nötig.«

Matilda hielt kurz inne, nickte, rief zurück. »In Ordnung.«

Sie holte sich ein Brettchen und ein Messer, nahm die Früchte aus ihren Netzen, schnitt sie auf und roch daran. Die Orangen ihres Vaters dufteten besser. Dann legte sie die Hälften in die silberne Zitruspresse, drückte den Saft heraus und füllte ihn in eine gläserne Karaffe.

Wieder erklang Ariadnas Stimme aus dem Wohnzimmer. »Matilda! Ich brauche meine Lesebrille!«

»Ein ›bitte‹ wäre nicht schlecht«, murmelte Matilda vor sich hin. Wie war noch mal der Spruch? Wenn dir das Leben eine Zitrone gibt, mach Limonade daraus. Sie lächelte, füllte etwas braunen Zucker in die Karaffe und rührte ihn mit einem langen Holzlöffel um. Das würden zwei sehr anstrengende Wochen werden.

»Matilda!«, schallte es erneut aus dem Wohnzimmer.

»Ich komme!« Sie fasste sich an ihre Stirn, die heiß war.

# Kapitel 6

Tom fühlte den heißen Sand unter seinen Händen. Er lag mit geschlossenen Augen in Badeshorts auf einem Strandtuch, die Sonne brannte auf seinen Körper. Stimmen von Kindern und Badegästen drangen an sein Ohr. Matilda ging ihm nicht aus dem Kopf. War ihm deshalb so extrem heiß? Sie würde heiraten. Wieso hatte sie das mit keinem Wort erwähnt? Aber wann auch? Beim Radunfall? Beim Workshop? Bei dem Eheringe für ihn und Ines gefertigt wurden? Er wusste, dass es verrückt war, aber diese Frau hatte eindeutig etwas in ihm ausgelöst. Abrupt setzte er sich auf, die Hitze war unerträglich. »Ich halt das in der Sonne nicht mehr aus«, sagte er zu Ines, die im knappen Bikini mit Sonnenbrille auf der Nase neben ihm lag.

»Echt? Ich schon.«

»Lass uns was Kühles trinken gehen, in der Strandbar«, schlug er vor. Aber Ines, die ihre Augen unter der Sonnenbrille geschlossen hatte, wie er jetzt sah, schüttelte nur den Kopf. »Ich will braun nach Hause kommen, Schatz. Wie sieht das denn sonst aus, käseweiß in einem weißen Brautkleid.« Sie lachte kurz. Die Träger ihres Bikinioberteils hatte sie von den Schultern gestreift, damit man später keine weißen Stellen sehen würde.

Tom seufzte, fuhr sich übers verschwitzte Gesicht. »Dann geh ich allein, ich halte es hier nicht mehr aus.«

»Was? Nein! Jetzt bleib halt. Ich will hier nicht allein liegen.«

»Wieso das denn nicht?«

»Na, weil wir zusammen hier sind.«

»Trotzdem können wir doch mal kurz was allein machen.«

»Find ich aber blöd«, erwiderte Ines. »Noch eine halbe Stunde, okay?«

Tom legte sich seufzend wieder hin, drehte sich vorsichtig auf den Bauch, bemüht, seine geschiente Hand nicht zu viel zu bewegen. Hätte er wenigstens ins Meer und ein Stück rausschwimmen können, aber er wollte die Schiene nicht abmachen und nass sollte sie besser auch nicht werden, hatte Ines gesagt. Er beobachtete ein kleines Mädchen, das ein paar Meter vor ihm mit einer Schaufel eine Sandburg baute. Sollte er trotzdem gehen? Eigentlich hatte er keine Lust auf Stress. Aber hier ewig am Beach rumliegen, war ihm eindeutig zu langweilig und zu heiß. Er war eher der Aktivurlauber, liebte es, ein Land per Rad zu erkunden, ärgerte sich, dass seine Hand immer noch sehr schmerzte.

»Und dann gehen wir endlich zum Arzt«, sagte Ines, als hätte sie seine Gedanken erraten. »Der macht bald auf, laut Homepage.«

»Ich weiß echt nicht, was das bringen soll.«

Sie schob ihre Sonnenbrille hoch, sah ihn ernst an.

»Das muss dokumentiert werden, Schatz. Wenn du damit wirklich nicht mehr zeichnen kannst, dann bist du berufsunfähig. Nur mit ärztlichem Attest zahlt eine Unfallversicherung, wenn überhaupt.«

»Ich hab keine Unfallversicherung.«

»Was? Keine Berufsunfähigkeits- *und* keine Unfallversicherung? Die hat doch jeder Mensch. Wieso das denn nicht?«

»Die hat nicht jeder Mensch. Die sind nur teuer und Berufsunfähigkeitsversicherungen zahlen eh nie. Erst recht nicht bei Selbstständigen.«

Jetzt setzte sich Ines auf. »Unsinn! Du musst unbedingt eine abschließen. Wenn wir verheiratet sind, brauchst du auch eine Risikolebensversicherung, damit ich abgesichert bin.«

Tom rappelte sich auf, runzelte die Stirn. »Wieso das denn? Wir haben doch kein Haus oder so, das wir abbezahlen müssen.«

»Aber das wünschen wir uns doch«, entgegnete Ines.

»Aha.« Tom wurde immer unwohler. Ines wollte ganz offenbar das volle Programm. Zwar hätte er nichts gegen ein cooles Haus mit Garten einzuwenden gehabt, aber er hatte überhaupt nichts Erspartes. Und die Preise für Immobilien und die Zinsen waren ja verrückt. Abgesehen davon, dass er als Selbstständiger nur sehr schwer einen Kredit bekommen hätte, wenn überhaupt. Er dachte an die Worte von Freddy, nachdem er Ines damals kennengelernt hatte: *Das ist eine Frau, der du was bieten musst, Alter.*

Bisher hatte Tom das immer abgetan, geredet hatten Ines und er nie darüber, wo sie sich in zehn Jahren sahen. Vielleicht war das ein Fehler gewesen. Ganz offensichtlich war ein Haus für sie das Selbstverständlichste der Welt, für ihn dagegen, der in einer Mietwohnung großgeworden war, überhaupt nicht. Ein Traum vielleicht, obwohl, noch nicht einmal das. Er wollte sich nicht hoffnungslos verschulden und den ganzen Stress. Er träumte eher davon, um die Welt zu reisen, und bisher hatte er das Gefühl gehabt, dass Ines auch gern reiste. Aber zwischen gern reisen und gern reisen gab es riesige Unterschiede, wurde ihm bewusst. Tom bereitete es kein Vergnügen, zwei Wochen am Strand zu liegen und sich brutzeln zu lassen, ihr dagegen wohl schon. Sie hatten bisher nur eine Woche zusammen auf Fuerteventura verbracht. Dort hatten sie am Anfang eine Fahrradtour unternommen, danach hatte Ines gesagt, ihr

Hintern tue so weh, dass sie den Rest des Urlaubs nicht mehr auf einem Sattel sitzen könne. Tom hatte kein Problem damit, wenn seine Partnerin seine Leidenschaft zum Radlfahrn nicht teilte, aber wenn sie ihn davon abhielt, dann schon.

Er stand jetzt auf. »Ich geh zur Strandbar, kannst ja nachkommen.«

Ines sah ihn irritiert an. Bisher hatte er immer alles gemacht, was sie sich wünschte.

»Hab ich irgendwas verpasst?«, fragte sie nach.

Tom schüttelte den Kopf. »Alles gut, mir ist nur echt zu heiß.« Wieder sah er Matildas dunkle Augen vor sich. Er fuhr sich übers Gesicht und ging. Die Hitze, das musste eindeutig die Hitze sein.

* * *

»Matilda!«, erklang Ariadnas Stimme aus dem Wohnzimmer. »Liebes, wie weit bist du mit den Böden?«

Matilda wrang schwitzend den nassen Wischmopp im Eimer aus, atmete durch. Ihr war heiß. Sehr heiß. »Noch nicht ganz fertig«, rief sie zurück. Sie horchte. Stille. Sie wischte weiter, einzig das Geräusch des Wassers, wenn sie den Mopp auswrang, war zu hören.

Da erklang erneut Ariadnas Stimme. Diesmal jammerig. »Ich muss hier ja liegen, sagt Alvaro. Ich fühle mich wie eine Schildkröte auf dem Rücken. Aber die Böden müssen gewischt werden. Es muss doch sauber sein.«

»Sicher muss es das. Schon in Ordnung«, rief Matilda nett zurück. Natürlich konnte sie mal bei Alvaros Mutter sauber machen, aber so, wie sich das anließ, hatte sie allen Grund zu der Befürchtung, dass Ariadna sie wie Aschenputtel behandeln würde, ihr eine Aufgabe nach der anderen gab. Und das gefiel ihr nicht, sie hatte schließlich noch genug Arbeit in ihrem

Laden. Matilda dachte an Liz und die anderen. Sie musste das hier als Übungswochen sehen. Lernen, *Nein* zu sagen. Nur sagte sich das so leicht. Ariadna konnte wegen des verletzten Fußes nicht selbst wischen, Matilda musste selbstverständlich die ganze Hausarbeit übernehmen. Bis Ariadna wieder auf den Beinen war.

Fragte sich nur, wieso Ariadna zuvor ihren Sohn Alvaro nicht darum gebeten hatte, die Küche zu wischen. Ein unsinniger Gedanke. Er war schließlich ein Mann, er musste nichts im Haushalt tun. Er war patriarchalisch erzogen worden, würde auch bei ihnen kaum im Haushalt mit anpacken, damit hatte sich Matilda eigentlich schon abgefunden gehabt. Immerhin arbeitete er ja auch lange und viel, trug eine große Verantwortung in der Glasbläserei.

Moment mal, dachte sie im nächsten Augenblick. Sie arbeitete auch lange und viel in ihrem Laden und trug Verantwortung. Jetzt auch noch für ihre Eltern! Sie machte dazu noch die Buchhaltung selbst, auch die der Freundinnen. Außerdem schmiss sie seit Jahren den Haushalt in ihrer Wohnung ganz allein, auch wenn Alvaro im Grunde bei ihr lebte. »Es ist doch deine Wohnung, ich mach es dir doch eh nicht recht«, hatte er einmal gesagt. Und Matilda, die nicht streiten wollte, nicht um so etwas Unwichtiges, hatte es gut sein lassen. Es war ja wirklich ihre Wohnung. Und weil man es seiner Mutter nie recht machen konnte, ging er wohl davon aus, dass es bei ihr ähnlich war. Ein Fehler von ihr, es gut sein zu lassen? Vielleicht. Ganz bestimmt sogar. Denn warum sollte Alvaro, wenn sie verheiratet waren, plötzlich im Haushalt mitarbeiten? Sie hatte ihm in ihrer Verliebtheit das Leben versüßt, nicht daran gedacht, dass sie damit die Weichen für ihr ganzes gemeinsames Leben stellte.

Entschlossen bearbeitete sie den Küchenboden weiter. Schweiß lief ihr von der Stirn. Sie wischte ihn mit der Hand weg. Solange Ariadna verletzt war, würde sie ihr natürlich helfen und für sie putzen. Aber danach nicht mehr. Und mit Alvaro würde sie auch reden und mit ihm besprechen, wer später welche Aufgaben in ihrem gemeinsamen Häuschen oder der gemeinsamen Wohnung übernehmen würde. Von ihr aus musste es kein so großes Haus wie das hier sein. Schließlich musste man das dann alles putzen und auch der Garten machte sehr viel Arbeit. Der einzige Nachbar weit und breit war sehr hilfsbereit, half Ariadna ab und zu im Garten aus, seit ihr Mann gestorben war, denn sie wurde auch nicht jünger, litt unter Rückenschmerzen, schon lange.

Unwohl hielt Matilda inne. Was, wenn Ariadna bald für immer Hilfe brauchte? Immerhin ging sie auf die Siebzig zu, hatte Alvaro spät bekommen. Alvaro hatte Matilda einmal gesagt, dass seine Madre keine Putzfrau akzeptierte. Sie hatten es ein paar Mal probiert, weil ihr langsam alles zu viel wurde im Haus und im Garten. Aber keine konnte es ihr recht machen. Würde dann in Zukunft doch alles an der gutmütigen Schwiegertochter, also an ihr, hängen bleiben? Wurde das von ihr erwartet?

Matilda blickte aus dem Küchenfenster in den Garten. Dort stand ein Fahrrad, das von Alvaro. Sofort dachte sie an Tom, an den Unfall, an die Gefühle, die dieser Fremde in ihr ausgelöst hatte. Wie konnte das sein? Sie kannte ihn überhaupt nicht und er heiratete bald. Aber vielleicht stand er für etwas ganz anderes? Für etwas in ihr, was ihr sagte, dass sie einen Fehler beging, wenn sie Alvaro heiratete? Ihr wurde plötzlich kalt. Was, wenn sie es bereuen würde, ihr Leben lang? Liebte sie ihn nach all den Jahren überhaupt noch genug, um ein ganzes Leben glücklich gemeinsam zu verbringen? War es denn doch nicht normal, dass Gewohnheit in einer langjährigen Beziehung überwog und man nicht mehr diese verrückten Schmetterlinge vom Anfang spürte?

»Matildaaa!«, rief Ariadna.

Matilda seufzte innerlich, hielt inne. »Jaa?«

»Ich muss zur Toilette«, rief Ariadna und es klang, als wäre es ihr unangenehm.

Sofort hatte Matilda Mitleid. Schrecklich, wenn man so gar nichts mehr allein konnte. »Ich komme!«, rief sie zurück. Sie war fertig mit dem Wischen des Bodens, wrang den Mopp noch mal in dem dafür vorgesehenen Sieb aus. Drückte mit aller Kraft. Es tat gut, ein bisschen Dampf abzulassen. Sie beschloss, die Tage bei Ariadna gelassen zu verbringen. Es gab so viel Wichtigeres im Leben, dachte sie, als sich über eine zukünftige Schwiegermutter aufzuregen. Matilda dachte an Teresa. Sie hatte viel größere Sorgen. Sorge um ihre ungeborenen Zwillinge. Die Freundin hatte wirklich blass ausgesehen. Matilda fühlte mit ihr. Diese Angst, vielleicht wieder ein Kind zu verlieren, oder sogar zwei, dazu noch so kurz vor der Geburt, musste grauenhaft sein. Matilda wollte gleich noch mal versuchen, ihre Freundin anzurufen, denn sie hatte sie immer noch nicht erreicht. Aber erst einmal Ariadna ins Bad begleiten.

* * *

Tom trat aus der Tür der Arztpraxis in Alcúdia auf die belebte Straße. Das Sonnenlicht blendete ihn. Er sah sich nach Ines um. Einige Touristen waren unterwegs, ein Mädchen trug einen aufgeblasenen Flamingoschwimmring unterm Arm. Ines konnte er nirgends entdecken. Sie hatte noch irgendetwas kaufen wollen, während er in der Arztpraxis auf die Röntgenaufnahmen seiner Hand wartete. Er nahm sein Handy heraus, rief sie an, aber sie ging nicht ran. Gegenüber gab es ein nett aussehendes Café, Tom beschloss, dort auf sie zu warten.

Er setzte sich an einen freien Tisch in den Schatten eines Sonnenschirms, bestellte bei der Bedienung einen Café con leche und Wasser, sah nachdenklich vor sich hin. Zwei braun gebrannte junge Frauen in knappen Tops saßen neben ihm an einem Tisch ohne Sonnenschirm, hielten ihre Gesichter mit geschlossenen Augen in die pralle Sonne, um sich zu bräunen. Sie kicherten und erzählten sich etwas, immer noch mit geschlossenen Augen. Hatten die Leute alle keine Angst vor Hautkrebs, fragte er sich. Sein Vater hatte erst kürzlich die Diagnose Hautkrebs erhalten, ihm musste auf der Wange etwas herausgeschnitten werden. Früher war es nicht üblich gewesen, sich zum Schutz vor der UV-Strahlung einzucremen, Tom dagegen benutzte immer Sonnencreme, wenn er auf Radltour ging. Seine Mutter machte sich seit der Diagnose furchtbare Sorgen. Die beiden führten eine harmonische Ehe, gingen liebevoll miteinander um, wollten zusammen alt werden und freuten sich auf den gemeinsamen Ruhestand. Ein großes Vorbild für ihn. Gerade setzte sich ein älteres Ehepaar an einen anderen freien Tisch. Die beiden stritten, offenbar schon länger.

»Immer du mit deinem ständigen Gejammer. Genieß doch einfach mal alles hier. Ständig hast du etwas auszusetzen.«

»Das stimmt doch gar nicht«, verteidigte sich die Frau. »Du nörgelst doch immer an allem rum, du alter Griesgram. Mal ist es dir zu heiß, dann schmeckt der Kaffee nicht wie zu Hause oder dein Kopfkissen fehlt dir. Und ich kann dir sowieso nie was recht machen.«

Tom musste schmunzeln. Genau so wollte er nicht werden. Er sah jetzt Ines, die auf ihn zukam und lächelte. Er lächelte zurück. War sie wirklich die Frau, mit der er eine lebenslange harmonische Beziehung führen konnte? In diesem Urlaub waren sie jetzt schon ein paar Mal aneinandergeraten. Zwar nie besonders stark, aber doch so, dass es sich nicht gut angefühlt hatte. Oder war sie nur extrem gestresst durch ihren Job, in dem sie Ärger mit ihrem egomanischen Chef hatte, den sie selbst im Urlaub nicht ganz beiseiteschieben konnte? Dazu noch die ganze Orga für die Hochzeit? Er hatte sie ihr überlassen, was sie gut fand, aber hatte er ihr vielleicht zu viel zugemutet?

»Hey«, grüßte sie ihn, küsste ihn auf den Mund, setzte sich. »Ich nehm einen Café solo, *por favor*«, sagte sie der Kellnerin, die gerade herauskam.

»*Sí.*«

»Und, was kam beim Röntgen heraus?«, fragte Ines sorgenvoll und nahm seine gesunde Hand in ihre.

»Nichts. Hab ich doch gleich gesagt. Ist nicht gebrochen.«

Erleichtert sah sie ihn an. »Ein Glück. Und auch keine Sehne gerissen oder so?«

»Das kann man auf dem Röntgenbild nicht erkennen, sagt der Arzt. Ich soll in Deutschland einen Ultraschall machen lassen.«

»Und das hätte er nicht mitmachen können?«

Tom zuckte die Schultern. »Offenbar nicht.«

Ines regte sich auf.

Beschwichtigend unterbrach Tom sie. »Hey, mir geht's gut, er meinte, das reicht, es in Deutschland machen zu lassen. Sein Gerät war kaputt.«

»O Mann! Verstehe.«

»Hast du alles gekriegt, was du wolltest?«, fragte er nach.

Sie sah ihn irritiert an.

»Na, du wolltest doch was einkaufen?«

»Ach so, nein. Ich meine, wollte ich, aber dann hab ich gesehen, dass da eine *policía* ist. Ich bin hin, um Anzeige zu erstatten wegen Fahrerflucht.«

»Was? Wieso das denn? Ich wollte das doch nicht.«

»Ja, wegen Matilda. Aber das ist doch Quatsch. Die siehst du nie wieder, aber wenn du doch Langzeitschäden mit der Hand hast …«

»Ines«, unterbrach Tom sie. »Wieso hast du mich nicht gefragt? Ich find das echt nicht gut. Jetzt kriegt der Kerl eine

Strafanzeige, weißt du, was das bedeutet? Vielleicht verliert er noch seinen Job dadurch.«

»Du hast doch selbst gesagt, er hat sicher gemerkt, dass er dich erwischt hat. Ich dachte, das muss eine Lektion für den sein, der darf so nicht davonkommen.«

Tom spürte, wie er wütend wurde. Was selten vorkam. Eigentlich brachte ihn fast nichts aus der Ruhe. Und eigentlich hatte Ines ja recht. Aber trotzdem. Dass sie ohne ihn dorthin gegangen war, unabgesprochen, ärgerte ihn. Matilda würde sicher enttäuscht von ihm sein, dass er ihren Bekannten angezeigt hatte. Er hatte ihr sein Wort gegeben. Tom presste die Lippen aufeinander, hielt sich zurück, trank seinen Kaffee aus, ließ das Wasser stehen und stand auf. »Ich geh schon mal in die Ferienwohnung.«

»Was? Mein Kaffee kommt doch gleich.«

»Trink ihn in Ruhe. Ich soll mich schonen, ich leg mich hin.« Er zog einen Zehneuroschein aus der Hosentasche, legte ihn auf den Tisch.

Ines sah ihn getroffen an, schob dann ihre Sonnenbrille auf die Nase und wandte ihren Blick von ihm ab.

* * *

Ein pfeifendes und röchelndes Geräusch kam aus dem Wohnzimmer. Matilda, die gerade die Spülmaschine in Ariadnas Wohnküche ausräumte, ging eilig hinüber.

Ariadna lag mit geschlossenen Augen und offenem Mund auf dem Sofa. Sie schnarchte, ihr Kopf hing etwas schief. Matilda musste lächeln. Ihr Handy klingelte, eine ihr unbekannte Nummer. Rasch drückte sie auf Annehmen, damit Ariadna nicht wach wurde.

*»Hola?«*, flüsterte sie und ging zurück in die Wohnküche.

»Hallo? Matilda?« Eine Männerstimme.

»Ja. Wer ist da?«

»Hier ist Tom.« Was für eine angenehme Stimme. »Tom, der Radler«, fügte er hinzu.

»Tom, hallo.«

»Ich hab ja deine Nummer von dem Unfall. Ich hoffe, ich störe nicht.«

»Nein, nein. Alles gut. Was gibt es?«

Er zögerte einen Moment. »Ines war mal wieder etwas voreilig, fürchte ich. Ich war beim Arzt, beim Röntgen, die Hand ist nicht gebrochen.« Er machte eine Pause.

»Wie schön. Da bin ich sehr erleichtert.«

»Ja, ich auch. Aber Ines ist währenddessen zur *policía,* die war da um die Ecke, und ich fürchte, sie hat den Fahrer angezeigt. Ohne das mit mir abzusprechen, ich wollte das nicht.«

»O!«, entwich es Matilda.

»Es tut mir sehr leid. Du hast ja gesagt, dass du den Fahrer irgendwie kennst. Ich weiß nicht, ob das geht, so eine Anzeige zurückzuziehen, ich glaube nicht, so viel ich aus Krimis weiß.«

»Nein, das musst du auch nicht, sie zurückziehen. Ich bin so wütend auf Gonzalez, er hätte nicht einfach weiterfahren dürfen. Aber dann ist es jetzt, wie es ist. Das war richtig von Ines. Schon in Ordnung.« Sie merkte selbst, dass sie das öfter sagte. *Schon in Ordnung.*

»Wirklich? Es tut mir sehr leid. Ich hab jetzt ein richtig schlechtes Bauchgefühl.«

Wie nett er war. Wie einfühlsam. »Das musst du nicht haben. Ich warne Gonzalez wegen der Anzeige vor.«

»Okay. Ist vielleicht ganz gut.«

»Ja, danke, dass du es mir gesagt hast, Tom.«

»Klar.« Einen Moment sagte keiner von beiden etwas. Sie hörte seinen Atem.

»Dann bis morgen, Tom. Beim Workshop.«

»Was? Ja. Ich freue mich.«

»Ich mich auch.«

Sie legte auf, sah vor sich hin. Sie musste mit Gonzalez reden. Oder besser Alvaro mit ihm.

Sie sah auf die Uhr. Konnte sie es wagen, ein halbes Stündchen zu verschwinden, während Ariadna schlief? Sie schrieb ihr schnell einen Zettel, »Bin in einer halben Stunde zurück, lieben Gruß, Matilda«, legte ihn auf das Tischchen neben ihr am Sofa, schnappte ihren Autoschlüssel, verließ das Haus, schloss leise die Tür, ging zu ihrem Wagen, setzte sich und fuhr los in Richtung Glasbläserei.

# Kapitel 7

In einem Gebäude aus dem 18. Jahrhundert, das mit seinen hohen Spitztürmen an eine alte Kirche erinnerte, befand sich die Glasbläserei von Alvaros Familie. Es gab mehrere gotische Fenster, deren Scheiben aus kunstvollem, buntem Glas waren. Auch die Innenräume sahen wunderschön aus, die Spitzbogenfenster verliehen den Räumen etwas Altehrwürdiges, man spürte die lange Tradition und Geschichte des Unternehmens.

Matilda ging durch den langen Flur, suchte Alvaro in seinem Büro, aber er war nicht da. Sie ging weiter den Flur entlang. Alvaro hatte sie vor einem Jahr gebeten, bei einer Touristenführung in der Glasbläserei einzuspringen, Matilda hatte es ihm zuliebe versucht, auch wenn sie eigentlich viel zu schüchtern für so etwas war. Sie schaffte es beim besten Willen nicht, musste abbrechen. Wie unangenehm ihr das gewesen war! Dabei waren diese Führungen wichtig. Und eine echte Attraktion für Touristen, die auf die Insel kamen. Traditionellen mallorquinischen Glasbläsern bei der Arbeit zusehen, das war der perfekte Ausflug bei schlechterem Wetter. Und eine wichtige zusätzliche Einnahmequelle für Alvaro, der schon damals jeden Euro gebrauchen konnte. Alvaro war enttäuscht gewesen, dass sie sich vor den Touristen nicht hatte überwinden können, aber es war ihr einfach nicht möglich gewesen. Die Angst aus ihrer Kindheit saß zu tief, die Angst vor Feuer, vor Verbrennung, vor diesem Schmerz. Im Nacken hatte sie eine Narbe zurückbehalten, dort war die Haut etwas verbrannt gewesen. Deshalb trug sie ihre Haare lang und offen, niemals einen Pferdeschwanz oder Ähnliches.

Sie öffnete die Tür in den Raum, in dem der Brennofen stand. Sofort hielt sie inne, als sie die riesige Flamme sah. Länger war sie nicht hier gewesen, aber auch jetzt bekam sie Atemnot, es fühlte sich an, als presse ihr jemand den Hals mit zwei Händen zusammen. Sie schloss ihre Augen einen Moment, roch den typischen Geruch von geschmolzenem Glas und dem Schweiß der Arbeiter, der in der Luft hing. Sie trat einen Schritt vor, es war wie immer stickig und heiß. Deshalb trugen die vier Männer, die hier arbeiteten, nur Sandalen und kurze Hosen, auch wenn das nicht den Sicherheitsbestimmungen an diesem Arbeitsplatz entsprach. Aber Alvaros Vater hatte es ihnen all die Jahre erlaubt und auch Alvaro störte sich nicht daran. Matilda trat näher, hielt Ausschau nach Alvaro, sah aber nur Gonzalez, einen kleinen, sehr schlanken Mann in ihrem Alter. Er stand mit dem Rücken zu ihr, holte gerade eine heiße Glasstange aus dem Ofen. Glas musste bei Temperaturen bis zu 1 000 Grad Celsius zum Schmelzen gebracht werden, entsprechend heiß war es, wenn man vor dem Ofen stand. Matilda versuchte, ruhig und flach zu atmen. Kein Alvaro weit und breit. Sie drehte sich um, wollte gehen, da rief Gonzalez nach ihr: »*Hola,* Matilda, wie kommen wir zu der Ehre, schöne Frau?«

Sie drehte sich zu ihm, lächelte bemüht. »Ich suche Alvaro, weißt du, wo er ist?«

Er trug sein Basecap, wie beim Unfall und eigentlich immer.

»Im Büro, denke ich. Schade, ich habe mich schon über Damenbesuch gefreut.«

Ein anderer Arbeiter lachte. Matilda erwiderte nichts, verließ schnell die Werkstatt, atmete vor der Tür tief ein. Sie mochte seine Sprüche nicht, schaffte es aber in solchen Momenten nie, etwas Geistreiches zu entgegnen. Sie ging den langen Flur zu Alvaros Büro zurück, vielleicht war er ja jetzt wieder da.

Die Tür zu Alvaros Büro stand einen Spalt breit offen. Sie klopfte, horchte, hörte ein Geräusch, aber kein »Herein«.

»Alvaro, bist du da?«, fragte sie, als sie die Tür vorsichtig aufstieß. Er saß hinter seinem Schreibtisch, zuckte zusammen, klappte rasch eine Mappe zu, sah sie verärgert an.

»Matilda! Kannst du nicht anklopfen?« Er hatte das Büro seines verstorbenen Vaters übernommen, der antike Schreibtisch stand vor dunklen Holzregalen, in denen viele Aktenordner und Bücher über die Glasbläserkunst standen. Alvaro mit seinen knapp dreißig Jahren wirkte hier in dieser altehrwürdigen Umgebung beinahe verloren.

»Ich habe angeklopft, tut mir leid, du hast mich nicht gehört.«

»Wieso bist du nicht bei meiner Mutter? Ist etwas passiert?«

»Nein, alles gut, sie schläft.«

»Und wenn sie gleich aufwacht?«

»Ich fahre gleich wieder hin.«

»Entschuldige. Ich bin gestresst, *mi amor*. Verzeih mir.«

»Natürlich. *Hola* erst mal.« Matilda trat näher, beugte sich zu ihm, um ihn zu küssen. Er erwiderte den Kuss kurz, sah sie ernst an. »Es ist alles zu viel, dieser Druck.«

»Was ist denn das genaue Problem?«

»Jeder will etwas von mir. Ich habe das Gefühl, es keinem recht zu machen. Gut, dass mein Vater nicht mehr miterlebt, was ich für ein Versager bin«, rutschte es ihm heraus.

»O nein, das bist du nicht. Es ist nicht leicht, so viele Mitarbeiter und eine Firma zu führen. Ich könnte das nicht.«

»Schon gut. Ich hab mich wieder im Griff. Warum bist du gekommen?«

»Ich wollte etwas mit dir besprechen, aber wenn es dir zu viel ist …«

»Nein, nein. Erzähl.«

Er sah sie fragend an.

»Ich dachte, es ist besser, wenn deine Mutter nichts davon mitbekommt«, fing Matilda an. »Deshalb bin ich hergekommen.«

Er runzelte die Stirn. »Von was? Setz dich.«

Sie nahm ihm gegenüber in dem Besucherstuhl Platz, der vor seinem Schreibtisch stand.

»Von Gonzalez' Fahrerflucht. Was hat er gesagt, als du mit ihm geredet hast?«

»Na ja, er hat es eingesehen. Ist aber noch nicht dazu gekommen, sich zu entschuldigen. Was bringt das auch, er hat es eingesehen.«

»Das reicht jetzt leider nicht mehr. Es läuft wohl schon eine Anzeige gegen ihn.«

»Eine Anzeige?«

»Toms Freundin ist zur *policía* gegangen, um ihn anzuzeigen.«

»Um ihn anzuzeigen?«, wiederholte er tonlos. »Gonzalez hat schon eine andere Anzeige laufen.«

»Was? Wieso das denn?«

»Ach, eine dumme Prügelei.«

Alvaro spielte mit dem Kugelschreiber herum, drückte auf den Stift am Ende, dachte nach.

Matilda saß unschlüssig vor ihm.

Er sah auf. »Solltest du nicht zurück zu meiner Madre?«

»Ja, sicher. Aber wir müssen auch noch besprechen, wie wir uns die Zeit bei ihr einteilen, Alvaro. Ich habe meinen Laden für heute geschlossen, das ist ja selbstverständlich. Aber das geht nicht die nächsten zwei Wochen so. Oder noch länger. Du weißt, dass ich meine Eltern unterstützen will. Wir müssen uns etwas überlegen, dass ich wieder in meinen Laden kann, wenigstens ein paar Stunden täglich.«

»Ich kann hier auf keinen Fall den ganzen Tag weg. Die Hütte brennt, wie du weißt.« Er lachte bitter auf. »Passt ja. Nein, wirklich, Matilda, es gibt ein paar Papiere, die ich dringend durcharbeiten muss.«

»Könntest du nicht wenigstens etwas vom Homeoffice aus machen?«, fiel Matilda ein.

Er zögerte, nickte dann. »Ein paar Stunden am Tag, aber sonst muss ich tagsüber vor Ort sein. Bitte, schließe deinen Laden die nächste Zeit wenigstens nachmittags, dann bin ich vormittags zu Hause bei meiner Madre und mache von mir aus Homeoffice und gehe dann mittags in die Firma, wenn du nach Hause kommst.«

Sie zögerte.

»Ich bitte dich, *mi amor.*«

Überfordert sah Matilda ihn an. »Nachmittags ist bei mir am meisten los. Und der Workshop geht auch alle zwei Tage nachmittags weiter. Die beiden sind mittendrin, ihre Eheringe zu schmieden, und haben bei Josy schon für morgen früh eine Delfintour gebucht, so viel ich weiß, die kann man nicht auf nachmittags verschieben.«

»Himmel, sie sind im Urlaub, mach den Workshop immer vormittags, okay? Josy schafft das sicher, ihnen eine andere Tour anzubieten. Das werden diese Touristen verstehen. Bitte! Wenn du dein Bein verletzt hättest, würde sich meine Madre ganz sicher auch die ganze Zeit um dich kümmern. Die *familia* ist wichtig, oder etwa nicht?«

»Natürlich ist sie das. In Ordnung, so machen wir es.« Sie verabschiedete sich mit einem schnellen Kuss von ihm und ging. Das Nachmittagsgeschäft in ihrem Laden war erfahrungsgemäß deutlich lukrativer als das am Vormittag. Aber bei Alvaro ging es um die Gehälter von mehreren Mitarbeitern, das ging vor.

Sie konnte nichts dagegen sagen. Amelie und Liz stellten sich das so einfach vor. Neinsagen üben. Mit einer verletzten Schwiegermutter, mit einem Freund, der Unterstützung brauchte. Es ging nicht. Sie musste ihren Laden die nächste Zeit nachmittags schließen. Hoffentlich würde Ines nichts dagegen haben. Sie hatte bei Josy für morgen Vormittag die Delfintour gebucht, wie Matilda von Josy wusste. Sie freute sich sicher auf die Tour. Und Delfine konnte man nur am frühen Morgen sehen. Matilda dachte an Tom. Wieso nur war sie sich sicher, dass er es sofort verstehen würde?

* * *

Matilda parkte den Wagen vor Ariadnas Haus. Hoffentlich war Ariadna noch nicht aufgewacht, dachte sie unwohl, stieg eilig aus und öffnete mit dem Schlüssel die Haustür.

»Matilda?«, rief Ariadna sofort jammerig. Ihre Stimme klang leise. Voll schlechten Gewissens eilte Matilda ins Wohnzimmer. Aber auf dem Sofa lag sie nicht mehr. Suchend drehte Matilda sich um, ging durch den Flur.

»Ariadna, ich bin da! Wo bist du?«, rief Matilda.

»Auf dem Boden liege ich«, erklang ihre Stimme aus einem anderen Raum.

»Was? O nein, wo denn?« Matilda eilte voller Sorge in den Flur. Aus der Küche erklang Ariadnas wehleidige Stimme.

»Ich liege neben dem Kühlschrank!«

Erschrocken eilte Matilda zur Wohnküche. Die Tür war angelehnt, ging aber nicht auf, als sie sie aufdrücken wollte. Etwas versperrte den Weg. Durch den Spalt sah sie Ariadna auf dem Boden liegen, und zwar so, dass sie das Öffnen der Tür behinderte. Matildas Herz raste. Die arme Frau.

»Vorsicht, ich kann mich kaum bewegen«, stöhnte diese jetzt.

»Oje, es tut mir so leid, Ariadna, ich dachte, du schläfst. Ich war nur kurz weg. Kannst du etwas nach rechts rutschen?«

»Ich versuche es.« Ariadna stöhnte, bewegte sich hilflos wie ein Käfer auf dem Rücken, wie Matilda durch den Türspalt sah. Jetzt ging die Tür so weit auf, dass Matilda hindurchschlüpfen konnte. Sofort bückte sie sich zu ihr und half Ariadna vorsichtig hoch. »Pass auf deinen Fuß auf. Geht es? Entschuldige, dass ich weg war, es tut mir so leid.«

»Immer lasst ihr mich allein. Als ich aufgewacht bin, hatte ich so einen trockenen Mund, ich wollte mir etwas zu trinken holen.«

Matilda dachte an Ariadna, wie sie mit offenem Mund geschlafen hatte. »Da hätte ich auch dran denken können, dir ein Glas Wasser hinzustellen«, sagte sie schuldbewusst. »Warte, halte dich mal kurz am Stuhl fest, ich geb dir rasch schon mal ein Glas.«

Ariadna hielt sich an der Stuhllehne fest und Matilda lief zum Wasserhahn, holte ein Glas aus dem Regal und füllte es mit Leitungswasser.

»Ich muss viel trinken, hat mein Arzt gesagt«, sagte Ariadna, nahm das Glas entgegen und trank es begierig aus. Das leere Glas gab sie Matilda zurück, die stellte es ab und hakte Ariadna unter, um sie zu stützen. »Ich helfe dir zurück aufs Sofa und dann bringe ich dir noch eine Orangen-Zitronen-Limonade und Schokolade. Schokolade tut immer gut.« Matilda hatte Ariadna untergehakt und diese humpelte mit gequälter Miene ins Wohnzimmer.

Dort angekommen, half Matilda ihr, sich vorsichtig aufs Sofa zu legen. »Geht es? Pass auf deinen Fuß auf.«

»Ja, ja. Geht.«

»Was hat der Arzt denn noch gesagt? Alvaro hat mir nichts davon erzählt. Irgendwie reden wir gerade kaum noch«, entfuhr es ihr. »Geht es dir abgesehen vom Fuß irgendwie nicht gut?«, hakte Matilda nach. Alvaro vergaß oft, ihr etwas zu erzählen, und im Moment ging sowieso alles drunter und drüber.

»Arzt?« Ariadna sah sie irritiert an. »Sind doch alles Scharlatane.«

»Magst du ihn nicht?«

»Nein.«

»Du meintest, der Arzt hat gesagt, du sollst viel trinken. Gab es dazu einen Anlass?«

»Das sagen die immer.« Sie winkte ab.

Ariadna hielt nichts von Ärzten, so viel wusste Matilda. Vermutlich hatte sie sich deshalb erst geweigert, wegen ihres Fußes einen Arzt kommen zu lassen. Sie war noch sturer als ihr Sohn, der auch nie zum Arzt ging. Aber Alvaro hatte trotzdem einen geholt. Alvaro war vom Sternzeichen her Stier, kein Wunder also, hatte Matildas Mutter einmal gesagt, als Matilda sich bei ihr über ihn beschwert hatte. »Stiere sind Sturköpfe, dein Onkel ist auch einer. Mein Bruder ist immer mit dem Kopf durch die Wand. Es lag am Sternzeichen, eindeutig.«

Matilda glaubte nicht wirklich an die Bedeutung der Tierkreiszeichen, sie war kein esoterischer Mensch. Aber seit sie als Goldschmiedin mit Schmucksteinen arbeitete und immer mehr über die Heilwirkung von Steinen gelesen hatte, beschäftigte sie sich damit. Auch weil es immer wieder Kunden gab, die mehr über die Bedeutung eines Steines in ihrem Schmuckstück wissen wollten. Außerdem gab es auf Mallorca ganz besondere Steine, denen eine spezielle Kraft und Wirkung nachgesagt wurde. Matilda fand es interessant und hielt es da wie Teresa mit ihrem Wissen über Blüten und Kräuter, die man essen konnte und denen Heilkräfte nachgesagt wurden. »Wer heilt, hat recht«, war auch Matildas Devise. Wenn ein Stein einem Menschen Kraft geben konnte, war das doch wunderbar.

Während sie in die Küche ging, um frische Orangen-Zitronen-Limonade für Ariadna zuzubereiten, dachte sie an ihren Besuch vor ein paar Monaten bei einer Kristallheilerin auf Mallorca. Unwillkürlich musste sie lächeln. Sie hatte dort ein paar Steine kaufen wollen für eine Kette, war fasziniert gewesen, wie viel die Frau über die wohl tatsächlich heilende Wirkung von Steinen wusste. Eine sehr sympathische Frau mit langen, lockigen Haaren und einem hübsch gemusterten Band im Haar. Sie trug bunte Kleidung, hatte früher einen hoch dotierten Job in der IT gehabt, der ihr jegliche Energie geraubt hatte, wie sie erzählte. Durch die Steine, so meinte sie, könne man einen guten Energiefluss im ganzen Körper herstellen. Denn wenn die Energie in einem Menschen länger gestört sei, könne dies dazu führen, dass man körperlich krank werde. Seit sie auf Mallorca lebte, half sie anderen, ihre Energie mithilfe der Steine zurückzuerlangen. Bei ihr selbst hatte es geklappt und sie bekam viel gutes Feedback von ihren Kunden.

Die »Kristallheilerin« hatte verschiedene Steine auf einem Tisch aufgereiht gehabt. Einer, ein grüner, war Matilda besonders im Gedächtnis geblieben. Die Frau hatte über ihn gesagt: »Dieser hier hilft, wenn Sie ein gebrochenes Herz haben.«

Als Matilda später bei einem Kaffee Josy davon erzählt hatte, fand diese das »total abgefahren«. Sie beschloss, die Kristallheilerin im Norden der Insel zu besuchen, nicht weil sie Liebesstress mit Eric hatte, ganz im Gegenteil, sie verstanden sich sehr gut, aber sie wollte »Kristallheilung auf Mallorca« in ihr Tourenangebot aufnehmen.

»Ein Rezept, mit dem man ein gebrochenes Herz heilen kann, wäre doch super, wer weiß, vielleicht gibt einem der Stein ja wirklich wieder Energie und Selbstvertrauen«, hatte Josy zu

Matilda gesagt. »Vor Liebeskummer ist ja keiner gefeit. Ich war lange genug Single, um das sagen zu können.«

Matilda gab ihr recht. »Was ich so mitbekomme, von Freundinnen auf der Insel, ist ein Rezept gegen Liebeskummer immer gut.« Sie selbst hatte tatsächlich noch nie Liebeskummer gehabt, vielleicht weil sie schon so lange in einer festen Beziehung steckte und diese bisher immer so harmonisch gewesen war.

In Gedanken versunken schnitt Matilda in Ariadnas Wohnküche eine Zitrone auf. Es war heutzutage vermutlich wirklich ungewöhnlich, mit Ende zwanzig noch nie Liebeskummer gehabt zu haben. Als sie darüber nachdachte, sehnte sie sich fast nach diesem intensiven Gefühl. Nein, Unsinn, nach dem intensiven Gefühl der ersten Verliebtheit natürlich. Nicht danach, verlassen zu werden. Matilda hielt mit dem Messer in der Hand inne. So sehr hatte sie sich damals in Alvaro verliebt, aber mit den Jahren, da gab einem vermutlich jeder recht, der in einer längeren Beziehung war, fühlte sich die Liebe anders an. Vertrauter, weniger leidenschaftlich, dafür intensiver. Sie schnitt ein paar Zitronenscheiben ab. Der Duft der Zitrone stieg ihr in die Nase. Konnte man die Anfangsleidenschaft festhalten? Ihre Eltern hatten es irgendwie geschafft, einander immer noch voller Respekt und Bewunderung anzusehen. Sich zu lieben. Das konnte man an ihren Blicken füreinander sehen. Auch wenn sie sich ab und zu gestritten hatten, sehr selten, so spürte man all die Jahre doch auch ein Feuer zwischen ihnen.

Matilda warf die Zitronenscheiben in eine Wasserkaraffe, steckte noch zwei Pfefferminzstängel dazu, die sie vorher rasch aus dem Garten geholt hatte. Dann nahm sie eine Melone, schnitt sie auf, legte ein paar Scheiben auf einen Teller und brachte diesen und die Karaffe zu Ariadna ins Wohnzimmer. Was, wenn sie nie wieder in ihrem Leben dieses traumhafte Gefühl der Anfangsverliebtheit haben würde, durchfuhr sie ein

Gedanke. Und im selben Moment dachte sie an Tom, der dieses seltsame Kribbeln in ihr ausgelöst hatte.

Sie hörte die Haustür ins Schloss fallen, Alvaro kam müde von der Arbeit zurück. *»Hola, mi amor«,* sagte er erschöpft, legte seine Tasche im Flur ab, küsste sie kurz auf die Wange. »Wie war dein Tag?«, fragte er mehr routinemäßig.

»Gut«, erwiderte Matilda, wollte weiterreden, was Alvaro gar nicht bemerkte. Denn er ging bereits weiter ins Wohnzimmer zu seiner Madre.

»Mamá, wie geht es dir, hast du noch Schmerzen?«

Matilda stand da und hörte, wie sehr sich Ariadna freute, ihren Sohn zu sehen, sie blühte regelrecht auf. Matilda musste ein wenig lächeln. Hauptsache, es ging ihr wieder besser. Vorher hatte sie einen wirklich niedergeschlagenen Eindruck gemacht.

# Kapitel 8

Durch den Seidenschal, den Ines um seine Augen gebunden hatte, sah er nur hell und dunkel. Und die Düfte um ihn herum intensivierten sich. Tom roch das Meer und Ines' Vanilleparfum. Wenn er nach unten blickte, konnte er ein wenig unter dem Schal hervorlugen, daher erkannte er, dass sie sich auf einer Klippe am Meer befanden. Ines hielt seine rechte Hand, führte Tom am Rand dieser Klippe entlang. Einen ganz kurzen Moment fragte er sich, ob er ihr trauen konnte oder ob sie ihn gleich einen Schritt die Böschung hinunter machen lassen würde. So ein Unsinn, er hatte eindeutig zu viele Krimis gelesen.

»Jetzt komm schon, du läufst so zögerlich«, beschwerte sie sich lachend.

»Es ist wirklich ein krasses Gefühl, wenn man nichts sieht außer hell und dunkel, und jemandem blind vertrauen muss. Im wahrsten Sinne des Wortes.«

»Tja, jetzt bist du in meiner Hand«, sagte sie amüsiert.

Sie führte ihn noch ein paar Schritte weiter. »Vorsicht, Grasbüschel, rechtes Bein hoch.«

Er tat, wie ihm geheißen. Was sie wohl vorhatte? Er liebte Überraschungen, insofern machte es ihm Spaß.

Endlich blieb sie stehen, drückte kurz seine linke Hand und löste langsam den Schal. »Jetzt nehme ich dir den Schal ab.« Sie tat es. Vor ihnen auf der Klippe stand ein Rosenbogen, verziert mit weißen Schleifen. Darunter zwei weiße Holzstühle. Sofort raste sein Puls. Sie wollte ihn hier und jetzt heiraten! Plötzlich merkte Tom, dass er das nicht wollte. Ging es ihm nur zu schnell? Was konnte er sagen? Er wollte sie nicht verletzen, brauchte aber Bedenkzeit. Was für eine schreckliche Situation!

Ines sah ihn von der Seite an. Vielmehr strahlte sie ihn an. »Sieht traumhaft aus, oder?«

Er konnte nur nicken. Sein Mund fühlte sich staubtrocken an, als hätte ihm jemand einen Löffel Mehl verabreicht.

»Was guckst du denn so ernst? Zu kitschig für dich?«

Er zuckte die Schultern, suchte fieberhaft nach Worten. Dieser Rosenbogen hatte ihm mit einem Mal seine Zweifel sehr bewusst gemacht. Wollte er überhaupt heiraten?

»Wie findest du es?«, fragte sie erneut.

»Sieht gut aus.« Ihm fiel etwas ein, um Zeit zu gewinnen. »Aber du hast doch schon alles in München organisiert, einiges ist schon bezahlt.«

Sie seufzte. »Ja, leider.«

Wurde das gar keine Spontanhochzeit? Er sah sie forschend an.

Sehnsüchtig sah sie auf den Rosenbogen. »Wenn ich gewusst hätte, wie traumhaft schön es wäre, hier auf Mallorca zu heiraten, hätte ich unsere Hochzeit hier organisiert. Beziehungsweise ich hätte organisieren lassen. Es gibt Kompaktpakete fürs Heiraten auf Mallorca. Gar nicht mal soo teuer. Zumindest nicht so teuer wie in München. Das ist so cool, man muss sich um nichts kümmern, heiratet hier vor dieser gigantischen Kulisse, ich ärgere mich wirklich.«

Sein Puls beruhigte sich allmählich. Sie hatte ihm das hier nur zeigen wollen. »Tja, ist doch egal«, sagte er nur.

Sie warf ihm einen Blick zu, den er nicht einschätzen konnte. »Dir ist immer alles egal, wenn es um unsere Hochzeit geht.«

»Gar nicht. Mir ist nur … alles recht«, versuchte er, sie zu beschwichtigen. »Ich brauch das alles nicht. Nur dich.« Er brauchte sie wirklich. Sie hatte seine verletzte Seele wieder geheilt. Aber reichte das, um ein Leben gemeinsam zu verbringen, durchfuhr ihn ein Gedanke. Er hatte Gefühle für sie, aber waren es genug für ein ganzes Leben? Woher zum Teufel sollte man das wissen?

Sie lächelte, schmiegte sich an ihn. »Du kannst ganz schön romantisch sein, Babe. Aber nein, zu zweit heiraten ist für mich nichts, weißt du ja. Das soll schließlich der schönste Tag unseres Lebens werden, da gehören unsere Familie und Freunde natürlich auch dazu. Meine Omi Hanni wäre total enttäuscht. Deshalb wollte ich ja auch nicht ewig warten, sie ist fünfundachtzig, kann jeden Tag sterben, ihr Herz ist so schwach. Und meine Hochzeit will sie unbedingt noch erleben, hat sie gesagt.«

Tom nickte. »Lass uns runter zum Strand gehen.«

Er packte ihre Hand mit seiner unverletzten Linken, zog sie mit sich, sie stolperte hinter ihm her, er begann zu rennen, aber Ines bremste, protestierte.

»Nicht so schnell, ich verknacks mir ja den Fuß, dann kann ich keinen Brautwalzer mehr tanzen!« Sie hielt stärker dagegen, stoppte ihn. Er blieb stehen, ließ ihre Hand los.

»Okay, okay.«

Was hatte Freddy einmal gesagt? »Ines ist keine Frau, mit der man im Regen tanzen kann.« Es stimmte. Sie würde das niemals tun. Zu sehr war sie darauf bedacht, wie sie aussah, was die anderen dachten, wie etwas rüberkam. Er ging weiter und sie folgte ihm etwas langsamer den unwegsamen, von kargen Pflanzen bewachsenen Hügel hinunter. Wegen ihrer Omi hatte sie so schnell heiraten wollen, das verstand er. Die alte Dame war aber auch wirklich süß, er mochte sie sehr und wenn es ihr letzter Wunsch war, ihre Enkelin heiraten zu sehen, verstand er Ines. Aber ob das der einzige Grund war?

Unten am Strand angekommen, ließ er sich in den Sand fallen, legte sich ganz auf den Rücken und sah in den orangeroten Himmel. Die Sonne ging bald unter, weshalb auch kaum mehr etwas los war am Strand. Ines kam dazu, setzte sich links neben ihn, schlang die Arme um ihre Knie und sah aufs Meer. »Superschön, oder?«

»Ja.« Sein Puls ging immer noch schnell, beruhigte sich aber gerade. Dass er zweifelte, war ihm nicht so bewusst gewesen. Diese Erkenntnis am Rosenbogen hatte ihn wirklich erschüttert. Was bedeutete das jetzt für ihn, für sein Leben? Angst überkam ihn. Angst, das Falsche zu tun, aber gleichzeitig auch Angst, Ines zu verlieren. Er beschloss, später darüber nachzudenken, setzte sich auf, legte seinen linken Arm um sie, zog sie zu sich. Einfach nur dasitzen, aufs Meer sehen, runterkommen, Stille. Einzig das leise Plätschern der Wellen war zu hören, dann eine Möwe, die über ihnen flog.

»Ich finds super, dass du jetzt eine Zeit lang nicht mehr Rad fahren kannst«, sagte Ines. »Ich mein, dann haben wir viel mehr Zeit für uns.«

»Ja, oder besser: nein. Ich vermiss es. Gerade hier auf Mallorca ist es perfekt zum Radln.«

Sie zuckte die Achseln. »Sag mal, wenn wir bald zusammenwohnen, dann radelst du aber nicht mehr so oft, ja?«

Irritiert sah er sie an, zog seinen Arm zurück. »Wieso das denn nicht?«

»Na ja, ich soll zu dir nach München ziehen und in Frankfurt alles aufgeben, dann kannst du ja auch Zugeständnisse machen.«

»Das ist doch was ganz anderes. Deshalb soll ich weniger Rad fahren?«

»Na, sonst sitz ich allein zu Hause. Ich kenn in München ja keinen.«

»Noch nicht. Wenn ich nicht immer da bin, lernst du sogar eher eine neue Freundin kennen. Dann kannst du was für dich tun und dabei ergibt sich das von selbst.«

»Was für mich tun? Yoga oder was?«

Tom wusste, sie mochte kein Yoga.

»Nein, keine Ahnung, was dich halt interessiert.« Er überlegte, aber ihm fiel nichts ein.

Sie seufzte. »Dass München so teuer ist, wusste ich ja, aber soo! Da ist Frankfurt ja richtig günstig dagegen. Und was, wenn wir uns doch in Frankfurt eine Wohnung suchen? Dann muss ich meinen Job nicht kündigen, vielleicht kann ich ja doch in eine andere Abteilung, weg von meinem Chef. Du bist eh selbstständig und kannst von überall aus arbeiten und radeln kannst du dann von mir aus auch.«

Tom sah sie unwillig an. »Das hatten wir doch schon. Dein Chef nervt und eine andere Abteilung klappt sicher nicht. München ist viel, viel schöner als Frankfurt. Allein die Biergärten, das ganze Umland, die Nähe zu Italien.«

»Das bringt uns alles nichts, wenn wir keine bezahlbare Wohnung finden. Und ich will nicht verheiratet sein und weiter eine Wochenendbeziehung führen.«

»Ich auch nicht.« Er hasste Wochenendbeziehungen. Die Nähe musste sich jedes Mal erst wieder aufbauen, und dann war das Wochenende schon fast wieder zu Ende.

Die beiden saßen da, sahen vor sich hin aufs Meer. Wieso fing Ines jetzt wieder mit Frankfurt an? Sie hatten abgemacht, in München zu leben. Die Stadt hatte viel mehr Flair, sein Freund Freddy lebte dort, andere Kumpel auch. Ines kannte in Frankfurt ein paar Kolleginnen, mit denen sie ab und zu ausging, aber da sie dort erst vor noch nicht so langer Zeit zum Arbeiten hingezogen war, hatte sie keine enge, beste Freundin.

Tom dagegen hatte in München studiert. Es war seine zweite Heimat. Aufgewachsen war er in Rosenheim, besuchte seine Eltern dort auch immer gern, aber mehr zog ihn dort nicht mehr hin. Die Leute von damals lebten zum Teil in München, andere in der ganzen Welt.

Ines gab ihm versöhnlich einen Kuss auf die Schulter. »Ich freu mich schon auf morgen früh.«

»Wieso, was ist da?«

»Na, die Delfintour, die ich gebucht hab.«

»Ach ja. Früh aufstehen.«

»Sehr früh sogar. Aber Delfine beobachten auf Mallorca ist doch super, ich wusste gar nicht, dass es hier Delfine gibt. In Südafrika hab ich einige gesehen.«

Er nickte nur. Sein Handy vibrierte. Er sah darauf. »Matilda«, stand da. Sofort wurde ihm heiß. Sollte er abnehmen?

»Jetzt geh schon ran. Vielleicht ist es ja was wegen der Hochzeitsorga.«

»Bestimmt nicht. Die haben doch alle *deine* Nummer.«

»Viele auch beide Nummern. Jetzt geh schon ran.«

Er nahm ab. »Hallo?«

Matildas Stimme erklang und löste sofort etwas in ihm aus. »Tom? Gut, dass ich dich erreiche. Ich muss euch etwas fragen. Meine Schwiegermutter hat sich ja das Bein verletzt und ich muss mich immer nachmittags um sie kümmern, das geht leider nicht anders. Können wir den Workshop morgen vom Nachmittag auf den Vormittag verlegen?«

Er sah Ines von der Seite an. Sie hatte alles gehört, schüttelte wild den Kopf.

»Ähm, das ist jetzt blöd, wir haben morgen früh eine Delfintour gebucht.«

»Ja, ich weiß. Josy hat noch andere tolle Touren, wenn das für euch okay wäre, kann man sie sicher tauschen.« Sie klang angespannt.

Tom fuhr fort. »Von mir aus kein Problem.«

»Was, nein, das möchte ich nicht«, flüsterte Ines, die es gehört hatte. »Ich will die Delfine sehen und sonst klappt es nicht mehr im Urlaub.«

»Warte mal kurz, Matilda.« Er hielt das Handy zu. »Aber die Eheringe fertigstellen, also der Workshop, ist dir wichtiger, oder?«

»Auf jeden Fall.«

»Du hast doch Delfine in Südafrika gesehen. Ich in Kroatien. Das ist ein Notfall. Matilda will für ihre baldige Schwiegermutter da sein. Würdest du das denn nicht tun für meine Mutter?«

Ines seufzte, nickte dann ergeben.

Tom sprach wieder ins Handy. »Matilda? Wir können die Delfintour gern einfach canceln, wenn das für Josy okay ist. Die Ringe sind wichtiger. Wir haben beide schon Delfine live im Meer gesehen, das ist kein Problem. Wann sollen wir dann morgen zum Workshop kommen?«

»Jetzt hab ich ein ganz schlechtes Gewissen«, sagte Matilda betreten.

»Brauchst du wirklich nicht zu haben.«

»Okay, dann rede ich mit Josy für euch. Ihr müsst euch um nichts kümmern. Dann sehen wir uns beim Workshop. Wie wäre es um zehn?«

»Zehn ist perfekt, dann muss ich auch nicht so früh aufstehen.« Er zwinkerte Ines lächelnd zu. Hoffentlich war sie jetzt nicht sauer. Er mochte es nicht, wenn sie schlecht drauf war.

* * *

Ein Sonnenstrahl ließ den goldenen Ring glitzern. Matilda hielt den unfertigen Ehering von Tom in der Hand und betrachtete ihn. Sie saß in ihrem Laden in der Goldschmiedeecke, hatte die Werkzeuge für den Workshop zurechtgelegt. Der Ring war schlicht gehalten. Genau so hatte Tom ihn gewollt. Ines dagegen wünschte sich eine Perle auf ihrem, er sollte edler aussehen, wie für eine Prinzessin, hatte sie gesagt. Matilda hatte den Ring für Tom bisher so weit gefertigt, da er es mit seiner verletzten Hand ja selbst nicht konnte. Es fühlte sich seltsam an, ihm seinen Ehering zu schmieden. So hilfsbereit sie auch war, es fühlte sich falsch an. Sie seufzte. Was war nur mit ihr los? Sie hoffte sehr, dass es nur die übliche Torschlusspanik vor dem Heiraten war, die auch eine Schulfreundin von ihr bekommen hatte.

»Guten Morgen«, hörte sie Toms warme Stimme. Erschrocken legte sie seinen Ring auf den Tisch. Sie hatte nicht bemerkt, dass Tom und Ines eingetreten waren.

»Guten Morgen«, erwiderte Matilda und lächelte ihre Kunden an. Kunden, mehr nicht, versuchte sie, sich klarzumachen. Auch Ines grüßte nett.

»Hast du an Toms Ring weitergearbeitet?«, erkundigte sie sich.

»Nein, ich habe ihn mir nur angesehen.« Sie sah Tom an, senkte schnell den Blick, stand auf. »Ganz lieben Dank noch mal, dass ihr auf die Delfintour verzichtet habt. Josy gibt euch entweder das Geld zurück oder einen Gutschein, wie ihr wollt.«

»Ein Gutschein ist super«, fand Ines. »Dann kommen wir sicher bald wieder auf die Insel.«

»Schön.« Erneut ertappte sich Matilda dabei, Tom anzusehen. Und er sah sie an. Intensiv, oder bildete sie sich das ein? Sie begann mit dem Workshop, erklärte, dass die Ringe in eine Beize mussten, die aus warmer, verdünnter Schwefelsäure bestand.

»Säure? Wozu denn das?«, wollte Ines wissen.

»Das macht man, damit die Reste des Flussmittels vom Löten entfernt werden. Danach werden die Ringrohlinge auf einen Ringriegel geschoben und mit einem Goldschmiedehammer rund geschmiedet. Damit die gelötete Fuge nicht reißt, müssen die Ringe immer wieder bis zum Glühen erhitzt werden. Und dann feilen und polieren wir innen und außen alles glatt, der Ring soll ja keine Ecken und Kanten haben.«

»Wie wir«, scherzte Tom, und Matilda musste lachen. Sie mochte seinen Humor.

Ines seufzte. »Feilen ist ja nicht so meins.«

»Ich würde es gern machen«, sagte Tom und hob bedauernd seine geschiente rechte Hand hoch. »Ich habe schon als Kind gern gefeilt.«

Matilda lächelte ihn an. »Ich auch. Mein Onkel hat mir handwerklich einiges beigebracht.«

»Oh, wow, cool«, fand Tom.

Sie fingen an. Matilda arbeitete an Toms Ring weiter, Ines an ihrem. Aber man merkte Ines an, dass sie keinen Spaß hatte, sich eher quälte.

Nach einer Weile wischte sie sich über die Stirn. »Was ist eigentlich mit meiner Perle?«, fragte sie. »Kann ich die mal sehen, damit ich mir meinen Ring besser vorstellen kann?«

Matilda nickte. »Klar. Ich hol sie.« Sie stand auf, ging zum Tresen, öffnete eine Schublade und holte ein Kästchen heraus. Damit ging sie zu den beiden zurück, spürte Toms Blick auf sich, sah ihn aber nicht an.

Sie reichte Ines das Kästchen, die öffnete es und blickte die Perle verträumt an. »Wie schön! Und das ist jetzt keine echte Perle, aber trotzdem eine teure, oder wie war das? Ich hab den Text auf deiner Internetseite nicht mehr ganz in Erinnerung.«

»Genau, das ist keine echte Perlmuttperle aus einer Auster. Die wäre noch viel, viel teurer und solche sind ja sehr selten. Aber es ist eine Mallorca-Perle, sie wurde in einem ganz besonderen, aufwendigen Verfahren auf Mallorca hergestellt. Vor ungefähr hundert Jahren hatte ein Deutscher, Eduard Hugo Heusch, diese Idee, weil die Nachfrage nach Perlen so hoch war.

Er war nach Frankreich ausgewandert, war Ingenieur und hat in Paris an einem Verfahren zur Herstellung künstlicher Perlen gearbeitet, mit Fischschuppen als Material. Sie sind sehr langlebig. Mit diesem Wissen wollte er eine Firma gründen und hat sich für Mallorca, für die Stadt Manacor als Firmensitz entschieden. Seitdem wird dort die ›Mallorca-Perle‹ produziert. In den Vierzigern lief das Patent der Familie aus, inzwischen gibt es sieben weitere Firmen, die Mallorca-Perlen herstellen.«

»Und welche von diesen Firmen stellt die besten Perlen her?«, wollte Ines wissen. »Ich will natürlich die beste für meinen Ehering.«

»Sie sind alle wirklich sehr gut. Die Zusammensetzung der Essenz, in welche die Perlen getaucht werden, variiert je nach Firma, sie ist jeweils ein gut gehütetes Geheimnis.«

»Klingt spannend«, fand Tom und sah Matilda lächelnd an.

Die senkte rasch den Blick, nahm die Perle, hob sie hoch, hielt sie gegen das Licht. »Seht ihr? Die Oberfläche ist ganz glatt. Sie hat sogar eine härtere und somit robustere Oberfläche als die superteuren Perlen aus der Auster. Der Mallorca-Perle kann kein Make-up, Parfüm oder keine Hitze etwas anhaben. Man bekommt sogar eine zehnjährige Garantie.«

»Ich hoffe ja mal, unsere Ehe hält länger als zehn Jahre«, scherzte Ines.

Tom lächelte kurz, ging nicht weiter darauf ein, wandte sich an Matilda. »Und du siehst, ob es eine Mallorca-Perle oder eine billige Imitation aus Asien ist?«

»Ja, allein am Gewicht merkt man das. Als Goldschmiedin sehe ich den Unterschied auch sonst.«

»Toller Beruf, wär auch was für mich gewesen.«

»Du hast ja auch einen kreativen Beruf«, wandte Ines ein. »Gut, dass ich was Anständiges gelernt habe, sonst könnten wir uns die teuren Mieten gar nicht leisten«, scherzte sie.

Matilda merkte, wie unangenehm das Tom war. Sie lenkte schnell ab. »Es gibt für Touristen auch Führungen in den Perlenmanufakturen auf Mallorca. Und man kann dort eine große Auswahl an Schmuck kaufen, falls dich das interessiert, Ines.«

»O ja. Eine passende Perlenkette zu meinem Ring für mein Hochzeitskleid wäre doch perfekt. Lass uns so eine Führung machen, Schatz.«

Tom zögerte. »Matilda verkauft ja auch Ketten in ihrem Laden, sieh dich doch hier genauer um.«

»Hast du Ketten mit Mallorca-Perlen?«, fragte Ines nach.

»Sicher. Wie viele andere Schmuckdesigner auf der Insel kombiniere ich einzelne Perlen mit modernen Elementen. Da drüben hab ich eine Perle an einem Lederband, schau mal.«

Ines stand auf, folgte Matilda, auch Tom trat zu ihnen. Matilda hatte diese Kette erst kürzlich kreiert, sie kam gut an bei jüngeren Touristen, die eine besondere Erinnerung an ihren Urlaub suchten.

»Cool«, fand Tom.

Ines aber schüttelte den Kopf. »Das mit dem Lederband ist mir zu leger. Hast du noch eine andere?«

»Im Moment nicht, sie sind alle verkauft. Männer tragen seit ein paar Jahren ja auch Perlenketten, die sind bei einigen voll im Trend. Rapper und andere Prominente haben es vorgemacht.«

»Das wusste ich gar nicht, du, Tom?«

Der nickte. »Doch, klar. Hat wohl viel mit dieser ganzen Genderdebatte zu tun.«

Matilda nickte, fuhr fort: »Sie sind in allen Varianten wieder in. Ich hatte die Idee, als Anhänger eine Schwarze Biene aus Metall zu schmieden, dazu die weiße Perle, ein schöner Kontrast. Und beides ist typisch für die Insel. Schwarze Bienen gibt es nämlich auf Mallorca, weil sie das Klima hier lieben. Sie sind sehr sanftmütig und ihr Honig schmeckt sehr lecker.

Im Orangenhain meiner Eltern sind auch immer einige und bestäuben die Orangenblüten.«

»Wie schön«, entfuhr es Tom.

»Ja.« Matilda lächelte. »Ich kenne eine Inselimkerin, eine frühere Mitschülerin von mir. Sie hat Bienenstöcke mit Schwarzen Bienen, ganz in der Nähe. Und der Honig ist ein Traum.«

»*Da* sollten wir hin«, schlug Tom vor. »Bienen sind so wichtig für unsere Umwelt, die Inselimkerin sollten wir unterstützen.«

»Ja, wir müssen die Bienen schützen. Ich kaufe immer Honig bei ihr.«

Ines schüttelte den Kopf. »Ich mag keinen Honig und Tiere auch nicht, nur gebraten«, scherzte sie und lachte auf. Matilda sah, wie Tom Ines irritiert und nachdenklich anblickte. Ines fuhr fort. »Tiere mag ich auch nicht als Schmuckanhänger, das ist so gar nicht meins, muss ich sagen.«

Matilda wandte sich an Ines: »Wenn du sonst eine Idee für einen Kettenanhänger hast, kann ich auch etwas für dich entwerfen und herstellen. Es gibt zum Beispiel etwas ganz Typisches für Mallorca, ein Kettenanhänger aus Schneckenstein, der Glück bringt.«

»Ein Schneckenstein?«, wiederholte Ines gedehnt. »Nichts mit Tieren.«

»Was ist das für ein Stein?«, hakte Tom interessiert nach.

»Man findet ihn mit etwas Glück an den Inselstränden. Das ›Auge der Santa Lucia‹, wird er genannt. Er soll heilen und Glück bringen. Es gibt eine Legende, dass die Heilige Lucia ihre Augen ins Meer geworfen hat und sie dann zu solchen orangerötlichen Steinen wurden. Tatsächlich handelt es sich bei dem Stein um den Gehäusedeckel einer Meeresschnecke.«

»Spannend«, fand Tom.

Ines mischte sich ein. »Nein, danke, aber du brauchst mir keine Kette zu machen. Das dauert viel zu lange. Die Zeit haben wir nicht mehr. Wir fahren zu einer dieser Perlenmanufakturen und ich suche mir dort eine Perlenkette passend zum Ring aus. Was meinst du, Schatz?« Sie sah Tom an. Der zögerte. Ines fuhr fort. »Dort kannst du zusehen, wie die Mallorca-Perlen hergestellt werden. So was interessiert dich doch.«

Er nickte. »Okay. Ob dann eine Kette passt, schauen wir mal.«

»Super, Schatz. Sagt mal, können wir eine kleine Kaffeepause machen?«

»Natürlich, wie ihr wollt. Bei Josy, oder soll ich Kaffee holen?«, fragte Matilda nach.

»Gern bei Josy«, entschied Ines. »Die Schoki to go ist so lecker. Oder ist Josy sauer, dass wir die Delfintour abgesagt haben?«

»Nein, überhaupt nicht. Ihr habt ja mir zuliebe abgesagt. Sie hatte noch andere Touristen auf der Warteliste, die haben sich gefreut, also alles gut. Dann könnt ihr euch gleich euren Gutschein abholen. Mal sehen, ob Josy schon zurück ist von der Tour, aber sonst ist Eric da, ich hab ihn vorhin gesehen. Er springt vormittags ab und zu ein, bevor er in seiner Schokomanufaktur in Palma weitermacht.«

»Zu der Schokomanufaktur nach Palma müssen wir auch, Tom. Mein Gott, gibt es viel zu sehen auf dieser Insel.« Sie lachte, wandte sich an Matilda. »Ich bin Schokojunkie, musst du wissen.«

Matilda lächelte. »Ich liebe sie auch.« Wieder spürte sie den Blick von Tom auf sich, sah ihn nicht an. Aber ein Kribbeln lief ihr erneut über den Rücken.

* * *

Der Korbstuhl auf Josys Caféterrasse knarzte, als sich Matilda hineinsetzte. Der Blick von hier über die Bucht war jedes Mal aufs Neue wunderschön. Tom und Ines setzten sich neben sie in die weißen Holzstühle und beide wurden ihren Mienen nach ebenfalls vom Anblick des Meeres wie magisch angezogen.

»Hier zu arbeiten muss Wahnsinn sein«, sagte Tom beinahe ehrfürchtig.

»Ist es auch. Ich kann mir keinen schöneren Ort vorstellen.«

»Und den ganzen Tag im Laden zu stehen, macht dir Spaß?«, fragte Ines. »Entschuldige, das sollte nicht abwertend klingen.«

»Kein Problem. Es macht sogar großen Spaß. Ich stehe ja nicht nur rum«, antwortete Matilda auflachend. »Ich fertige Schmuck nach meinen eigenen Ideen, kaufe Schmuck ein, der mir gefällt, und bin dafür mit vielen tollen Kunsthandwerkern von der ganzen Insel in Kontakt. Außerdem berate ich Kunden, bin meine eigene Chefin, keiner redet mir rein und dazu hab ich noch die besten Freundinnen der Welt gleich rechts und links nebenan.«

»Stimmt, klingt super«, gab Ines zu. »Eine beste Freundin fehlt mir ehrlich gesagt. Seit ich aus dem Dorf in Niedersachsen, in dem ich aufgewachsen bin, weg bin, hat sich das leider nicht mehr ergeben. Lockere Freundschaften schon. Aber keine, die man nachts aus dem Bett klingeln kann, wenn es einem schlecht geht.«

»Das ist sehr schade. Die anderen Ladenbesitzerinnen könnte ich alle nachts anrufen.«

»Echt toll. In Frankfurt ist alles recht schnelllebig. Wie es in München wird, werden wir sehen.« Sie nahm Toms Hand, lächelte ihn an.

»Die Münchner sind offener«, sagte er. »Siehst du ja an mir.«

Sie lachte. Da klingelte ihr Handy. Sie sah drauf, ihre Miene wurde angespannt. »Entschuldigt ihr mich kurz?«

»Klar.«

Ines ging mit ihrem Handy die anderen Läden entlang außer Hörweite. Matilda und Tom sahen sich einen Moment an. Matilda fühlte sich so schüchtern wie ein kleines Mädchen, wusste plötzlich nicht, was reden mit ihm. Da kam zum Glück Josy mit dem Tablett voller Kaffee und Schoki to go, die sie vorher bei ihr bestellt hatten.

»Hey, sorry, dass es etwas gedauert hat. Eric musste zwar in seine Schokomanufaktur, aber wollte mich nicht loslassen. Und ich lass ihn auch nicht mehr los«, fügte sie an.

Matilda lächelte. »Ach, wie schön.« Frisch verliebt, auf Wolke sieben, so hatte Josy erst kürzlich gesagt, fühlte sie sich, seitdem sie mit Eric wieder zusammen war. »Und das nach all den Jahren. Dabei dachte ich, ich bin Dauersingle und komplett beziehungsunfähig«, fügte sie gerade noch hinzu.

Und Matilda dachte, wie schön es auch für sie gewesen wäre, wieder einmal dieses Kribbeln im Bauch zu spüren. Sie sah Tom an, der sie offenbar die ganze Zeit beobachtet hatte. Ihr wurde heiß im Gesicht.

Josy hatte die drei Café con leche auf den Tisch gestellt, je zwei Schokis to go für Tom und Ines dazugelegt und musste zu einem anderen Gast, der zahlen wollte.

Tom sah ihr nachdenklich nach. »Cool, da scheinen sich wohl zwei gefunden zu haben.«

Matilda lächelte. »Ja. Nach langer Zeit. Ich freue mich so für Josy. Sie dachte, sie sei beziehungsunfähig, und jetzt ist sie so glücklich.«

»Seltsamerweise denken viele von sich, beziehungsunfähig zu sein«, entgegnete Tom. »Mein bester Freund Freddy auch. Dabei bin ich der Überzeugung, dass es das nicht gibt. Ich bin sogar sicher, dass jeder Mensch beziehungsfähig ist. Mit dem richtigen Menschen an seiner Seite. Was denkst du?«

Erstaunt über seine Offenheit, gab Matilda ihm recht. »Ja, das denke ich auch. Die Frage ist, ob man erkennt, dass es der richtige

Mensch ist. Und ob sich ein richtiger Mensch so verändern kann, dass es einfach nicht mehr passt.« Etwas über sich selbst erschrocken, hielt sie inne. Aber mit Tom konnte man so reden.

Nachdenklich nickte er. »Ich war mal mit einer Frau zusammen, hab gedacht, das passt perfekt. Aber ihr ging es offenbar nicht so.«

»Oh, das tut mir leid.«

»Muss es nicht. Ich hab mich ja wieder geöffnet. Ausgerechnet dank Freddy, der mich ständig zu Partys mitgeschleift hat. Und dann hab ich Ines kennengelernt, sie hatte auch gerade eine Trennung hinter sich, hat mich total verstanden.«

Matilda lächelte. »Das ist doch gut.«

»Ich versteh sie nur nicht immer.«

»Nein?«

»Na ja, zum Beispiel hat sie es total eilig mit dem Heiraten, dabei haben wir doch alle Zeit der Welt. Gut, wegen ihrer Omi, weil die ihre Hochzeit noch erleben will, aber irgendwie scheint mir das nicht der einzige Grund zu sein. Ist so ein Bauchgefühl.«

Ist sie vielleicht schwanger, lag es Matilda auf der Zunge, aber es ging sie nichts an. Sie wollte auf keinen Fall Gerüchte in die Welt setzen, grundlos.

»Ich glaube, sie will mich sicher haben, sozusagen. Hat eben auch so ihre Erfahrungen gemacht. Aber das ist ja ein Schmarrn, nur weil man verheiratet ist, ist ja nichts sicher.«

»Das stimmt leider. Eine Beziehung kann sich immer verändern, auch wenn man nicht verheiratet ist.« Sie dachte an Alvaro und sich. Siedend heiß fiel ihr ein, dass sie ihr Handy noch im Laden liegen hatte und Alvaro sich vielleicht wegen der Betreuung seiner Mutter melden konnte.

»Entschuldige, ich hab mein Handy im Laden liegen und sollte wegen meiner Schwiegermutter erreichbar sein. Ich hol es kurz.«

»Okay.«

Sie stand auf, ging an Teresas Laden vorbei zu ihrem Laden. Sie schloss rasch auf, holte ihr Handy heraus und schloss wieder ab. Da hörte sie Ines' Stimme, sie stand offenbar bei Amelies Laden, hinter den Aufstellern mit den Duftlotions, telefonierte, klang aufgeregt.

»Philipp, wie oft noch, das war ein riesengroßer Fehler mit uns, ich mag dich wirklich immer noch sehr, das weißt du ja, sonst wären wir ja nicht so lange zusammen gewesen, aber das mit uns wird nichts mehr.« Sie hörte offenbar zu, was der Anrufer erwiderte. Dann wiederholte sie: »Bitte, akzeptiere es. Ja, es war nur Sex mit dem Ex, wenn du es so nennen willst. Bitte, wenn dir was an mir liegt, mach mir das mit Tom nicht kaputt. Er darf davon auf keinen Fall etwas erfahren!«

Erschrocken und unfreiwillig hatte Matilda alles gehört. Ines hatte Tom betrogen! Was machte sie jetzt mit dieser Info? Durfte sie sich in seine Beziehung einmischen? Nein, auf keinen Fall. Ines und er wollten heiraten. Oder musste sie es ihm gerade deshalb sagen? Matildas Gedanken rasten. Amelie und Liz, sie musste mit den beiden reden. Es erinnerte sie an die Situation, in der Teresa gesteckt hatte, als sie etwas über Simons Leben erfahren hatte. Sollte sie mit ihr reden, was sie tun sollte? Nein, Teresa musste sich schonen. Matilda hatte Teresa zwar inzwischen erreicht und es schien ihr und den Zwillingen gut zu gehen. Ein Glück. Dennoch, sie brauchte Ruhe. Stattdessen mit Josy reden? Aber Josy hatte genug im Café zu tun. Hin- und hergerissen sah Matilda vor sich hin. Hoffentlich hatte Ines sie nicht bemerkt, es schien nicht so. Sie hatte inzwischen aufgelegt, ging zum Café zurück. Matilda wartete noch einen Moment, bevor sie ihr folgte.

Ines saß jetzt neben Tom, schien ganz in Gedanken verhangen.

Irritiert fragte Tom nach, als Matilda dazukam. »Alles klar, Ines?«

»Was? Ja, alles klar.« Sie lächelte bemüht, aß ihre Schoki to go mit Mandeln und Lavendel und lenkte auf die Köstlichkeit der Schokolade und diese Geschmacksexplosion ab.

* * *

Matilda hatte den beiden in ihrem Laden noch gezeigt, wie man die Ringe feilte. Sie hatte dies für Toms Ring übernommen, Ines wirkte fahrig und nervös. Hatte ihr Ex-Freund vielleicht damit gedroht, Tom alles zu sagen?

»Wollen wir für heute Schluss machen?«, schlug Matilda vor. »Ich muss gleich den Laden zumachen und zu meiner Schwiegermutter.«

Ines legte sofort erleichtert ihren Ring und die Feile auf den Tisch. »Gern.«

Tom hakte nach: »Dann morgen Vormittag wieder um zehn?«

»Ja, genau, da sollten wir eure Eheringe fertig bekommen.«

»Wir haben ja auch noch gar nicht bezahlt«, fiel Tom ein. »Soll ich das gleich mal machen?«

»Wie du möchtest, morgen ist auch in Ordnung.«

»Mach das doch«, sagte Ines. »Ich geh schon mal zum Mietwagen.«

»Okay.«

Sie nahm ihre Handtasche und verließ den Laden. Tom sah ihr irritiert nach. »Hab ich irgendwas verpasst?«

»Nein, nein.« Matilda trat an den Tresen.

»Vorher im Café war sie noch gut drauf«, sagte Tom verwundert.

Matilda ging darauf nicht ein, tippte den Betrag in die Kasse ein. »Brauchst du eine Rechnung? Als Selbstständiger kannst du sie vielleicht absetzen.«

Tom scherzte. »Genau, als Marketingaufwendung. Eigenwerbung. Mit Ring seh ich seriöser aus und werde öfter gebucht.«

Matilda musste lächeln. Sie druckte ihm die Rechnung aus, reichte ihm das Kartenzahlgerät, dabei berührten sich ihre Hände.

Genau in dem Moment kam Alvaro in ihren Laden, sah das und lief sofort hochrot an. *»Hola!«,* sagte er forsch, schaute sie eifersüchtig an.

»*Hola,* Alvaro.« Matilda bemühte sich, sich nicht aus der Ruhe bringen zu lassen, aber es gelang ihr nicht. Tom grüßte auch kurz, blickte sie fragend an, schien zu verstehen, dass es ihr Verlobter war. Sollte sie Tom vorstellen? Aber das hätte Alvaro noch mehr gereizt. Wenn sie diesen für Alvaro fremden Mann beim Namen nannte und duzte. Er dachte eh schon immer, sie wolle den Laden behalten, um ihn zu betrügen. Um die Freiheit zu haben, andere Männer zu treffen. Was für ein Unsinn! Sie würde ihn niemals betrügen, nie. Sofort kam ihr wieder Ines' Telefonat in den Sinn. Konnte man wirklich nie sagen? Ines hatte es sicher auch nicht vorgehabt, Tom zu hintergehen, so schätzte sie Ines nicht ein. Matilda wusste viel zu wenig über die beiden, um sich eine eindeutige Meinung zu bilden. Es ging sie nichts an.

Zum Glück war Tom so feinfühlig, spürte ihre Anspannung und verabschiedete sich, als wäre er ein normaler Kunde. Ging an Alvaro vorbei, der mit den Händen in den Hosentaschen breitbeinig dastand und keinen Schritt zur Seite wich. Beinahe hätten sich die beiden Männer angerempelt. Sie erinnerten an zwei Cowboys, kurz vor einem Duell.

Nachdem Tom gegangen war, sah Alvaro sie mit gerunzelter Stirn an. »Wer war das?«

»Ein Kunde.«

»Willst du mich für dumm verkaufen?«

»Nein, er und seine Verlobte machen gerade den Trauring-Workshop bei mir.«

»Aha«, erwiderte Alvaro nur. Das Wort »Verlobte« hatte ihn offenbar beruhigt.

»Und was führt dich hierher?«

»Ich wollte dich abholen und zu meiner Mutter fahren.«

»Das hättest du nicht tun müssen.«

»Ich weiß. Aber ich war in der Nähe und ich will sichergehen, dass sie nicht wieder so lange allein ist.«

Matilda ärgerte sich insgeheim, fühlte sich überwacht. Sie schloss die Kasse, schnappte ihre Handtasche, ging zur Tür, ließ die Markise einfahren, sagte die ganze Zeit kein Wort mehr. Alvaro trat schon mal vor die Tür, wartete dort mit verschränkten Armen. Er erinnerte sie jetzt an einen Bodyguard.

»Ich fahre aber mit meinem Wagen«, erklärte Matilda, als sie die Tür zu ihrem Laden abschloss. »Sonst bin ich so abhängig von dir morgen früh und du bist ja im Homeoffice.«

»Von mir aus.« Er ging vor zum Parkplatz und Matilda folgte ihm, winkte den Freundinnen, als sie an deren Läden vorbeikam, wie sie es immer tat. Josy sah ihr nachdenklich nach und Matilda merkte selbst, dass es merkwürdig aussehen musste, wie sie ein paar Schritte hinter Alvaro herging.

# Kapitel 9

Ariadna lag auf ihrem Sofa, der Raum roch nach Lavendel und Seife. Sie freute sich, Matilda zu sehen. »Mein Kind, schön, dass du da bist.«

»Hallo, Ariadna, geht es dir gut? Hast du noch Schmerzen?«

»Schmerzen?« Sie überlegte. »Ja, oh, ja.«

»Möchtest du eine Schmerztablette?«

»Nein, nein. Tabletten hab ich noch nie genommen.«

Matilda musste lächeln. »Noch nie« ganz sicher nicht. Aber sie fand Ariadnas Einstellung gut, nahm selbst auch nicht sofort Schmerztabletten, wenn sie einmal Kopfweh hatte.

»Brauchst du irgendetwas?«, fragte sie, es war stickig im Raum, wie wenn länger nicht gelüftet worden wäre. Da half der Lavendelduft auch nicht mehr. Ariadna liebte es, Lavendelsäckchen im ganzen Haus zu verteilen. Das habe schon ihre Mutter gemacht, hatte sie einmal erzählt.

»Ob ich was brauche? Frische Luft.«

Matilda öffnete ein Fenster.

»Es zieht!«, schimpfte Ariadna sofort.

Matilda schloss das Fenster wieder.

»Weil oben ein Fenster offen ist. Soll ich es schließen? Dann kann ich hier aufmachen.«

»Nein.«

Matilda drehte sich zu Ariadna. »Möchtest du nicht lieber im Garten auf einer Liege liegen? Du hast doch so einen schönen Garten und draußen ist es sehr angenehm im Schatten.«

»Na gut.«

»Komm, ich helfe dir hoch und führe dich hin.«

Ariadna schüttelte jetzt doch wieder den Kopf. »Im Garten ist es zu heiß.« Matilda merkte, dass man es ihr heute wieder gar nicht recht machen konnte.

»Dann koche ich mir jetzt einen Kaffee und lege mich in den Garten«, erklärte sie. »Wenn du etwas brauchst, sag gern Bescheid.«

»Du legst dich in den Garten?« Es klang wie ein Vorwurf, faul zu sein. Oder bildete sich Matilda das ein? Auch ihre Eltern legten sich nie in ihren Garten. Im Garten wurde gearbeitet, so kannten sie es. Und was sollten denn die Nachbarn denken, wenn man nur so herumlag.

»Ich habe bis gerade gearbeitet, in meinem Laden«, erklärte Matilda. »Ich will kurz Pause machen, wenn du mich nicht brauchst.«

»Aber ich brauche dich. Du kannst mir etwas erzählen.«

»Gern, aber lieber im Garten.«

Die beiden Frauen sahen sich an. Matilda war bewusst, dass dies ein kleiner Machtkampf war, aber sie wollte nicht wieder klein beigeben, wie sie es sonst immer tat.

»Also gut«, sagte Ariadna jetzt und stemmte sich hoch. Matilda ging erleichtert zu ihr, half ihr auf und sie ließ sich humpelnd auf die Terrasse führen. Diese war umsäumt von großen Lavendelbüschen, einem roséfarben blühenden Oleander, einem Zistrosenstrauch. Wie gut es duftete! Hier stand eine Liege, auf die sich normalerweise nur Alvaro legte. Matilda führte Ariadna dorthin, diese ließ sich langsam und ächzend nieder.

»Alt werden ist nicht schön, Kind, ich sag es dir.«

»Ja, wobei, so alt bist du ja nicht. Gesund zu sein, das ist das Allerwichtigste«, erwiderte Matilda. »Aber das wirst du ja wieder ganz.«

Ariadna sah sie an. »Und wenn nicht? Lasst ihr mich dann hier verrotten?«

Erschrocken widersprach Matilda. »Nein, um Gottes willen. Aber du hast ja nur deinen Fuß verknackst, das wird wieder.«

»Wer sagt das?«

»Das hat der Arzt vermutet, geschwollen ist ja nichts.«

»Ach der!« Ariadna machte eine wegwerfende Handbewegung. »Ärzte«, fügte sie verächtlich hinzu. »Das Leben ist das Wichtigste, Kind. Die Familie. Enkel.«

»Erst einmal die Heirat«, erklärte Matilda, denn das wollte Ariadna sicher hören. Sie wunderte sich, dass Ariadna nicht schon viel früher von der Hochzeitsplanung geredet hatte.

Ariadna sah sie forschend an.

Matilda fuhr fort: »Ich hoffe, du planst das Fest nicht allzu groß. Alvaro meinte, du hast schon einiges im Sinn. Ein kleines wäre mir lieber, ehrlich gesagt.«

»Ein kleines Fest? Du bist bescheiden. Eine Frau muss bescheiden sein, aber nicht zu bescheiden.«

Matilda musste lächeln. »Ich werde es mir merken.«

»Ich sehe die Hochzeit vor mir, alle werden kommen, alle. Drei Tage lang werden wir feiern«, sagte Ariadna, faltete ihre Hände, schloss die Augen, wirkte, als würde sie beten. Ein paar Minuten später öffnete sie sie wieder.

»Du brauchst etwas Altes, etwas Neues, etwas Geliehenes und etwas Blaues. Ich leihe dir mein blaues Strumpfband.«

Matilda schluckte.

Ariadna fuhr begeistert fort: »Das ist ein schöner Brauch auf Mallorca. Blau steht für ewige Treue. Etwas Neues ist das

Brautkleid. Alt wird ein wertvoller Familienschmuck von unserer Familie sein.«

»Etwas Wertvolles? Das kann ich nicht annehmen«, erwiderte Matilda.

»Ich sage ja, du bist zu bescheiden. Natürlich kannst du das annehmen. Und etwas Geliehenes steht für die Freundschaft. Genug Freundinnen hast du ja, sagt Alvaro.«

»Die habe ich, zum Glück.«

»Aber vergesst nicht die Alten«, brach es aus Ariadna heraus. »Das sage ich Alvaro immer. Aber er hört nicht auf mich.«

»Das tut er schon. Wir vergessen euch nicht. Ich werde meine Eltern unterstützen.« Mehr sagte sie nicht.

Ariadna sah sie an, kniff die Augen zusammen.

»Soso. Für deine Eltern bist du da.«

»Für dich doch auch.«

Ariadna zuckte die Schultern. »Dabei wohnen deine Eltern in Sollér.«

»Ja, deshalb schaffe ich es auch nicht so oft hin. Aber weil wir gerade darüber reden: Im Herbst bringe ich dir wieder frische Orangen aus ihrem Orangenhain.«

Ariadna nickte. »Bei der Orangenernte hilfst du mit. Und mein Garten verwildert.«

Matilda sah sich um. Der Garten sah sehr gepflegt aus. »Ich finde deinen Garten wunderschön und ordentlich. Dein Nachbar hilft doch im Garten, oder nicht mehr?«

»Doch, aber er ist die nächsten Wochen öfter auf dem Festland, hat er gesagt.«

»Ein bisschen kann ich ja nachher machen.«

»Gut. Und haben sich deine Eltern gefreut, dass ihr jetzt endlich heiratet?«

Sie hatte es ihnen noch nicht erzählt, zu viel war gerade los und dann hätte sie sich ja entschieden. »Ich will es ihnen beim nächsten Besuch persönlich sagen, nicht am Telefon.«

Skeptisch sah Ariadna sie an. »Du willst doch nicht Nein sagen?«

»Was? Nein, ich meine, nein.«

»Das kannst du meinem Alvaro nicht antun.«

»Das tue ich nicht.« Matilda biss sich auf die Unterlippe.

Ariadna atmete schwer, starrte in ihren Garten. »Die Hecke muss geschnitten werden.«

»Das macht Alvaro doch Spaß, meinte er mal.«

Ariadna sah sie an. »Dann lügt er.«

»Oh, das wusste ich nicht. Ich kann die Hecke natürlich auch schneiden, wenn du möchtest. Vielleicht am Wochenende.«

Ariadna sagte nichts mehr, starrte vor sich hin. »Ist der Kaffee fertig?«

Matilda stand auf. »Ich habe ihn ja noch gar nicht aufgesetzt, du wolltest keinen.«

»Jetzt aber. Und Mandelplätzchen.«

»In Ordnung, wenn noch welche da sind.« Sie wollte hineingehen.

»Matilda?«

Sie hielt inne. »Was noch?«

»Ich hatte keine gute Schwiegermutter. Ich will dir eine gute sein.«

Matilda sah sie gerührt an, wusste nicht, ob sie lachen oder weinen sollte. Vielleicht tat sie dieser Frau auch unrecht. Leicht hatte sie es nach dem Tod ihres Mannes sicher nicht gehabt.

»Ich danke dir, Ariadna, das freut mich. Wirklich.« Matilda ging ins Haus, weiter in die Küche und bereitete Kaffee mit der alten Filtermaschine zu. Vielleicht war ihre zukünftige Schwiegermutter ja doch umgänglicher, als sie sie bisher kennengelernt hatte.

* * *

Matilda lag am Abend im Bett im Gästezimmer in Ariadnas Haus und dachte an ihren Papá. So schrecklich, seinen Vater weinen zu sehen. Sie musste es schaffen, ihren Eltern zu helfen. Es war so wichtig, dass Ines und Tom mit dem Workshop zufrieden waren.

Matilda war gerade am Einschlafen, als sie ein Geräusch an der Tür hörte. Alvaro kam herein, schloss die Tür sofort wieder hinter sich.

»*Hola.* Meine Madre hat mich nicht gesehen. Sie denkt, ich liege in meinem Kinderzimmer.« Er schlüpfte zu ihr unter die Bettdecke, küsste sie, Matilda schmiegte sich in seinen Arm.

»Wie war es mit ihr? Geht es ihr gut?«, fragte er.

»Ihr ja, aber mir nicht«, konnte sich Matilda nicht zu sagen verkneifen.

»Was ist denn?«

»Ich mache mir Sorgen um meine Eltern. Mein Papá war so niedergeschlagen, ich möchte morgen Nachmittag hinfahren.«

»Und meine Mamá? Nachmittags bist du bei ihr, haben wir gesagt.« Empört stützte er sich mit den Ellenbogen auf.

»Kann ich nicht mal einen Tag in der Woche meine Eltern besuchen?«

»Nicht im Moment. Vielleicht in einer Woche, da geht es ihr sicher schon besser.«

Matilda fühlte sich eingesperrt. »Alvaro, es geht um einen Nachmittag.«

»Es geht um deine neue Familie«, entgegnete er. »Wenn dir alles zu viel ist, was ich verstehe, und du mehr Zeit für unsere Familien brauchst, ist es am besten, du gibst deinen Laden auf.«

»Wie bitte?« Empört setzte sie sich auf.

»Wenn wir verheiratet sind, bekommen wir eh bald Kinder. Das möchtest du doch auch. Dann schaffst du das alles nicht mehr.«

»Andere Frauen schaffen es auch. Wenn sie von ihren Männern unterstützt werden.«

»Das tue ich ja, aber ich werde in der Glasbläserei gebraucht. Von mir hängt alles ab. So viele Arbeitsplätze! Weißt du, was das für ein Druck ist? Du bist nur für dich verantwortlich in deinem Laden. Und ich bald auch noch für unsere kleine Familie. Bitte, *mi amor*, es ist auch so, ich brauche dich in der Firma in der Buchhaltung. Du kannst das so gut und mein Buchhalter ist eine Niete.«

»Das tut mir leid, aber Buchhaltung macht mir keinen Spaß, mein Laden ist mir wichtig.« Matilda war den Tränen nahe. So hatte sie sich ihre Zukunft, ihr Leben nach der Hochzeit nicht vorgestellt.

»Matilda, ich kann doch auch nichts dafür, dass das Geschäft so schlecht läuft. Bitte, ich brauche dich, meine Mutter braucht dich und unsere Kinder. Willst du uns alle im Stich lassen, nur um dich selbst zu verwirklichen? Haben dir das deine Freundinnen eingeredet?« Matilda spürte Wut in sich, aber sie war auch plötzlich sehr unsicher, ob sie sich etwas hatte einreden lassen, ob sie sich selbst zu wichtig nahm, ob er nicht recht hatte mit alledem? Viele Frauen unterstützten ihre Männer und arbeiteten in deren Betrieben mit.

Doch dann dachte sie an ihren Papá, an seinen Orangenhain, den sie mit ihrem Laden retten musste. Für ihn. Für ihre Familie. Und dass sie das selbst schaffen musste. »Und was ist mit meinen Eltern? Ich habe ihnen versprochen, sie zu unterstützen. Wenn ich meinen Laden nicht mehr habe, kann ich das nicht mehr tun.«

»*Sie* willst du unterstützen, aber mich nicht?«

»Das kann man doch gar nicht vergleichen.«

»Kann man schon. Welche Familie geht für dich vor? Deine oder meine? Wir sind eine Familie!«

# Kapitel 10

Nach einer unruhigen Nacht, in der Matilda stundenlang wach gelegen und gegrübelt hatte, was sie machen sollte, huschte sie an den Läden der Freundinnen vorbei, um ihren Laden aufzuschließen. Alvaro war gestern wütend aus ihrem Bett gestiegen und wieder in sein Kinderzimmer gegangen. Sie waren im Streit auseinandergegangen, was sie noch nie getan hatten. Kein Wunder, dass sie kaum schlafen konnte. Und am nächsten Morgen war Alvaro wortlos zum Brötchenholen verschwunden, und Ariadna hatte offenbar auch schlecht geschlafen.

»Ich esse aber nur die Ensaimadas aus der Panadería Emilio«, hatte sie gesagt, als sich Matilda zum Gehen fertig machte.

»Die holt Alvaro bestimmt auch.«

»Wenn er die vom Supermarkt bringt, esse ich sie nicht.«

Matilda hatte manchmal das Gefühl, es mit einem bockigen Kind zu tun zu haben.

»Ich kann dir auch rasch einen Obstteller zubereiten, wenn du möchtest.«

»Ich vertrage aber keine Orangen mehr, da muss ich immer sauer aufstoßen, das weißt du doch.«

»Das wusste ich nicht. Du wolltest gestern doch Orangen-Zitronen-Limonade?«

»Die war zu sauer.«

»Das tut mir leid.«

Ariadna sagte nichts mehr. Es war an manchen Tagen sehr ermüdend mit ihr. Matilda war so froh, dass sie jetzt in ihren Laden konnte. Ihr graute ein wenig vor dem Nachmittag, den sie wieder hier mit ihr verbringen musste. Sie wartete noch kurz, bis Alvaro zurückkam, schnitt Ariadna ein bisschen Melone auf. Zum Glück hatte Alvaro eine Brötchentüte der Panadería Emilio in der Hand, als er hereinkam. Er ging an ihr vorbei, ohne ihr einen Kuss zu geben. Sie verabschiedete sich genauso distanziert und verließ das Haus.

In ihrem Wagen stellte sie aufgewühlt das Radio an. Ein neuer Sommerhit erklang, aber auch er konnte ihre Traurigkeit nicht wegwischen. Sie konnte und wollte ihren Laden nicht aufgeben. Aber sie verstand auch Alvaros Argumente. Was sollte sie nur tun? Sie konnte ihre Eltern nicht im Stich lassen, aber ihn und seine Mutter natürlich auch nicht.

Matilda lenkte ihren kleinen Wagen betrübt die Straße am Meer entlang, die zu den Läden führte. Sie wollte jetzt nicht mit den Freundinnen darüber reden, sie wusste genau, was diese gesagt hätten. Höchstens Teresa, die jetzt ihre eigene Familie gründete, hätte eine andere Einstellung gehabt. Wenn die Zwillinge bald auf der Welt waren, würde sie eine Vertretung für den Laden einsetzen, bis die Kleinen in den Kindergarten kommen würden, hatte sie sofort gesagt. Aber selbst wenn Matilda ihr Kind schon mit einem Jahr in eine Kinderbetreuung geben sollte, wie es laut Liz in Berlin üblich war, musste ein ganzes Jahr eine Vertretung für den Laden her. Und das kostete. Dazu kam, dass es sicher schwer war, auf Mallorca einen Kitaplatz für ein Kind in diesem Alter zu finden. Wollte sie das überhaupt? Ihr Kind so früh schon fremdbetreuen lassen? Sie hatte sich noch keine

Meinung dazu gebildet, so weit weg war das Thema bisher gewesen. Eines wusste sie: Alvaro und Ariadna wären sicher dagegen. Aber Ariadna als betreuende Großmutter konnte sich Matilda auch nicht vorstellen. Und ihre Eltern lebten zu weit weg für eine tägliche Kinderbetreuung. Was dachte sie da überhaupt? Noch war sie nicht einmal schwanger!

Sie lenkte den Wagen auf den Parkplatz vor Josys Café. Auch von hier konnte man schon das Meer sehen.

Das Wasser glitzerte in der Sonne, sah türkisblau aus und zwei Segelboote waren unterwegs. Matilda blieb noch einen Moment im Wagen sitzen. Es war einfach traumhaft, hier zu arbeiten, den ganzen Tag dieser Blick. Ein oder mehrere Jahre nicht mehr jeden Tag hier am Meer zu sein, würde ihr so fehlen, dachte Matilda traurig. Die ganze Zeit zu Hause, noch dazu im Haus der Schwiegermutter, mit einem Säugling, der nicht reden konnte! Der vielleicht viel schrie, wie das Kind einer Freundin. Ein Schreikind, das keine drei Stunden am Stück schlief! Sie liebte Kinder über alles, wollte irgendwann sicher auch welche. Aber im Moment fühlte sie sich mit Ende zwanzig noch nicht bereit dazu. Teresa mit ihren Mitte dreißig sehnte sich schon lange nach einem Kind. Das war etwas anderes. Matilda jedoch genoss ihre Unabhängigkeit sehr. Sie seufzte. Zum Glück ging es Teresa wieder gut, das Ziehen im Bauch war nur ein Mal aufgetreten. Teresa freute sich so sehr auf die Babys, hatte kein Problem damit, ihren Laden vielleicht auch ein paar Jahre von einer Vertretung führen zu lassen. »Und zum Kaffeetrinken komm ich euch dann immer besuchen«, hatte sie glücklich lächelnd gesagt.

Matilda stieg aus, blickte aufs Meer, hielt inne. Was den einen glücklich machte, galt nicht für jeden, dachte Matilda. Sie schloss ihren Wagen ab, ging rasch an den Läden der Freundinnen vorbei, ohne zu winken wie sonst, um ja nicht aufgehalten zu werden und reden zu müssen. Vor ihrem Laden angekommen, schloss sie die Tür auf und ließ die weiße Markise ausfahren. Dann ging sie weiter hinein, hinter die Theke und legte alles parat. Sie genoss im Moment ihre Freiheit mit ihrem Laden und ihrer eigenen kleinen Wohnung so sehr. Lange, bis Anfang zwanzig, hatte sie bei ihren Eltern gewohnt, die zwar rührend und lieb waren, aber eben sehr konservativ. Musste sie jetzt ihre Freiheit komplett aufgeben? Sie schloss die Kasse auf. Sie hatte nie das Gefühl gehabt, dass eine Ehe heutzutage sehr einschränkte. Erst recht nicht mit Alvaro, der bisher immer so geklungen hatte, als genieße er das Leben, wie sie es führten. Was, wenn sich ihre Beziehung durch die Ehe, durch das Zusammenleben Tag und Nacht veränderte? Oder hatte sie das schon getan? Matilda starrte aus dem Schaufenster auf das Meer. So aufgewühlt, wie es aussah, fühlte sie sich. Denn gerade wurde ihr bewusst, dass sich Alvaro im Laufe der Jahre schon verändert hatte. Und sie selbst sich natürlich auch.

Amelie streckte ihren Kopf zur Tür herein. »Guten Morgen! Du hast heute ja gar nicht gewunken.«

»Hab ich nicht?«

»Hast du nicht. Alles klar bei dir?« Amelie betrat jetzt den Laden.

»Sag mal, findest du, ich habe mich sehr verändert?«, fragte Matilda nach.

»Ja, du winkst nicht mehr. Scherz. Im Vergleich zu wann? Zu gestern? Du siehst genauso blass aus wie an dem Tag nach Alvaros Antrag, bald zu heiraten«, erklärte Amelie trocken.

»Jetzt sei mal bitte ernst. Ich meine im Vergleich zu vor ein paar Jahren.«

»Ewig kenne ich dich ja noch nicht. Also seit ich dich kenne, ein bisschen vielleicht. Du bist offener, mutiger geworden.«

»Wirklich?«

»Wieso willst du das wissen?«

Matilda seufzte. »Ich frage mich, ob sich Alvaro verändert hat und ich es nicht gemerkt habe.«

»Bestimmt. Jeder verändert sich, wäre ja schlimm, wenn nicht.«

»Findest du?«

»Klar. Sonst wäre es langweilig. Das ganze Leben ist Veränderung. Kommt nur drauf an, ob man sich auseinanderverändert oder zusammenverändert.«

Amelie sah sie vielsagend an. Matilda verstand. »Danke. Manchmal ist man aber auch einfach nur verwirrt.«

»Verwirrt?«

»Ja, man denkt, man ist im Recht, aber vielleicht ist man in dem Moment egoistisch.«

»Jetzt sag schon, um was geht es genau?«

»Alvaro meint, wenn wir bald Kinder haben, muss ich meinen Laden ja eh aufgeben. Und er braucht mich jetzt in der Firma, in der Buchhaltung, dann kann ich es ja gleich tun. Auch weil seine Mutter Unterstützung braucht. Und ich weiß genau, was du jetzt sagen wirst.«

»Super, dann kann ich mir das jetzt ja ersparen.« Amelie rollte mit den Augen.

Matilda musste lachen. Amelie grinste. »Wenigstens hab ich dich zum Lachen gebracht. Seit die Hochzeit im Raum steht, siehst du so ernst aus.«

»Es wird jetzt ja auch ernst. Mein ganzes Leben.«

»Huuhh, jetzt häng es doch nicht so hoch.«

»Das sagst du so leicht. Aber es geht bei mir um alles. Ich soll umziehen, heiraten, meinen Laden aufgeben und Kinder kriegen …«

Amelie lachte. »Gruselig, da geb ich dir recht.«

Matilda merkte selbst, dass etwas nicht stimmte. Eigentlich hätte sie sich doch darauf freuen müssen. So wie Teresa, die sich auf genau das freute mit ihrem Simon, wie verrückt.

Amelie sah Matilda mitleidig an. »In deiner Haut möchte ich echt nicht stecken. Ich sag ja, hat echt Vorteile, Single zu sein. Okay, aber auch Nachteile, muss ich zugeben.«

»Warum ist das Leben nur so kompliziert?«, fragte sich Matilda.

»Wie gesagt, weil es sonst langweilig wird.« Amelie gähnte übertrieben, lächelte.

Dann wurde sie ernst: »Matilda, aber eins ist klar, als Frau musst du finanziell unabhängig sein. Auch wenn du Kinder kriegst. Gerade dann. Das ist die erste Zeit vielleicht nicht leicht, aber die meisten schaffen es. Und du auch.«

»Ich würde ja in der Glasbläserei von Alvaro in der Buchhaltung arbeiten.«

»In der Firma deines Mannes. Hallo? Abhängigkeit hoch zehn? Nein, Unabhängigkeit, Freiheit, das ist wichtig. Du hast doch mal gesagt, dass dir deine neu gewonnene Freiheit hier so guttut und extrem wichtig ist.«

»Ist sie. Aber man muss doch auch in einer Beziehung auf eine Art frei sein können. Das ging bisher doch auch.«

»Ganz genau. Bisher ging es. Also muss es weiter möglich sein.«

»Und wie?«

Überfordert sah Amelie sie an.

In dem Moment kam eine Kundin grüßend herein. Matilda und Amelie grüßten zurück, die Kundin sah sich angetan die Schmuckstücke an.

»Lass uns später weiterreden, mit den Mädels.«

»Ich glaube, ich muss das mit Alvaro klären.«

»Okay. Dann mach das, aber wirklich.«

»Mach ich. Danke, Amelie.«

»Für was?«

»Für deine Ehrlichkeit.«

Amelie lächelte. »So sind wir Norddeutschen eben. Wozu braucht man denn eine Freundin, wenn die nicht ehrlich zu einem ist. Butter bei die Fische, sagt man bei uns.«

Matilda lachte.

»Ach sag mal, wolltest du heute nicht zu Teresa fahren?«, erkundigte sich Amelie, als sie schon in der Tür stand.

»Gott, ja. Mach ich noch.«

»Ich bring dir nachher eins meiner Mandelöle für sie. Ist gut gegen Schwangerschaftsstreifen. Und sag liebe Grüße. Uns alle auf einmal wollte sie ja nicht sehen.«

»Ist ihr zu viel im Moment. Versteh ich auch.«

»Ja, klar.« Amelie verabschiedete sich in ihren Laden. Matilda wandte sich an die Mitte zwanzigjährige Kundin, die ihre selbst kreierten Perlenketten bewunderte und Fragen stellte. Matilda beantwortete diese, legte schon mal die Sachen für den Trauring-Workshop zurecht, denn Tom und Ines würden gleich kommen, ihre letzte Workshop-Stunde.

»Einen Trauring-Workshop gibt es hier?«, fragte die Kundin begeistert. »Das muss ich meiner Freundin erzählen, sie heiratet bald und ist schon ganz aus dem Häuschen.«

»Ja? Sehr gern.«

Hätte sie selbst nicht auch aus dem Häuschen sein müssen, dachte Matilda sofort. So lange hatte sie darauf gewartet.

Die Kundin kaufte eine der Ketten mit Lederband und einer Mallorca-Perle daran, verabschiedete sich und gab Ines und Tom die Klinke in die Hand. Sofort spürte Matilda wieder dieses Kribbeln im Bauch, als Tom sie ansah, mit seinen blauen Augen.

»Guten Morgen.« Ines sah müde aus. Hatte sie Tom von der Sache mit ihrem Ex-Freund erzählt?

»Guten Morgen, wie geht es euch?«, erkundigte sich Matilda.

Tom blickte sie immer noch an. »Gut. Sehr gut.«

Offenbar hatte Ines ihm nichts gesagt.

»Und dir?«, erkundigte er sich, während Ines schon in der Goldschmiedeecke Platz nahm.

»Auch gut, danke.«

Leiser, sodass Ines, die gerade an ihrem Handy herummachte, nichts hören konnte. »Hat sich dein Freund wieder beruhigt?«

Sie nickte. Es war zu kompliziert, ihm zu erzählen, was gerade zwischen ihr und Alvaro los war, auch ging es ihn nichts an. Er war ein Fremder, ein Tourist, er wollte bald heiraten. Also sagte sie nichts dazu.

»Fangen wir an«, schlug sie vor. Tom und sie setzten sich zu Ines. Diese legte ihr Handy weg und Matilda erklärte, wie sie heute die Ringe fertigstellen würden. »Wir bearbeiten die Ringe mit Schleifpapier. Dann wird noch einmal gefeilt, mithilfe einer Maschine, ganz fein. Und dann bekommt der Ring einen Stempel, wird ein weiteres Mal poliert und mit einer Graviermaschine werden eure Namen hineingeschrieben.«

»Und das Datum unserer Hochzeit«, fügte Ines an.

»Ja, genau.« Matilda warf Tom einen Blick zu, sah, dass er nicht wirklich glücklich wirkte.

»Wie geht es deiner Hand heute?«, erkundigte sie sich.

»Es wird besser. Zum Glück.« Sie lächelten sich an. Matilda musste sich richtig losreißen von seinen Augen. Sie erinnerten so sehr an das türkisblaue Meer in dieser Bucht.

»Nur leider kann ich immer noch nicht feilen oder so.«

»Das ist doch klar und kein Problem, ich fertige deinen Ehering zu Ende.« Wieder sahen sie sich einen kurzen Moment in die Augen. Dann senkte Matilda rasch ihren Blick. Was für eine kuriose Situation. Ines schien heute zum Glück in Gedanken verhangen zu sein, wirkte bedrückt, kein Wunder, schließlich verheimlichte sie etwas so Großes vor ihm.

Eine Weile schmirgelten Matilda und Ines wortlos an den Ringen und Matilda fühlte die ganze Zeit Toms Blick auf sich ruhen. Oder bildete sie es sich ein? Ab und zu sah sie zu ihm, manchmal sah er zu Boden, aber immer wieder blickten sie sich einen Moment in die Augen und es fühlte sich wunderschön an.

Was war nur mit ihr los?

Endlich hatten sie auch die Namen und das Datum eingraviert. Nur noch zwei Monate bis zu Toms Hochzeit! Und nur noch knappe acht Wochen bis zu ihrer! Es fühlte sich beides falsch an, wurde Matilda in diesem Moment bewusst.

»Und jetzt die Perle!« Ines' Stimme riss sie aus ihren Gedanken. »Matilda, kannst du das bitte übernehmen? Sie muss einfach perfekt sitzen, ich hab wirklich Angst, alles kaputtzumachen.« Es klang mehrdeutig.

»Was? Ja, natürlich.«

Matilda brachte die Mallorca-Perle nach allen Regeln der Handwerkskunst an Ines Ring an, ihre Hände zitterten bei fast jedem Handgriff. Hoffentlich bemerkte Ines das nicht. Tom schien es seinem Blick nach zu registrieren, sagte aber zum Glück nichts. Endlich war der Ring fertig, Ines hielt ihn in die Luft. Die perlmuttfarbene Perle schimmerte im Licht und passte sehr gut zu dem glitzernden Gold des Ringes.

»Wunderschön, oder, was sagst du, Schatz? Perfekt.«

»Ja, sehr.«

Ines schien wieder in Gedanken verhangen, starrte vor sich hin. Matilda ahnte, dass sie an ihren Seitensprung dachte, und Ines tat ihr leid. Sie wirkte, als bereue sie es zutiefst, sich diese eine Nacht wieder auf ihren Ex-Freund eingelassen zu haben, als wäre ihr bewusst, dass dieser Fehler ihre ganze Ehe überschatten würde. Zumindest wäre es Matilda an ihrer Stelle so gegangen. Matilda hatte noch nie lügen können, wollte es auch nicht. Tom sah Ines an, sie wirkte nicht glücklich.

»Gefällt dir der Ring doch nicht?«, erkundigte er sich. Sie reagierte nicht. »Ines?«

»Was? Doch, sehr, Schatz.« Sie lächelte gezwungen. »Danke, Matilda, da haben wir jetzt eine tolle Erinnerung an Mallorca, für immer.«

Matilda nickte lächelnd. Auch ihr fiel es heute schwer, unbeschwert zu sein. Denn Toms Nähe, seine baldige Hochzeit, diese Ringe, das alles machte ihr so bewusst, dass sie an ihrer eigenen Heirat zweifelte.

Tom runzelte die Stirn, sah jetzt sie an.

»Versteh einer die Frauen«, entfuhr es ihm und er stand auf.

»Gezahlt hast du ja schon, Schatz, oder?«, fragte Ines etwas aufgesetzt fröhlich nach und stand ebenfalls auf.

»Ja, hab ich.«

»Na dann, danke noch mal, Matilda, ich wünsche dir alles Gute. Dir auch eine schöne Hochzeit.« Ines gab ihr die Hand.

»Wünsche ich dir, ich meine, euch auch«, erwiderte Matilda.

Ines lächelte, ging in Richtung Tür.

Tom stand jetzt vor Matilda, sah ihr in die Augen, wirkte, als wolle er sie gleich umarmen zum Abschied. Dann tat er es. Umarmte sie, drückte sie an sich. Wie gut er roch, nach Sommer, nach Aftershave, nach Tom. Wie herzlich er war, durchfuhr es Matilda.

»Danke. Für alles«, flüsterte er, löste sich wieder.

Für was, hätte Matilda am liebsten gefragt, aber sie verstand auch so, lächelte ihn an, nickte, brachte kein Wort hervor. Ihr Herz raste.

»Schatz, kommst du?«, rief Ines von draußen. Tom zögerte, sagte dann aber: »Bis bald, hoffentlich«, und ging.

Matilda sah ihm aufgewühlt nach. Was löste dieser Mann nur ständig in ihr aus? Und warum? Weil er so herzlich war? So liebevoll und verletzlich? Ganz anders als Alvaro, der vom Typ her eher ein Macho war. Er umarmte andere Leute kaum. Nur seine Mutter und sie. Sonst blieb er lieber auf Distanz, hatte eine Coolness, die ihr immer gefallen hatte. Vielleicht auch nur, weil sie es nicht anders kannte? Weil sie schon mit siebzehn mit ihm zusammengekommen war? Natürlich hatte sie andere Männer kennengelernt, aber es hatte für sie immer nur Alvaro gegeben. Sie hatte ihn bewundert, für sein Selbstbewusstsein, er war bei seinen Freunden immer der Anführer gewesen. Gonzalez hatte versucht, ihn zu imitieren, es aber nie geschafft, so bewundert zu werden wie Alvaro. Nur die grundlose Eifersucht, die während der letzten Jahre immer stärker geworden war, störte Matilda immer mehr. Und seit Neuestem das Gefühl, dass er irgendwelche Geheimnisse in der Firma vor ihr hatte. Wieso hatte er letztens den Ordner so schnell zugeklappt? Was konnte es sein? Wieso wollte er sie dann aber in die Firma holen, um seine Buchführung zu erledigen? Wollte er, dass sie für ihn etwas verheimlichte? Matilda durchlief ein Schauer. Die frühere Matilda, wie er sie kennengelernt hatte, hätte alles für ihn getan. Selbst das. Aus Liebe, aus Vertrauen, wohl auch aus Naivität. Aber war sie noch der Mensch von vor über zehn Jahren? Mit Sicherheit nicht. Die Freundinnen aus Deutschland hatten einige ihrer Sichtweisen verändert, vor allem in letzter Zeit, vor allem Amelies schonungslose, norddeutsche Ehrlichkeit, hatte etwas in ihr angestoßen. War Alvaro noch der Mann, mit dem sie den Rest ihres Lebens verbringen wollte?

Sie war Amelie so dankbar, sie zu diesen Gedanken angeregt zu haben. Die frühere Matilda hätte all das nicht infrage gestellt.

Wie sollte sie also reagieren, wenn sie Ungereimtheiten in der Buchhaltung entdeckte? Matilda schüttelte den Kopf. Sie sah vermutlich Gespenster. Alvaro mochte Probleme in der Firma haben, aber krumme Dinger traute sie ihm auf keinen Fall zu.

Sie sah auf ihre Handyuhr. Sie musste bald zu Ariadna, Alvaro ablösen. Aber sie hatte Teresa versprochen, heute auf jeden Fall vorher zu ihr zu kommen, das konnte sie auf keinen Fall absagen. Nur würde sie dann etwas später als normal bei Ariadna eintreffen und Alvaro würde sauer sein. Hin- und hergerissen entschied sich Matilda dafür, ihm eine kurze Nachricht zu schreiben, dass sie unbedingt bei Teresa vorbeifahren müsse, danach aber sofort zu seiner Mutter komme. Er könne schon in die Glasbläserei fahren. Sie beeile sich.

Rasch räumte sie im Laden und in der Goldschmiedeecke das Nötigste zusammen, ließ die Markise einfahren, schnappte ihre Tasche und schloss ab. Ihre Schwiegermutter war ja schließlich nicht so hilfsbedürftig, dass sie keine Sekunde allein sein konnte, versuchte sie, ihr aufkeimendes schlechtes Gewissen zu beruhigen.

Da Amelie ihr das Mandelöl noch nicht gebracht hatte, holte sie es rasch in deren Laden ab. Amelie beriet gerade eine Kundin zu ihrer mallorquinischen Rosmarin-Rosen-Seife, reichte Matilda das Mandelöl und bestellte schöne Grüße an Teresa. »Und schreib mir sofort, ob es ihr wirklich gut geht.«

»Mach ich.« Matilda verabschiedete sich und eilte winkend an den anderen Läden vorbei.

# Kapitel 11

Mit ihrem kleinen weißen Renault, den sie sich erst kürzlich fast neu gekauft hatte, nachdem ihr alter Wagen den Geist aufgegeben hatte, fuhr Matilda an üppigen Oleanderbüschen vorbei ins Landesinnere. Weiß, roséfarben und rot blühten die Oleanderbüsche, dahinter wuchsen Olivenbäume und ein paar Orangenbäume. Sofort dachte sie an ihre Eltern, überlegte, ihr Auto wieder zu verkaufen, um ihnen das Geld schon einmal geben zu können. Nur, was dann? Sie brauchte einen Wagen, um von ihrer Wohnung in den Laden zu kommen, oder auch zu ihrer Schwiegermutter. Es ging also nicht, sie musste anders zu Geld kommen. Noch mehr Trauring-Workshops wären gut gewesen, denn damit verdiente sie mehr Geld als mit den Verkäufen in ihrem Laden. Sie hatte eine Idee: Vielleicht konnte sie sich mit Hochzeitsplanern zusammentun, um an Kunden zu kommen. Das gefiel ihr. Denn wieder mehr handwerklich zu arbeiten und auch mit Menschen zusammen, machte ihr Spaß. Sofort dachte sie an Tom, versuchte, den Gedanken zu verdrängen.

Das Navi leitete sie zur Villa von Simons Familie. Das Tor stand offen und von hier sah man schon das edle, weiß getünchte Haus und einen Teil des von Simon wunderschön angelegten Gartens. Teresa lebte hier mit ihrem Traummann. Ihre baldige Schwiegermutter, Gabriele, eine tolle, moderne Frau, lebte in Deutschland, kam nur ab und zu nach Mallorca zu Besuch, um ihren Enkel und ihren Sohn und natürlich auch Teresa zu sehen. Das Tor stand offen, wirkte sehr einladend, anders als bei Ariadna, bei der immer alles geschlossen war.

Matilda parkte ihren Wagen auf dem dafür vorgesehenen Platz am Haus, stieg aus, trat zur Tür der Villa und klingelte. Kurz darauf öffnete Clara, die Hausangestellte, eine herzliche Person, die Matilda schon kannte. Sie begrüßten sich auf Mallorquin.

»Teresa erwartet Sie im Garten, sie freut sich schon auf Sie und ein wenig Abwechslung.«

»Wie schön.«

»Darf ich Ihnen etwas zu trinken oder zu essen bringen?«

Matilda zögerte.

»Ich habe gerade frischen Tee aufgegossen und mallorquinische Petits Fours gebacken«, erklärte Clara.

»Ich liebe Ihre Petits Fours. Da kann ich bei beidem nicht Nein sagen.«

Clara freute sich und Matilda, die den Weg ja schon kannte, ging durch das geschmackvolle Entree und den ebenso angenehm gestylten Wohnraum in den Garten. Hinter dem Haus sah er noch charmanter aus. Simon, der als Landschaftsarchitekt das Konzept »Slow Living« vertrat, hatte hier eine wahre Oase der Ruhe und Entspannung geschaffen. Zistrosen und Lavendel blühten, außerdem Oleanderbüsche und Gräser. Teresa lag auf einer Gartenliege und winkte Matilda freudig zu. Neben ihr wuchsen Sonnenblumen und leuchteten gelb in der Sonne.

»Wie schön, dass du kommst! Ist es okay, wenn ich liegen bleibe?«

»Natürlich, auf jeden Fall. Ich freu mich auch sehr, dich zu sehen«, entgegnete Matilda, trat zu ihrer Freundin, beugte sich zu ihr und sie küssten sich rechts und links und umarmten sich kurz herzlich, so gut das mit Teresas Schwangerschaftsbauch ging.

Teresa roch nach Rosenduft und Matilda merkte, wie sehr sie ihr gefehlt hatte.

»Wie geht es dir heute? Wie geht es den Kleinen da drin?«, erkundigte sie sich sofort und deutete auf Teresas Bauch.

Unwillkürlich legte Teresa ihre Hand darauf. »Ich hoffe, gut. Zumindest sagt die Frauenärztin, bei der ich jetzt schon das dritte Mal war, es geht ihnen wunderbar und ich soll mir wirklich nicht so einen Kopf machen. Das Ziehen war, wie ich dir am Telefon ja schon gesagt hatte, wirklich nur ein Mal, insofern hat sie wohl recht.«

Matilda setzte sich auf einen Stuhl neben sie. »Das freut mich sehr. Aber du musst trotzdem liegen?«

»Nein, eigentlich nicht«, gab Teresa zu. »Aber ich hypochondriere etwas herum, du weißt ja, weshalb, und jetzt erst recht, weil es Simons Kinder sind. Unsere Kinder. Ich sitze hier in meinem schönen Nest und brüte wie eine Amsel.«

Die Freundinnen lachten.

Dann wurde Teresa ernst und sah Matilda forschend an. »Aber wie geht es dir? Die Mädels sagen, bei dir ist gerade einiges los.«

Matilda nickte. »Eigentlich weißt du ja schon alles in Kurzfassung vom Telefon. Das mit meinen Eltern, dass ich sie unterstützen möchte, die baldige Hochzeit, meine kranke Schwiegermutter …« Matilda lächelte zerknirscht.

Teresa gab ihr recht. »Klingt nach viel. Ich finde es so toll, dass du deinen Eltern helfen möchtest. Wenn meine noch leben würden, ich würde es auch tun. Und was eine Hochzeit an Orga bedeutet, weiß ich von einer Freundin. Eine Hochzeit in so kurzer Zeit auf die Beine zu stellen, ohne Wedding Planner, Hut ab. Aber du weißt ja, wenn ich loslegen soll, sag Bescheid. Noch kann ich von meiner Liege aus für dich planen und organisieren. Du musst mir nur endlich sagen, wie du dir alles vorstellst.«

»Danke, ich weiß, das ist so lieb von dir. Aber selbst ernannter Wedding Planner ist Ariadna, fürchte ich. Sie hat sich schon einiges ausgedacht, wie sie angedeutet hat, aber ich habe nicht nachgefragt, ich will es mir gar nicht ausmalen.«

»Du willst es nicht wissen?«, hakte Teresa verblüfft nach.

»Doch, eigentlich schon, aber ich will mich nicht streiten mit ihr. Ich habe gerade einfach keinen Kopf dafür, sie wird es ja eh so machen, wie sie es sich vorstellt.«

Teresa beugte sich zu ihr und sagte sanft: »Hey, das solltest du nicht ihr überlassen. Das ist deine und Alvaros Hochzeit.«

Matilda seufzte. »Ich weiß. Aber ich will ja eh keine große Hochzeit, auch deshalb, weil ich das alles übertrieben finde.«

»Und was sagt Alvaro dazu? Will er das trotzdem?«

»Wir haben nicht mehr darüber geredet, wie gesagt, vermutlich plant er schon das Event aus Firmensicht. O Mann, ich verdränge das irgendwie, gerade ist so viel los, wir haben kaum Zeit für uns.«

Die beiden sahen sich betreten an. In dem Moment kam Clara mit einem Tablett, auf dem zwei Teetassen standen und ein Teller mit mallorquinischen Petits Fours.

»Eine kleine Stärkung«, sagte sie auf Deutsch mit ihrem mallorquinischen Akzent.

»Vielen lieben Dank, Clara, du bist ein Schatz.« Teresa duzte sie inzwischen. »Clara verwöhnt mich so mit ihren Leckereien, ich muss wirklich aufpassen, dass ich nach der Geburt nicht zu viel abnehmen muss.«

»Das geht dann durch das Stillen ganz schnell«, erklärte Clara, die eine erwachsene Tochter hatte.

»Na hoffentlich kann ich überhaupt stillen«, erwiderte Teresa. »Es gibt ja einige Frauen, bei denen nicht genug Milch kommt.«

»Dafür hast du doch bestimmt ein gutes Kraut«, sagte Clara zwinkernd.

Teresa lachte. »Das stimmt, zumindest versuchen kann ich es mit Kräutertee. Und wenn es gar nicht klappt, ist es auch kein Weltuntergang, hat meine Frauenärztin gesagt.«

Matilda nickte, hatte eine Tasse Tee genommen und nippte daran. Er war noch sehr heiß, duftete aber gut nach einer Kräutermischung.

»Schmeckt dir der Tee?«, fragte Teresa nach.

»Ja, sehr. Was ist das denn für ein Tee?«

Clara ging wieder und Teresa erklärte: »Kamille, Lavendelblüten und Fenchel. Beruhigend, also genau das Richtige für uns beide. Und Fenchel ist gut für die Milchbildung.«

Matilda musste lachen, nahm sich ein Petit Four, das mit einer weißen Blüte garniert war, und aß es genussvoll. Teresa kannte sich so gut mit Blüten und Kräutern aus, die man essen konnte, auch mit der Heilwirkung, die ihnen nachgesagt wurde. Sie hatte Clara einiges beigebracht und seitdem kochte und backte diese auch mit Blüten.

»Ach, ich hab dir doch was von Amelie mitgebracht. Ich bin wirklich etwas durch den Wind. Und natürlich ganz liebe Grüße von allen«, fiel Matilda ein.

»Danke. Ich vermisse euch alle so sehr. Bisher wollte ich keinen Besuch, um ja alles richtig zu machen. Dabei kann man als frischgebackene Mama gar nicht alles richtig machen, davon soll ich mich verabschieden, das entspannt, hat auch meine Frauenärztin gesagt.«

Matilda lächelte. Diese Themen waren so weit weg von ihr. Sie holte die Mandellotion aus ihrer Tasche und reichte sie Teresa. Die freute sich sichtlich, öffnete sie und roch daran. Mit geschlossenen Augen erklärte sie entzückt. »Ich liebe den Mandelduft und Rose ist auch dabei, richtig?«

»Keine Ahnung, da musst du Amelie fragen.«

Sie schnupperte erneut. »Doch, eindeutig. Ich will eh mit Amelie reden. Sie kennt sich ja mit Aromaölen aus. Ich bin tatsächlich erst durch meine Schwangerschaft darauf gekommen. Auf duftende Öle, zum Beispiel aus Orange, Rose und so weiter. Sie können entspannen, aber auch anregen, durch Düfte kann man viel bewirken. Aromaöltherapie ist toll. Amelie hat uns noch gar nicht viel darüber erzählt.«

»Ja, das sollte sie mal.«

Teresa seufzte. »Mir ist ziemlich langweilig, wenn ich nur hier herumliege und brüte, ich will mich gern zu der Wirkung von Düften weiterbilden. Das habe ich meiner Mutter ja auch quasi versprochen, dass ich mich immer weiterbilden werde.«

»Ja, das ist gut.« Matilda merkte selbst, dass sie kaum noch zuhören konnte, sie war so angespannt, weil sie nicht zu spät zu Ariadna kommen wollte.

Teresa erzählte weiter: »Mit ätherischen Ölen kann man echt viele Schwangerschaftsbeschwerden lindern. Und sogar die Geburt erleichtern. Es gibt viele Hebammen, die bieten schwangeren Frauen diese Therapieform sogar standardmäßig an, hab ich gelesen. Ich weiß nur nicht, ob es solche Hebammen auch auf Mallorca gibt.«

»Ich auch nicht.«

»Das finde ich heraus.« Teresa ging richtig auf in ihrem neuen Thema Schwangerschaft. »Stell dir vor, Aromaöle helfen auch gegen Schwangerschaftsübelkeit. Der Duft von Bergamotte, Ingwer, Mandarine, Grapefruit oder Zitrone kann helfen.«

»Ach ja?«

»Ja, und du darfst keine Pfefferminze nehmen, wenn du eine verstärkte Gebärmutteraktivität hast.«

»Hab ich nicht«, erwiderte Matilda, mit dem Kopf bei Ariadna.

Teresa sah Matilda an und prustete los. Jetzt musste auch Matilda lachen.

Teresa sah sie verständnisvoll an. »Tut mir leid. Ich eskaliere hier über Schwangerschaftsthemen und du hast was ganz anderes im Kopf. Noch. Weil, ihr wollt ja auch Kinder, hast du mal gesagt.«

»Ja, genau.«

»Nun geh schon, ich verspreche auch wirklich, nicht so eine Mama zu werden, mit der man über nix anderes mehr reden kann.«

»Gut.«

»Nimm dir auch Zeit für dich, Matilda. Das ist jetzt wichtig. Du bist immer für alle anderen da, aber gerade jetzt, wenn so wichtige Entscheidungen anstehen, musst du auf dich selbst achten. Wenn du das nächste Mal kommst, geb ich dir einen Kräutertee mit, genau für deine jetzige Lebenssituation.«

»Danke, das ist lieb. Du bist nicht böse, dass ich nur so kurz da war und so schlecht zugehört habe?«

»Ach Quatsch! Die anderen kommen ja auch noch, und Simon müsste in einer Stunde mit Max zurück sein vom Kinderarzttermin. Simon ist wirklich ein Schatz. Und der beste Papa der Welt. Max liebt seinen Dad heiß und innig, und ich erst, und die Zwillinge werden ihn und Max vergöttern und die beiden sie.«

Matilda lächelte, freute sich wirklich sehr mit der Freundin, die so lange nach ihrem Traummann gesucht hatte und jetzt sogar noch einen zehnjährigen Sohn dazubekommen hatte. Und eine tolle Schwiegermutter. Aber Teresas Glück hielt ihr selbst den Spiegel vor. Wieso konnte sie nicht so über Alvaro reden?

Teresa schien zu ahnen, was in ihr vorging. »Und Matilda, mach dir keinen Kopf, dass du gerade nicht so von Alvaro schwärmen kannst. Das ist doch völlig normal in einer langjährigen

Beziehung, denke ich zumindest. Soo lange, wie ihr zusammen seid, hat bei mir ja leider nie eine gehalten. Gemeinsam durch dick und dünn gehen, nicht gleich aufgeben. Das ist sehr viel wert, glaube mir. Das bewundere ich an euch. Da seid ihr mein großes Vorbild.«

Matilda nickte, stand auf. »Danke. Ich denke auch, dass das normal ist.«

Sie hoffte es.

Es war einfach wirklich gerade alles zu viel. Sie beugte sich zu Teresa, drückte sie zum Abschied. »Und wenn du was brauchst oder dir total langweilig ist, ruf an. Ich komme vorbei, das richte ich ein.«

»Das ist lieb, das mach ich. Aber die anderen Mädels sind ja auch noch da. So schön, wenn man so tolle Freundinnen hat. Das ist mir sehr bewusst, wie viel das wert ist. Und Matilda, wenn dich was umtreibt, ich bin immer für dich da.«

* * *

Hätte sie Teresa von ihren Zweifeln und Gedanken erzählen sollen? Immerhin war sie eine sehr gute Freundin. Aber Matilda hatte Angst, zu viel darüber zu reden, es zum Thema werden zu lassen. Denn dann war es in der Welt. In ihrer kleinen Welt, die gerade zu zerbrechen drohte wie ein altes, in die Jahre gekommenes Holzgeländer, an das man sich immer so schön hatte anlehnen können. So lange hatte es Halt gegeben, aber plötzlich wackelte es, war nicht mehr sicher.

Es reichte schon, dass ihr Amelie angemerkt hatte, wie durcheinander sie war, nicht wusste, was sie wirklich wollte. Aber Amelie hatte ihr versprochen, den anderen Mädels nichts zu sagen, und Matilda wusste, dass sie sich darauf verlassen konnte. Teresa dagegen trug das Herz auf der Zunge. Nicht in böser Absicht, aber vermutlich hätte sie sich aus Sorge den anderen Freundinnen anvertraut.

Nachdenklich lenkte Matilda ihren kleinen Wagen in Richtung Meer, zum Haus von Ariadna. Alvaro hatte auf ihre Nachricht, schon in die Firma fahren zu können, sie sei bald von Teresa zurück, nicht geantwortet. Hoffentlich hatte er nicht gewartet, es hatte tatsächlich doch etwas länger gedauert als gedacht. Und hoffentlich war bei Ariadna alles in Ordnung.

Schon als sie in den Weg zu Ariadnas Haus einbog, sah sie seinen Wagen auf dem Parkplatz stehen. Mist! Er war noch da und sicher sauer. Matilda stellte ihr Auto rasch ab, schnappte ihre Handtasche, stieg aus und da trat auch schon Alvaro aus der Haustür. Er sah blass aus, wütend. So hatte sie ihn erst einmal gesehen, als Gonzalez ihn versetzt hatte.

»Da bist du ja endlich! Was soll das?«

Sie trat auf ihn zu, ihre Hände umfassten ihre Handtasche, als könnte sie sich daran festhalten.

»Entschuldige, ich habe dir doch geschrieben, dass du schon in die Firma gehen kannst.«

»Und ich habe geahnt, dass dir deine Freundin wichtiger ist als meine Mutter.«

»Was? Nein, das ist sie nicht.«

»Und wieso kümmerst du dich dann um sie und nicht um meine Madre?«

»Das tue ich doch. Ich bin ja jetzt da.«

»Jetzt. Und was, wenn sie wieder gestürzt wäre?«

»Alvaro, es ist doch nichts geschehen, oder doch?«

Er ließ sie einen Moment zappeln, sah sie mürrisch an. »Weil ich da war, deshalb nicht. Aber beinahe.«

»Gut. Du kannst jetzt fahren, ich bin jetzt bei ihr. Habe extra meinen Laden geschlossen wegen deiner Mutter«, konnte sie sich nicht zu sagen verkneifen.

Alvaro verschränkte die Arme. »Du und dein Laden. Ich kann es nicht mehr hören.«

»Ach nein? Und ich kann nicht glauben, wie du dich gerade aufführst.« Matildas Stimme war lauter geworden. So laut wie noch nie. Was war mit ihr geschehen? Alvaro benahm sich unmöglich und ihre Enttäuschung brach sich Bahn.

»Wie ich mich aufführe? Sag mal, wie redest du überhaupt mit mir? Hast du keinen Respekt mehr vor mir, oder was?«

Sie starrte ihn an. War es das?

Er sah sie enttäuscht an, seine Stimme wurde leiser, bitterer: »Matilda, was ist denn mit dir los? Wo ist die Frau, in die ich mich verliebt habe? Das gute, liebe, zurückhaltende Mädchen. Du hast dich so verändert.«

»Du dich auch«, hauchte Matilda. Ihre Hände zitterten, in ihrem Magen rumorte es.

Er atmete durch, fuhr sich mit den Händen durchs Haar.

»Sag, liebst du mich überhaupt noch?«, brach es aus ihm heraus.

Sie starrte ihn an. Ehe sie etwas erwidern konnte, fuhr ein Wagen der Glasbläserei rasant aufs Gelände, parkte hinter Alvaro. Matilda hatte das Tor nicht geschlossen. Gonzalez mit seinem Basecap stieg aus. »Alvaro, wo bleibst du denn?!«, rief er angestrengt. »Die warten nicht.«

»Verdammt! Ich komme schon.« Ohne Matilda noch einmal anzusehen, drehte sich Alvaro auf dem Absatz um, eilte zu seinem Wagen, öffnete die Tür, stieg ein, schlug die Tür lautstark zu, startete den Motor. Derweil stieg auch Gonzalez wieder ins Auto, fuhr los und Alvaro folgte ihm mit quietschenden Reifen.

Matilda sah ihm aufgewühlt und zitternd nach. Was war gerade geschehen? Was war nur aus ihnen geworden? Liebte sie ihn wirklich nicht mehr oder war das nur ein normaler Streit gewesen, ein Streit, wie ihn andere Paare öfter hatten. Nur sie bisher nie. Und warum war Gonzalez so aufgelöst angefahren gekommen? Was mauschelten die beiden, wer wartete auf sie?

Matilda bekam ein ungutes Gefühl. Hatte Gonzalez Alvaro in irgendetwas hineingezogen? Zugetraut hätte sie es ihm. Die Strafanzeige wegen Fahrerflucht hatte er ja jetzt sicher schon bekommen, reichte das nicht? Matilda wurde wütend. Und sie wunderte sich. Es war seltsam, dass Alvaro dazu gar nichts mehr gesagt hatte. Was verheimlichten sie vor ihr?

»Matilda?«, hörte sie Ariadnas krächzende Stimme von drinnen. »Kind, kommst du zu mir? Ich bin so allein.«

Matilda zuckte zusammen. Hatte ihre Schwiegermutter den Streit mit Alvaro gehört? War es überhaupt ein Streit gewesen oder der Anfang vom Ende? Matilda traten Tränen in die Augen. Sie starrte auf einen Frosch aus Stein, der rechts am Weg in einem Blumenbeet saß und vor lauter Tränen ganz verschwommen aussah. Am liebsten hätte sie ihn jetzt genommen und gegen die Wand geschleudert. Was war aus ihrem Alvaro geworden?

# Kapitel 12

Hatte sich Ines verändert oder kannte er sie einfach noch nicht genug, fragte sich Tom, als er Ines in das Gebäude der Perlenmanufaktur in Manacor folgte. Er hatte sich überreden lassen, hierherzufahren. Dabei hätte er jetzt viel lieber die Insel erkundet. Am liebsten natürlich mit dem Rad, aber ob das mit seiner Hand schon wieder ging, wusste er nicht. Vielleicht sollte er es einfach mal ausprobieren. Sich den Fahrtwind um die Ohren pfeifen lassen und dann eine Pause am Meer. Mehr brauchte er nicht. Er hätte auch eine kurze Radlpause in einem Bergdorf machen können, in einem kleinen Café. Mit Café con leche und ein paar leckeren Tapas. Aber Ines mochte weder Radfahren noch Tapas, das hatte sie gesagt. Er liebte es, in anderen Ländern die Spezialitäten auszuprobieren. Er liebte Tapas, sehr sogar, vor allem die mallorquinischen. Auf den Radtouren, die er mit seinem Freund Freddy in Frankreich oder Italien unternommen hatte, hatten sie sich immer durch die Köstlichkeiten der Länder geschlemmt.

Touristen kamen ihnen aus dem Gebäude entgegen, die Frauen darunter trugen meist Papiertüten in der Hand, mit dem Aufdruck der Perlenfirma, in ihren Gesichtern ein Strahlen. Auch die Männer wirkten zufrieden. Wie hatte sein

Vater einmal gesagt: »Das ist das Geheimnis, mein Junge: Wenn die Frau glücklich ist, bist du es auch.« Tom hatte damals gelacht, aber jetzt dachte er, ja, es ist etwas Wahres dran. Nur gab es sehr unterschiedliche Frauen. Seine Mutter, eine liebe, bescheidene Person, Bürokauffrau, freute sich über jede kleine Aufmerksamkeit. Bei Ines hatte er oft das Gefühl, es musste schon etwas Besonderes sein, etwas, das einiges gekostet hatte. Und jedes Mal sollte es vermutlich noch besonderer werden. Wie konnte man das ständig toppen im Laufe der Jahre?

»Sieh nur, ein Perlenparadies!«, rief sie aus. Sie standen jetzt im Verkaufsraum der Perlenmanufaktur, einem großen, lichtdurchfluteten Raum mit vielen Glasvitrinen. In den Vitrinen befanden sich die unterschiedlichsten Perlenschmuckstücke, wie er sah. Ringe, Armbänder, Ohrringe, Ketten. Ines blühte richtig auf, ihre seltsame Introvertiertheit von gerade eben war wie weggeblasen. »Das ist ja ein Traum. Schau mal, Tom, dieses Perlencollier, das wäre doch was zu meinem Hochzeitskleid!«

Er runzelte die Stirn.

»Ach, du kennst das Kleid ja nicht. Darfst du ja auch vorher nicht sehen. Es würde sooo gut passen.«

Er hatte sich nie für diese ganzen Hochzeitsbräuche interessiert. Eine Heirat stand für ihn immer noch in weiter Ferne.

Touristen drängelten sich vor den Vitrinen, Frauen stießen begeisterte Ausrufe aus, eine schubste sogar eine andere weg. »O Gott, sieh nur, wie es hier zugeht«, sagte jetzt sogar Ines.

»Lass uns wieder gehen«, schlug Tom vor.

»Auf keinen Fall. Sieh dir doch das Collier mal an. Ist es nicht wirklich traumhaft?«

Tom betrachtete das Collier durch das Glas der Vitrine. Es wurde mit Lämpchen angestrahlt, sodass die weißen Perlen funkelten. Um ehrlich zu sein, gefiel es ihm gar nicht. Viel zu klassisch, viel zu bieder, viel zu spießig. Aber das konnte er ja Ines nicht sagen.

Er dachte unwillkürlich an die Perlenkette, die Matilda hergestellt hatte. Ein einfaches Lederhalsband, daran eine einzelne Perle. Schlicht und schön.

»Jetzt sag schon, wie findest du es?«, fragte Ines aufgeregt nach.

»Nicht schlicht genug.«

»Was? Was soll das denn jetzt heißen?« Sie sah ihn irritiert an. »Das ist ja wohl eine Beleidigung.«

»Was? Nein, so war es überhaupt nicht gemeint. Ich wollte sagen, das ist doch jetzt die erstbeste Kette, willst du nicht vorher noch weitergucken?«, redete er sich heraus. Wieso sagte er es nicht einfach, schalt er sich im nächsten Moment selbst. Dass er es übertrieben, spießig und nicht passend fand.

»Du bist immer auf der Suche nach *peace*«, hatte sein Kumpel Freddy einmal zu ihm gesagt. »Aber Frieden kannst du bei Frauen nicht erzwingen. Entweder er ist da oder eben nicht. Und mit Frauen gibt es den eh nicht.« Freddy hatte keine guten Erfahrungen mit Frauen gemacht, hatte tatsächlich nie eine so lange Beziehung gehabt wie Tom mit Simi.

Ines war bereits weitergegangen, hatte sich in eine andere Kette verliebt, deutete in die entsprechende Vitrine. Tom folgte ihr, kam sich vor wie ein Hündchen, das seiner Herrin folgte.

»Die ist toll. Noch besser. Tom, guck doch mal! Was sagst du?«

Er sah den Preis, schüttelte sofort den Kopf. »Wir sollten nicht so viel ausgeben«, brachte er hervor.

»Ach, Schatz, die kann ich doch auch danach noch tragen. Und mein Vater zahlt ja das meiste.«

Noch so ein Punkt, der ihm im Magen lag. Erst hatte er sich gefreut: Ihr Vater wollte den Löwenanteil der Kosten für die Hochzeit übernehmen. Aber als er den Grund erfahren hatte, war es ihm unangenehm gewesen und das war es immer noch. Weil Tom kaum Erspartes hatte, als selbstständiger

Grafikdesigner, das hatte sie ihrem Vater verraten. Es war nun mal schwer als Selbstständiger. Und Ines hätte das ihrem Vater nicht sagen sollen, er hatte sie eigentlich darum gebeten.

»Aber sonst könnten wir nicht heiraten, wenn mein Vater nicht das meiste zahlen würde«, hatte sie gesagt und ihn mit Küssen besänftigt. Sie selbst hatte ihr Erspartes in Aktien angelegt, wollte diese nicht verkaufen.

»Trotzdem«, widersprach er jetzt. »Es ist mir eh nicht recht, dass dein Vater so viel zahlt.«

»Ach, seit wann das denn?«

»Schon lange. Klar, hab ich mich erst gefreut. Aber dass du ihm erzählt hast, dass ich ein armer Schlucker bin, hätte wirklich nicht sein müssen.«

»Na sonst würde er es aber nicht übernehmen.«

Sie verstand es einfach nicht. Er musste sich zusammenreißen.

»Schatz«, fuhr sie fort. »Mein Vater macht das gern. Sieh es doch so, es ist meine Aussteuer. Die zahlt doch eh immer der Brautvater.«

»Keine Ahnung.«

»Doch, das ist so. Du kennst dich ja wirklich nicht mit Hochzeitsgepflogenheiten aus.«

»Stimmt, hat mich nie interessiert.«

Angespannt sah sie ihn an. »Weißt du was, lass uns doch erst mal zusehen, wie diese Mallorca-Perlen hergestellt werden. Hier kann man doch den Perlenherstellern bei der Arbeit zusehen«, schlug Ines vor. »Du bist doch eher der handwerkliche Typ, das gefällt dir sicher.«

Er zuckte die Schultern. »Von mir aus. Wo ich doch der handwerkliche Typ bin.«

»Entschuldige, das sollte nicht abwertend klingen.« Ines ging schon vor und Tom folgte ihr. Er interessierte sich tatsächlich dafür, wie diese Perlen aus verschiedenen Perlmuttschichten hergestellt wurden, seit Matilda davon erzählt hatte.

Sie gingen einen Flur entlang, folgten Schildern, die ihnen den Weg wiesen. Dann betraten sie einen anderen großen Raum, in dem fast nur Frauen saßen und von Hand arbeiteten.

Sie traten zu einer, grüßten, die Frau grüßte lächelnd zurück. Sie sahen ihr dabei zu, wie sie auf Drähten aufgereihte Perlen immer wieder in einen Perlmuttbrei tauchte. Es wurde wirklich von Hand gearbeitet. Tom erinnerte sich an Matildas Worte, dass diese Perlmuttessenz, dieser Brei, ein großes Geheimnis sei. Die Perlen wurden so bei jedem Tauchgang mit einer weiteren hauchdünnen Schicht überzogen.

Eine andere Frau erhitzte mit einem Gasbrenner Perlen und formte sie. Es gab sie auch in Tropfenform oder anderen Formen. Die Perlen wurden von Hand poliert und geprüft, sogar von Hand zu Ketten aufgefädelt. Begeistert sah Tom den einzelnen Frauen zu, wie sie Perlen in Händen hielten. Schon als Matilda ihnen gezeigt hatte, wie man einen Ring herstellte, hatte er gedacht, wie gern er etwas Handwerkliches gelernt hätte. Vielleicht hatte Ines ja recht. Er war wirklich mehr der handwerkliche Typ. Grafikdesign war in ihren Augen so etwas, aber eine gute Tischlerausbildung zum Beispiel hätte ihm auch sehr gefallen. Außerdem wurden Handwerker viel mehr gesucht als Grafikdesigner, die es in München wie Sand am Meer gab. Sollte er mit Anfang dreißig noch mal neu anfangen, durchfuhr ihn ein Gedanke.

»Tom? Erde an Tom?« Er horchte auf. Ines hatte irgendetwas zu ihm gesagt. Sie lachte. »Bist du so fasziniert oder was ist los?«

»Was? Ja. Ich finde das echt spannend, und ich glaube, etwas Handwerkliches würde mich zufriedener machen.«

Verblüfft sah sie ihn an. »Du machst etwas Kreatives, das ist doch handwerklich und cool.«

»Ja, cool ist es. Nur so wahnsinnig kreativ ist mein Job leider nicht. Oder ich hab die falschen Kunden. Wenn ich überhaupt welche hab. Die Vorgaben der Kunden sind immer so eng und uninspiriert, da bleibt kaum Platz, sich frei zu entfalten. Matilda dagegen kann alle Schmuckstücke designen und herstellen, die ihr einfallen. Und dazu arbeitet sie noch am Meer.«

»Matilda? Sag mal, wie kommst du denn jetzt auf sie?« Ines sah ihn argwöhnisch an.

»Nur so. Der Workshop war einfach inspirierend. Und das hier auch, wenn man mit den eigenen Händen etwas geschaffen hat, das ist ein saugutes Gefühl.«

»Kann ich überhaupt nicht nachvollziehen. Ich hasse es zum Beispiel, ein Regal aufzubauen.«

»Ich nicht. Macht mir Spaß.«

»Mir nicht.«

Sie sahen sich an. Ines seufzte. »Also ich würde jetzt lieber in die Schmuckausstellung im ersten Stock gehen. Dort werden die Perlen gezeigt, die für Prinzessinnen und Königinnen hergestellt worden sind und von ihnen getragen wurden.«

»Ah, für Prinzessinnen«, entfuhr es Tom. »Ist jetzt nicht so meins.«

Ines sah ihn an, drehte sich um und verließ den Werkraum. Tom sah ihr traurig nach. Es wurde immer klarer. Sie passten in so vielen Punkten so gar nicht zusammen, so gern sie es beide wollten. Sosehr sie sich mochten, Gefühle füreinander hatten und von einer harmonischen Zukunft träumten. Sein Mund wurde trocken. Er musste mit ihr reden, ganz sicher hatte sie es im Grunde inzwischen selbst gemerkt. Aber auch sie wollte nur eines, glücklich sein. Nur, konnte man das erzwingen? Tom überlegte, ob er ihr zu den Prinzessinnenperlen folgen oder draußen auf sie warten und in Ruhe mit ihr reden sollte.

* * *

Ines stand neben einer Vitrine mit königlichen Perlen und telefonierte aufgebracht, als Tom etwas später doch in den ersten Stock kam. Es hätte sonst nur noch mehr Diskussion gegeben.

Er beobachtete Ines am Telefon. Sie sah angestrengt aus. Mit wem telefonierte sie?

Er sah sich um. Der Raum wirkte wie in einem Museum. Vitrinen mit Figuren in königlichen Gewändern und mit Perlenkreationen standen darin. Die Leute schlenderten an ihnen vorbei und bewunderten sie. Der Ausstellungsraum war recht dunkel gehalten, dafür wurden die einzelnen Vitrinen und vor allem die Schmuckstücke hell angestrahlt.

Ines telefonierte immer noch und schien sehr gestresst zu sein. Sie stand seitlich zu ihm, hatte ihn noch nicht gesehen.

Tom schob sich an ein paar Touristen vorbei, ging zu ihr, hörte, wie sie sagte: »Herrgott, dann nenn es eben Abschiedssex, aber bitte, sag Tom nichts. Wenn er mitkriegt, dass ich mit meinem Ex noch mal …«

Tom hielt schockiert inne. Abschiedssex. Sag Tom nichts. Sein Magen fühlte sich an, als hätte er einen Boxhieb hineinbekommen. Ines hatte Tom, der neben der leuchtenden Vitrine stand, gesehen, hatte im Satz innegehalten, starrte ihn an.

Sie drückte den Anrufer weg. Sah blass aus, ebenso schockiert.

Ihm war schlagartig übel. Nicht schon wieder. Sofort war die Erinnerung an Simis Fremdgehen da. Die Enttäuschung, die Wut, der Schmerz. Nach Jahren hatte er wieder einer Frau vertraut, aber erneut war er hintergangen und betrogen worden. Es bestätigte ihn nur noch mehr. Sie war nicht die Frau für ihn. Das jetzt ganz sicher zu wissen tat weh. »Tom, bitte, ich kann dir das erklären …«

Wortlos drehte er sich um, er hastete aus dem Raum, rempelte dabei einen korpulenten Mann an.

»Hey, pass doch auf, renn nicht so!«, rief er ihm auf Deutsch nach. »Will deine Frau zu viele Perlenketten kaufen«, scherzte er lachend.

Tom rannte die Treppe runter, vorbei an all diesen Menschen, hinaus aus der Perlenmanufaktur, ins Sonnenlicht, das ihn blendete. Er hielt die Hand vor die Augen. Ines würde ihm sicher folgen und sie hatte auch die Mietwagenschlüssel in ihre Handtasche gesteckt. Tom ging rasch in die andere Richtung, weg von dem Wagen, rannte los, eine Landstraße entlang. Ein Rad wäre jetzt perfekt gewesen. Durch das Rennen fing seine Hand an zu pochen. Er bog in einen kleineren Weg ein, rechts und links wuchsen Olivenbäume, er ging langsamer, um seine Hand zu schonen. Verdammt! Was sollte er jetzt machen? Hatte sie deshalb so schnell heiraten wollen? Um ihn *safe* zu haben, aus Angst, ihn zu verlieren, aus Angst, dass etwas herauskommen könnte? Nicht nur, weil ihre Omi ihre Hochzeit noch erleben sollte? Er hatte ja schon länger das Gefühl gehabt, dass noch mehr dahintersteckte.

Tom hielt an, fuhr sich mit der heilen Hand über sein verschwitztes Gesicht, ließ sich in den spärlichen Schatten eines Olivenbaumes sinken und blieb dort sitzen.

Ein Glück, dass er es vor der Hochzeit erfahren hatte. Ein Glück auch, dass er ihren Charakter auf dieser Reise noch mehr kennengelernt hatte. Seine Gedanken rasten. Hatte Freddy also doch recht gehabt. Ines war eine Frau, die immer alles bekommen hatte, die sich alles nahm, ohne Rücksicht auf Verluste. Das hatte sein bester Freund einmal in einer Bar in angetrunkenem Zustand zu ihm gesagt. Und Tom hatte nur gelacht und sie verteidigt. »Du kennst sie nicht.«

Aber er kannte sie auch nicht. Überhaupt nicht. Und Freddy kannte sich mit Frauen aus, so viele, wie er schon gehabt hatte. Glücklich war er zwar nicht damit geworden, aber dann wirklich lieber allein als unglücklich zu zweit, dachte Tom.

Und Freddy hatte auch recht damit, dass Ines nicht zu Tom passte. Gut, dass ihm das in diesem Urlaub klar wurde. In Urlauben lernte man sich richtig kennen. Erst recht, wenn man noch nicht so lange zusammen war.

Seine Gedanken rasten. Wieder ging ihm alles durch den Kopf. Ines wollte eine Riesenhochzeit mit allem Tamtam, lag lieber am Strand, als sich die Insel anzusehen, setzte ihre Interessen immer geschickt durch, mochte keine einheimischen Spezialitäten, keine Tiere … Eine Schwarze Biene flog an ihm vorbei und setzte sich auf die gelbe Blüte einer wild wachsenden Blume. Sofort dachte er an Matilda. Diese bescheidene Frau tat alles für ihre Eltern und sogar für ihre Schwiegermutter, die anstrengend zu sein schien. Sie mochte keinen Pomp, liebte Tiere, setzte sich ein für den Erhalt der Bienen und der Natur. Einen Moment dachte er an seine Mutter, die, als er noch Single gewesen war, einmal gesagt hatte: »Junge, das Schicksal wird dich zu der richtigen Frau führen, du wirst verblüfft sein, wie. Manchmal gleicht es dem Tanz einer Biene, die im Halbkreis fliegt, um den anderen Bienen den Weg zu weisen.« Seine kluge Mama.

Konnte das sein? Hatte er auf diese traumhafte Insel kommen müssen, um seine wahre Traumfrau zu finden? Er schüttelte den Kopf. Egal ob man es Schicksal oder wie auch immer nannte: Matilda hatte etwas in ihm angestoßen, ihn sein Leben überdenken lassen und definitiv etwas in ihm berührt.

Sein Handy vibrierte, wie schon mehrmals zuvor. Er sah aufs Display. Wieder Ines. Sollte er endlich rangehen? Sollte er am Telefon mit ihr reden? Nein. Dafür war sie ihm zu wichtig. Tom zögerte, betrachtete die Schwarze Biene, die wirklich entspannt zu sein schien. Eine zweite Biene kam dazu, flog um die gelbe Blume herum, ließ sich dann auch noch auf der Blüte nieder. Ein schönes Paar, dachte er traurig. Entspannt und friedlich, so wie es sein sollte.

# Kapitel 13

»Husch, husch, Bienchen, flieg weiter.« Matilda wies einer Schwarzen Biene mit einem Blatt Papier sanft den Weg. Sie stand auf Ariadnas Terrasse. Diese saß neben ihr im Liegestuhl und ihre Hände, die sie vors Gesicht hielt, zitterten leicht.

»Ist sie weg? Ist sie endlich weg?«, rief sie.

Matilda, die in Gedanken immer noch bei Alvaro war, blieb fahrig an einem kleinen Blumentopf hängen, der auf dem Gartentisch stand. Er fiel zu Boden und zerschellte lautstark. Ariadna schrie auf. Die Biene flog rasch weiter in den Garten.

»Jetzt ist sie weg.«

»Ein Glück.« Ariadna bekreuzigte sich. Matilda hob die Scherben auf.

»Das war nur eine Biene. Du brauchst keine Angst vor Bienen zu haben. Wenn wir ihnen nichts tun, tun sie uns nichts.«

Ariadna fasste Matilda kurz am linken Unterarm. »Gut, dass ich nicht allein bin, Kind. Meine Schwiegermutter ist einmal von einer Biene gestochen worden, als sie allein war. Ihr ist der Hals zugeschwollen, sie hat keine Luft mehr bekommen, sie wäre beinahe gestorben.« Sie ließ Matildas Arm los. »Setz dich zu mir, Kind.«

Matilda tat es. »Oje! Das ist ja schrecklich.«

»Vielleicht merken Bienen ja auch, wer ein guter Mensch ist und wer nicht«, erklärte Ariadna nachdenklich. »Meine Schwiegermutter war jedenfalls kein guter Mensch.«

»Wieso denkst du das?«

»Sie hat mich schikaniert, wo sie nur konnte. Ich war ihr nicht gut genug als Schwiegertochter. Die ehrwürdige Glasbläserfamilie. Und ich war vom spanischen Festland.«

»Das ist doch nicht schlimm.«

»Für sie war es das. Keine Frau von der Insel. Noch dazu war mein Vater Lehrer. Sie hasste Lehrer. Immerhin war ich aber dadurch standesgemäß.«

Nicht wie ich, hätte Matilda beinahe gesagt. Aber sie hielt sich zurück.

Ariadna fuhr fort. »Meine Schwiegermutter wollte mich am liebsten nie sehen. Aber wir mussten ja zu ihr ziehen. Es war eine anstrengende Zeit. Ich habe lange nicht mehr daran gedacht, muss ich gestehen. Aber jetzt wieder. Und deshalb habe ich mir geschworen, es besser zu machen. Viel Zeit mit dir zu verbringen.«

Ariadna lächelte sie an.

Matilda lächelte bemüht zurück, sah auf die Scherben in ihrer Hand. »Jeder hat auch gute Eigenschaften«, erklärte sie fest, dachte an Alvaro. Musste sie sich einfach wieder seine guten Seiten in Erinnerung rufen? Und vielleicht gab es ja gar kein düsteres Geheimnis in der Glasbläserei, das er vor ihr verheimlichte, sondern er war nur einfach sehr im Stress. Tat sie ihm unrecht?

»Sicher hat jeder auch gute Eigenschaften«, sinnierte Ariadna weiter. Sie war heute in einer seltsamen Stimmung. »Aber meine Schwiegermutter war zu mir wie ein Drache. Du hast nie gewusst, wann sie Feuer spuckte. Da hast du es wirklich gut mit mir, glaube mir.« Sie zwinkerte ihr verschwörerisch zu.

Matilda musste kurz lächeln, wurde dann wieder ernst. Sie hatte jetzt keinen Kopf für Ariadnas Erinnerungen, dachte die ganze Zeit an Alvaro, an ihren Streit. An seine Frage, die ihre ganze Beziehung infrage stellte. Liebte sie ihn überhaupt noch? Irgendwie ganz sicher ja. Aber liebte sie ihn noch genug, um ihn zu heiraten?

»Kind?«, hörte sie Ariadna sagen. »Irgendetwas ist doch mit dir. Willst du es mir nicht erzählen?«

Matilda blickte erneut auf die Scherben in ihrer Hand, Tränen schossen in ihre Augen.

»Herrje.« Ariadna streichelte ihr über den Kopf, wie einem Kind.

»Setz dich zu mir und erzähl es mir.«

Matilda kam aus der Hocke hoch, mit den Scherben in der Hand. Sie konnte doch nicht mit Alvaros Mutter über ihre Beziehungsprobleme reden. Ariadna hätte sich natürlich auf die Seite ihres Sohnes gestellt und ihm alles erzählt, was Matilda gesagt hätte.

»Danke, aber ich möchte jetzt nicht darüber sprechen.«

Ariadna sah sie enttäuscht an. »Ich dachte, wir beide haben ein gutes Verhältnis.«

Jetzt tat sie ihr sofort leid. »Das haben wir ja auch. Ach, es ist kompliziert. Ich möchte mit meinen Freundinnen darüber sprechen, bitte sei nicht böse.«

»Ich bin nie böse«, erwiderte Ariadna. »Aber ich finde es schade, dass du dich mir nicht anvertrauen willst.«

Diese subtile Art brachte Matilda in Bedrängnis. Aber es ging nicht, sie konnte mit Ariadna nicht über ihren Sohn reden.

»Es gibt eben Dinge, die man besser mit einer Freundin bespricht.«

Matilda merkte an Ariadnas Gesichtsausdruck, dass Ariadna gehofft hatte, wie eine Freundin zu sein. Wieso hatte sie davon nie etwas gemerkt? Hatte sie bisher zu wenig Zeit mit ihrer Schwiegermutter verbracht? Hatte es sogar einen guten Nebeneffekt, dass sie sich den Fuß verletzt hatte, damit sie beide sich näherkamen?

»Ich hole den Besen und ein Kehrblech, um noch die kleineren Scherben aufzukehren«, erklärte Matilda ausweichend, stand auf, ging hinein in die Wohnküche.

Hier war es kühl und roch nach Lavendel. Matilda atmete durch, stützte sich auf den Holztisch. Sie musste dringend mit den Freundinnen reden, sie brauchte ihren Rat. Und nicht nur den von Amelie, die ihr sicher dazu raten würde, sich von Alvaro zu trennen, auch den der anderen, die mehr Erfahrungen in Sachen Beziehungen hatten. Matilda zog ihr Handy heraus und schrieb in ihre Gruppe.

> Heute Abend Sundowner am Strand? Brauche dringend euren Rat.

Sie schickte die Nachricht ab. Die anderen würden sich sofort Sorgen machen.

Jetzt hieß es warten, bis Alvaro abends kam, um sie bei Ariadna abzulösen. Er hatte ja die verrückte Vorstellung, man könne seine Mutter keine Sekunde allein lassen. Wegen eines verletzten Fußes! Allein, wenn sie daran dachte, wurde sie wütend. Wie sollte das nur später werden, wenn Ariadna immer wieder irgendwelche Wehwehchen haben würde, wie es im Alter normal war? Würde Alvaro dann wirklich von ihr verlangen, seine Mutter rund um die Uhr zu betreuen? Würde sie dann nicht nur ihren Laden aufgeben müssen, sondern sogar keine Sekunde das Haus verlassen können? Sie spürte, wie dieser Gedanke ihr die Kehle zuschnürte.

* * *

Das Meer wirkte aufgewühlt, ganz so, wie Tom sich fühlte. Er war den kleinen Weg bis zu einer Straße und auf dieser bis zu einer Bushaltestelle gegangen. Der Bus war bald gekommen und er war nach Alcúdia gefahren, hatte sich eine Flasche Rotwein gekauft und war damit Richtung Meer gelaufen. Er musste jetzt einfach allein sein, hatte er gemerkt. Wollte zuerst mit Freddy reden. Jetzt saß er im warmen Sand, telefonierte, grub die Zehen hinein und spürte, wie der Sand unter der Oberfläche immer kälter wurde. Die kleinen Wellen, die ein Motorboot erzeugt hatte, ließen das Wasser fast bis zu seinen Zehen auslaufen. Die Bucht von Alcúdia zog sich viele Kilometer weit, mit schönem, feinsandigem Strand. Die Sonne ging bereits unter und färbte den Himmel in ein gigantisches Rosa-Orange. Er hatte auf Ines' Anrufe und Nachrichten nicht geantwortet, stattdessen Freddy angerufen, um seine Gedanken zu sortieren. Tom hielt das Handy ans Ohr und hörte seinem Freund zu, der sich echauffierte.

»Alter, das hast du echt nicht verdient. Ich sag's ja ungern, aber ich hab dich gewarnt.«

»Ja, ja. Hast du.«

»Also erst mal Kopf nicht hängen lassen. Zu irgendwas ist der Scheiß gut, glaub mir.«

»Dafür, dass ich mich nie wieder auf eine Frau einlassen kann und wir beide zusammen im Männerheim für Singles alt und grau werden und den ganzen Tag Rommé spielen?«, entgegnete Tom trocken.

Freddy lachte. »Immerhin hast du deinen Humor nicht verloren. Genau, zum Beispiel. Frauen sind hoch komplizierte Wesen. Den wenigsten kannst du es recht machen und musst immer damit rechnen, ausgetauscht zu werden. Deshalb komme ich dem meistens zuvor.«

»O Mann! Vielleicht hätte ich doch nicht dich anrufen sollen.« Tom fuhr sich mit der gesunden Hand durchs Haar.

»Im Gegenteil. Dich vertrauensvoll an mich zu wenden und deine Beziehung mit Ines zu beenden, waren deine besten Entscheidungen in den letzten Wochen. Und dein Trauzeuge, also ich – ich werd irgendwann dein Trauzeuge sein, so viel ist sicher –, ist immer für dich da, Alter. Weißt du was, ich buch mir gleich nen Flieger nach Malle und ein Bike, bin also morgen bei dir.«

»Ein Bike? Meine Hand ist doch verletzt.«

»Na und? Du weißt doch, wie oft ich mit 'ner verletzten Hand gefahren bin. Die Füße können doch noch in die Pedale treten, oder?«

Tom musste lächeln. Ihm wurde richtig warm im Magen. »Die Füße können noch.«

»Na also, geht doch.« Freddy verabschiedete sich. »Muss buchen, *see you tomorrow.*« Und schon hatte er aufgelegt.

Er wusste genau, was Tom guttat. Hatte Ines sich eigentlich je Gedanken darüber gemacht, wie es ihm ging? So wie es in einer Partnerschaft sein sollte?

* * *

»Wir dachten, damit es dir gleich besser geht, besorgen wir mallorquinische Tapas«, erklärte Josy und breitete eine grün-weiß karierte Picknickdecke im Sand aus. Sie waren gemeinsam zum Strand gelaufen. Sogar Teresa war auf Matildas Nachricht hin hergekommen. Simon hatte sie gefahren. Matilda hatte den Freundinnen beim Gehen gerade alles erzählt. Was geschehen war, was sie bewegte, was ihr im Kopf herumging. Wie verwirrt und unsicher sie sich fühlte.

Liz deutete auf den Korb, den sie in der Hand hielt. »Deine Lieblingstapas haben wir besorgt, ich habe sicherheitshalber auch noch Cristian danach befragt, er kennt dich am längsten.«

Überwältigt sah Matilda die Freundinnen an. »Ihr seid die Besten, ich danke euch.«

Teresa nahm sie mit ihrem dicken Bauch in den Arm und drückte sie herzlich. Amelie half Liz, die Tapas in Bambusschälchen auf der Decke auszubreiten.

Grüne Oliven mit Manchego-Käse und Rosmarin, Kartoffel-Tortilla, Piementos de Padrón, eingelegte grüne Minipaprika, Paprika mit Ziegenkäse und Anchovis, Calamares mit Pinienkernen, Rosinen und Weißwein, Gorgonzolabrote mit karamellisierten Mandeln. Wie hatten sie das nur alles so schnell herbeigezaubert? Sie setzten sich. Matilda nahm einen tiefen Atemzug, sah aufs Meer. Es waren nur noch wenige Badegäste an dieser Stelle am Strand, denn die Sonne ging bereits unter und das Abendlicht glitzerte auf den sanften Wellen.

Josy verteilte Getränke. Vino für alle, nur Teresa bekam Orangensaft, frisch gepresst. Teresa legte sich seitlich auf die Decke, nippte an ihrem Orangensaft. Sie alle sahen Matilda betreten und nachdenklich an.

Die fuhr seufzend fort: »Ja, und weil es um mein Leben geht, um meine Zukunft, und ich nicht weiterweiß, nicht weiß, ob ich nur die übliche Hochzeitspanik habe oder nicht, wollte ich mit euch allen sprechen. Teresa, danke, dass du auch gekommen bist.«

»Natürlich, Süße, ich bin immer für dich da, das weißt du. Und ob ich jetzt hier am Meer wie ein Walross herumliege oder in Simons Garten macht ja keinen Unterschied. Den Babys gefällt das Wellengeplätscher, das fühle ich. Außerdem bin ich ja nur schwanger, nicht krank. Das musste ich erst mal kapieren.«

Matilda lächelte dankbar. Amelie räusperte sich. »Meine Meinung kennst du ja, Matilda, nur scheinst du sie ja nicht hören zu wollen«, erklärte sie etwas verschnupft. »Sonst hättest du die anderen nicht herbeigerufen.«

»O nein, bitte nicht böse sein, dass ich mehrere Meinungen brauche. Ich wollte es einfach nicht als großes Thema in der Welt haben, aber inzwischen geht es nicht mehr anders.«

»Ach Quatsch, ich bin nicht böse. Versteh ich schon. Ich als Dauersingle bin natürlich nicht *die* Topberaterin in Sachen Langzeitbeziehung. Und die anderen sind wenigstens alle drei frisch verliebt und sehen ihre Männer als Traumtypen an.«

Liz, Josy und Teresa blickten sich einen Moment lächelnd an. Tatsächlich hatte es das Schicksal gut mit ihnen gemeint. Alle drei waren endlich glücklich, nachdem sie auch schon einige schlechte Erfahrungen mit Männern hatten sammeln müssen.

»Was mich wirklich stutzig macht«, fing Josy an, »ist, dass Alvaro im Job irgendetwas vor dir verheimlicht.«

»Zumindest habe ich das Gefühl«, wiegelte Matilda ab. »Aber auch da denke ich, wer weiß, vielleicht ist alles ganz harmlos und er nur im Stress und es geht mich eh nichts an und er hat gerade einfach keine Nerven mehr.«

»Ja, aber ich gebe Josy recht. Es ist kein gutes Zeichen, dass du ihm nicht blind vertrauen kannst«, pflichtete Liz Josy bei. »Wenn jemand im Jobstress ist und deshalb gereizt reagiert, finde ich das verständlich. Ich denke, so kann es jedem mal gehen und das sollte man verzeihen, das gehört in einer langjährigen Partnerschaft dazu. Aber wenn man das Gefühl hat, er hat sich vielleicht sogar in etwas Kriminelles hineinziehen lassen, da hört es für mich auf.«

Teresa gab ihr recht. »Du musst unbedingt herausfinden, Matilda, ob du da richtigliegst.«

»Ich weiß. Wenn er etwas Verbotenes macht, das geht gar nicht.«

»Und es geht gar nicht, dass du deinen Laden aufgeben sollst, wenn ihr verheiratet seid«, fuhr Josy fort.

Das sah Teresa auch so. »Genau. Klar, wenn Kinder da sind, wird es erst mal schwierig, aber dann kann man am Anfang eine Vertretung einsetzen, so wie ich es vorhabe.« Sie nahm sich eine Olive, steckte sie in den Mund. »Simon würde niemals verlangen, dass ich meinen Laden ganz sein lasse. Das bin doch ich, so wie er mich kennengelernt hat, als unabhängige, selbstständige Frau.«

»Alvaro hat mich nicht so kennengelernt«, wandte Matilda ein. »Ich war sehr jung, sehr unsicher, habe ihn angehimmelt. Mit den Jahren bin ich immer selbstständiger geworden, erst recht die letzten Jahre durch euch.«

Sie lächelte die Freundinnen dankbar an.

Amelie freute sich. »Wirklich? Hab ich also auch mal was Gutes bewirkt?«, scherzte sie. »Chacka.«

Die anderen lachten.

»O ja. Hier auf Mallorca ist die Rolle der Frau schon noch etwas traditioneller, vor allem sehen meine Eltern und meine Schwiegermutter das so. Ihr habt mir gezeigt, dass man finanziell unabhängig sein sollte, immer. Dass man beruflich das tun sollte, was man liebt, was einem Spaß macht, für was man eine Leidenschaft hat. Schließlich verbringt man so viele Stunden mit seiner Arbeit.«

»Das heißt, du gibst deinen Laden nicht auf?«, hakte Liz nach.

Matilda zögerte einen Moment, sah die Freundinnen der Reihe nach an, dann auf die Picknickdecke, auf die Tapas. »Nein, auf keinen Fall.« Sie schüttelte vehement den Kopf. »Das muss Alvaro verstehen. Und Ariadna auch. Ich weiß nur nicht, was ist, wenn sie wirklich langfristig Unterstützung braucht.«

»Dann müsst ihr ein paar Stunden am Tag jemanden kommen lassen«, erklärte Josy. »Das heißt ja nicht, dass ihr nicht für sie da seid und sie nie besucht. Das muss Alvaro auch einsehen.«

»Und wenn er es nicht einsieht?«, fragte Amelie.

Matilda presste die Lippen zusammen. »Dann weiß ich auch nicht weiter. Dort wohnen möchte ich nicht. Es ist so viel, was er einsehen müsste, was aber völlig gegen seine Einstellung geht.«

»Gegen seine Einstellung als Macho«, fügte Amelie trocken hinzu. »Jetzt mal ehrlich. Er benimmt sich wie ein mallorquinischer Klischee-Macho, jedenfalls wie man sich einen solchen vorstellt. Cristian ist auch Mallorquiner und überhaupt nicht so. Es geht also auch anders.«

Liz nickte. »Das stimmt. Cristian würde das alles nicht von mir verlangen. Wobei es auch nicht zur Debatte steht, ich bin nicht schwanger, wir haben noch nicht geheiratet, seiner Mutter geht es gut. Insofern, wer weiß. Sogar seine Großmutter ist ja so fit. Cecilia ist eh ein großes Vorbild für mich, mit über achtzig noch mal offen sein für eine neue Liebe.« Liz lächelte. Die anderen gaben ihr recht.

»Sie und ihr Federico sind so niedlich zusammen. Er hilft ihr jetzt auch in ihrem Garten, damit die Kräuter nicht verkommen, weil ich gerade nicht mehr kann. Und damit ich immer das passende Heilkraut für sie habe, wenn sie ein Wehwehchen haben, auch für die anderen Alten im Dorf.«

»Echt? Wie süß.« Josy freute sich. »Unsere Cecilia ist so ein Schatz, auch dass sie keine Wucher-Ladenmiete verlangt. Wenn wir sie nicht hätten, hätten einige von uns ihren Laden schon längst aufgeben müssen. Also ich auf jeden Fall, bei mir lief es ja eine Zeit lang ganz schön mies, als die Delfine so lange weg waren und keiner mehr die Tour gebucht hat.«

Liz gab ihr recht. »Ja, Cecilia ist toll. Mit Cristians Familie hab ich wirklich Glück. Wie läuft es denn jetzt bei Ariadna, Matilda? Ist sie so anstrengend, wie du befürchtet hast?«

»Es geht. Manchmal ist sie schon anstrengend, aber sie kann auch sehr nett sein.«

»Na siehst du.« Teresa, die immer alles möglichst positiv sah, lächelte sie aufmunternd an. »Vielleicht wird einfach alles wieder gut.«

Amelie widersprach ihr. »Von allein nicht. Matilda muss ihre Wünsche formulieren, was sie möchte und vor allem, was nicht.«

»Aber genau das ist ja das Problem, ich weiß es nicht«, erwiderte Matilda seufzend.

»Wieso, uns gegenüber hast du alles sehr klar gesagt«, fasste Josy zusammen. »Du willst Alvaro nicht, wenn er Kriminelles tut, du willst den Laden behalten, Ariadna nicht auf Dauer pflegen und nicht zu ihr ziehen. Und keine große Hochzeit, das hast du gleich gesagt.«

Matilda sah sie erstaunt an. »Das habe ich alles gesagt?«

Teresa lachte. »Das hast du gesagt.«

Matilda musste lächeln. »Ihr entlockt mir, was ich wirklich möchte.«

»So soll es sein«, erwiderte Liz amüsiert. »Dafür sind Freundinnen da. Gehirnsortierung, nenn ich das.«

Matilda sah nachdenklich aufs Meer. Eine Sache hatte sie mit den Freundinnen noch nicht besprochen. Eine Sache, die vielleicht die Ursache für all ihre Zweifel war. Sie gab sich einen Ruck und erzählte ihnen von ihrem ersten Trauring-Workshop, von Tom, den sie bei dem Fahrradunfall kennengelernt hatte, der aber bald heiraten würde. Dass sie allerdings den Eindruck hatte, dass er in seiner Beziehung nicht gerade glücklich war.

Josy sagte es ihr auf den Kopf zu. »Matilda, deine Augen leuchten, wenn du von ihm erzählst. Wieso erwähnst du ihn denn jetzt erst? Das ändert die Lage doch total.«

Amelie nickte vielsagend. »Eindeutig. Dieses Glitzern hatte zuletzt Teresa, als sie ihren Simon kennengelernt hat.«

Teresa seufzte. »Hach, Mensch, Matilda, jetzt wird es wirklich kompliziert, dieser Tom will bald heiraten und du ja eigentlich auch. Da seh nicht einmal ich ein sofortiges Happy End.«

Matilda pflichtete ihr bei. »Ich auch nicht. Aber da ist noch etwas.«

»Und was?«, wollte Amelie sofort wissen.

»Ich habe zufällig ein Telefonat mit angehört und dabei mitbekommen, dass seine Freundin Ines ihn betrogen hat. Und ich weiß jetzt nicht, ob ich es ihm sagen soll.«

»Auf keinen Fall«, fand Liz. »Misch dich da nicht ein. Außer du willst ihn hundertprozentig für dich, mit allen Mitteln.« Die anderen gaben Liz recht. Nur Amelie fand, sie könnte es auch so einfach sagen.

»Ich weiß es nicht. Ich weiß gerade gar nichts mehr. Nur das: Jetzt geht es erst mal um mich.«

»Sehr gut«, fand Josy. »Tom hin oder her. Nur dass du dich womöglich trennst, heißt ja noch nicht, dass es dieser Tom automatisch auch tut. Selbst wenn er von der Affäre erfährt. Und du weißt auch nicht, ob er sich in dich genauso verliebt hat wie du dich in ihn.«

»Das hab ich nicht«, widersprach Matilda schwach.

Unbeirrt fuhr Josy fort. »Wie auch immer, das sollte man wirklich unabhängig voneinander sehen.«

Die Freundinnen diskutierten jetzt noch lebhafter als zuvor, aßen dabei die leckeren Tapas, tranken Vino, bis auf Teresa, aber vor allem Matilda trank so viel wie selten zuvor.

Zu später Stunde, kurz bevor Simon kommen sollte, um Teresa abzuholen und – wie er angeboten hatte – vielleicht auch die anderen nach Hause zu fahren, erklärte Matilda: »Ich bleibe noch ein bisschen und nehme mir nachher ein Taxi. Wir passen ja eh nicht alle ins Auto.«

»Was? Ganz allein willst du hierbleiben? Soll ich dir Gesellschaft leisten?«, hakte Liz nach.

»Nein, nein, das ist lieb, mich klaut hier schon keiner, ein paar Pärchen sind ja noch am Strand.« Sie deutete auf zwei Pärchen, das eine saß rechts und schmuste, das andere links von ihnen, etwas weiter weg, sah in den Himmel, zu den Sternen.

»Geht nur, wirklich, ich muss jetzt noch einen Moment allein sein«, erklärte Matilda, sie merkte selbst, dass ihr die Zunge vom Wein schon schwer geworden war. Zum Glück hatte sie viele Leckereien gegessen, sonst hätte sie sich noch schwereloser gefühlt.

»Also gut, dann bis morgen in aller Frische. Ich hoffe, du bist jetzt schlauer als zuvor. So richtig raten kann einem da keiner was, aber ein paar Augen öffnen, das können Freundinnen. Und ich vermute, das haben wir getan«, erklärte Liz.

Matilda bestätigte das, umarmte sie, auch die anderen drückten Matilda und flüsterten ihr noch aufbauende, liebe Worte zu. Dann packten die Mädels die Sachen und die Decke zusammen, winkten noch mal und liefen in Richtung Parkplatz, wo Simon schon wartete und seine Teresa in die Arme schloss.

Matilda sah ihnen nach, saß im warmen Sand, blickte jetzt aufs Meer und fühlte sich viel besser als zuvor. Vermutlich auch dank des Weins, der ihre Sinne benebelte. Aber vor allem durch die Tatsache, so wundervolle Freundinnen zu haben. Die für sie da waren, wenn es ihr schlecht ging, die ihr die Wahrheit sagten, sich in sie hineindachten. Stundenlang hatten sie diskutiert, beraten, gegessen, getrunken und viel gelacht. Und im Endeffekt hatten die Freundinnen recht. Sie musste es selbst entscheiden, diese Entscheidung über ihr Leben konnte ihr keine von ihnen abnehmen. Sie war eine starke Frau, die auf den Putz hauen musste, wie Amelie gesagt hatte. Und ihre Gefühlsverwirrung mit Tom hatte gar nicht mal so viel damit zu tun, ob sie eine Zukunft mit Alvaro wollte oder nicht. Denn eines war klar. Eine Sicherheit, dass sich Tom in sie verliebt hatte oder es tun würde, dass er sich wegen ihr von Ines trennen würde, die Hochzeit absagen, dass er und sie überhaupt zusammenpassten und sie ihn wirklich wollte, konnte ihr keiner geben. Unabhängig davon musste sie erst einmal für sich die Frage entscheiden, ob sie Alvaro noch genug liebte oder nicht. Sie betrachtete das Pärchen rechts von ihr, das sich jetzt küsste und zärtlich streichelte. Das Pärchen auf der linken Seite ging. Matilda blieb noch sitzen. Doch als dann kurz darauf das Pärchen zu ihrer Rechten immer leidenschaftlicher wurde, beschloss Matilda, besser auch zu gehen, bevor sie jetzt noch zusehen musste, wie sich die beiden hier im Sand liebten.

Sie stand auf, ging zum Meer und dicht am Wasser den langen Strand entlang in Richtung Puerto de Alcúdia, wo sie sich ein Taxi nehmen wollte.

Wie schön es spätabends am Strand war. Immer wieder sah sie Pärchen oder kleine Gruppen am Strand sitzen und bei einem Getränk die laue Sommernacht genießen.

Nach einer Weile sah sie vor sich, direkt am Wasser, einen Mann allein sitzen. Sie beschloss, einen Bogen um ihn zu laufen, man wusste ja nie. Doch als sie näher kam, erkannte sie im Mondlicht Tom! Oder bildete sie sich das jetzt ein? Er saß zusammengesunken da, eine umgekippte Flasche Wein neben sich.

Sie trat näher zu ihm, ihr Herz raste. »Tom?«, fragte sie zaghaft.

Sofort sah er auf zu ihr. Er war es tatsächlich und erkannte sie. Ein Lächeln huschte über sein Gesicht. »Matilda!«

Er stand auf, trat zu ihr. Dieser große, gut gebaute Mann. Ihr Magen zog sich zusammen. Am liebsten hätte sie ihn umarmt. O Gott, sie hatte wirklich zu viel Wein getrunken!

»Was machst du hier allein um diese Uhrzeit?«, fragte er nach, sah sich um. »Oder bist du nicht allein?«

»Doch, bin ich.« Sie lächelten sich an. »Ich war mit meinen Freundinnen am Strand, wollte noch ein paar Minuten für mich sein.«

»Verstehe. Dann will ich dich nicht stören.«

»Das tust du nicht.« Sie wusste selbst, wie *strange* es klang. »Und was machst *du* hier? Ist Ines auch da?« Jetzt sah sie sich um, blickte ihn wieder an.

Er schüttelte betreten den Kopf. »Nein. Ich … wir … also …« Er hielt inne.

»Wollen wir uns noch mal setzen?«, schlug sie vor. »Das Meer flüstert dir etwas zu, wenn du nicht weiterweißt, hat mein Großvater einmal gesagt. Und ich habe schon oft gemerkt, er hatte recht.«

Tom lächelte, sie setzten sich. Matilda spürte seine Nähe, die Wärme, die sein Körper ausstrahlte. Am liebsten hätte sie sich an ihn gelehnt, riss sich aber zusammen.

»Ich fürchte, ich bin ein bisschen beschwipst«, gab sie zu. »Ich weiß nicht mehr, was ich will.«

Er sah sie an, seine blauen Augen schimmerten im Abendlicht. »Verrückt, oder? Da meint man, den Menschen gefunden zu haben, mit dem es harmonisch ist, mit dem man sein Leben verbringen will, und dann ändert ein Urlaub auf Mallorca einfach alles.«

»Die Insel ist schuld?«, fragte Matilda nach.

»Nein, natürlich nicht. Aber in einem Urlaub wird oft viel klarer, ob man wirklich zusammenpasst, ob man harmoniert. Und da ich Ines noch nicht soo lange kenne, haben wir nicht so viele Urlaube zusammen verbracht. Um genau zu sein, nur einen, eine Woche, und da war Radfahren geplant. Ines hatte damals sofort zugesagt. Ich hatte auch da einen kleinen Unfall, weshalb wir kaum gefahren sind. Deshalb ist es nicht so aufgefallen – oder ich wollte es nicht wahrhaben, wie unterschiedlich unsere Interessen und Vorstellungen sind. Aber das ist ja nicht alles, gefühlsmäßig muss es stimmen. Sorry, dass ich so viel rede, hab wohl auch ein bisschen viel Wein getrunken. Ist eigentlich gar nicht meine Art.«

Matilda lächelte. »Ich finde es schön, wenn du erzählst, was in dir vorgeht. Das können nicht viele Männer. Und ich verstehe, was du meinst. Ich habe es schon öfter mitbekommen, bei Freunden. Im Urlaub trennen sich leider einige Paare. Im Alltag funktionieren manche wunderbar, keiner hinterfragt mehr seine Gefühle, aber im Urlaub merkt man dann, dass man den anderen gar nicht mehr so liebt oder noch nie so richtig geliebt hat. Josy meinte einmal: Auf einem Segelboot merkt man es noch mehr, wie viel Gefühl da ist bei einem Paar. Je enger der Raum, je romantischer das Ambiente, desto schneller wird klar, wie sehr sich die beiden noch lieben oder eben nicht.«

»Puh, dann sollte jedes Paar eine Segeltour bei Josy buchen, schätze ich, bevor es den Trauring-Workshop bei dir besucht.«

Matilda lachte, dann wurde sie wieder ernst, hörte ihm zu, wie er sich immer mehr öffnete, von Ines' Verrat erzählte, von ihrem Ex, von diesem riesigen Vertrauensbruch. Eine Sekunde überlegte sie, ihm zu erzählen, dass sie davon wusste, ließ es aber bleiben, schließlich brachte es ja nichts.

Beeindruckt davon, wie viel er von seinen Gefühlen preisgab, lauschte sie seinen Schilderungen. Noch nie hatte sie einen Mann so reden hören. Tom schien ein sehr sensibler, einfühlsamer Mann zu sein, anders als Alvaro. Sie versuchte zwar auch, Ines' Perspektive zu verstehen und zu vertreten, aber als er ihr mehr von seiner vorherigen Beziehung erzählte, von Simi, der Frau, die ihn auch hintergangen hatte, und davon, dass er schon bevor er Ines' Vertrauensbruch herausgefunden hatte, extrem ins Zweifeln gekommen war und mit ihr reden wollte, verstand sie. Es gab keine Zukunft mehr für Ines und ihn. Matilda versuchte, für ihn da zu sein, seinen Schmerz aufzufangen. Und je länger sie redeten, desto leerer wurde es am Strand. Es musste schließlich schon weit nach Mitternacht sein.

»Ich weiß nur noch nicht, wie ich es ihr am schonendsten sagen soll. Die ganze Hochzeit ist organisiert, es wird ihr sehr wehtun.«

Matilda wollte offen zu ihm sein, erzählte nun doch von Ines' Telefonat, das sie aus Versehen mitgehört hatte. »Ich wusste nicht, ob ich es dir sagen sollte, dass sie dich betrogen hat. Ich wollte mich nicht in eure Beziehung einmischen. Aber ich denke, du musst du dir kein schlechtes Gewissen machen, wenn du alles absagst.«

Er nickte. Einen Moment sagten beide nichts, sahen aufs Meer und Matilda überlegte, Tom von Alvaro und *ihrem* Gefühlswirrwarr zu erzählen.

Er sah sie an, hatte es offenbar gespürt: »Und du und dein Verlobter? Seid ihr auch Segeln gewesen?«, scherzte er traurig.

Sie musste unwillkürlich bitter auflachen und nickte. »Noch schlimmer. Wir sind kurzzeitig bei meiner baldigen Schwiegermutter eingezogen.«

»Oh, oh, ja«, gab Tom ihr recht. »Da zeigt sich erst recht, was Sache ist.«

Er wurde wieder ernst, sah sie an. »Und dann hast du es gemerkt, dass etwas nicht mehr stimmt?«, flüsterte er beinahe.

Sie spürte seinen Atem, sein Kopf war dem ihren so nahe. Er roch so gut. Nach Wein, aber auch nach Zitrone, nach Aftershave, nach Tom. Sie nickte, spürte ihre Sehnsucht, von ihm berührt zu werden. Ihm ging es offenbar ähnlich. Sein Kopf näherte sich ihrem, seine vollen Lippen so nah.

Das Kribbeln in ihrem Magen wurde immer stärker, ein Ziehen, ein Sehnen, eine Lust. Sie schloss einen Moment die Augen, hoffte, dass er sie berühren würde, und tatsächlich, nur wenige Sekunden später spürte sie seine prallen Lippen auf ihren. Erst ganz sanft, und als sie nicht zurückwich, spürte sie seine Lippen fester, seinen Atem an ihrem Mund. Seine linke Hand legte sich um ihre Taille, zog sie näher, hielt sie, drückte sie an sich. Ihre Lippen öffneten sich wie von selbst und er schien nur darauf gewartet zu haben, sie spürte seine Zunge, warm und weich, seine Leidenschaft, sein Begehren und sie genoss es, gab sich diesem erregenden Kuss hin und ließ sich mit ihm in den Sand sinken und küssen, so voller Sehnsucht, voller Hingabe und Zärtlichkeit, wie sie noch nie in ihrem Leben geküsst worden war.

# Kapitel 14

Die Sonne schien, die weiße Markise flatterte im leichten Sommerwind, am Horizont segelte ein Boot vorbei.

Verträumt stand Matilda am Morgen in ihrem Laden hinter der Theke, sah hinaus aufs Meer. Sie musste unwillkürlich lächeln.

Die Theorie vom Segelboot, hatte es Josy genannt. Sie berührte mit den Fingern ihre Lippen. Wie besonders er sie geküsst hatte. Erst so zärtlich, dann voller Leidenschaft. Fast kam es ihr vor, als spürte sie seine Lippen erneut. Sie ließ ihre Hand sinken. Starrte auf ein Paar Ringe in ihrer Auslage. Was hatte sie getan? Sie hatten sich nur geküsst, berührt, mehr nicht. Aber war das nicht schon Betrug und der Alkohol keine Ausrede? Schließlich war sie nicht volltrunken gewesen und er auch nicht. Im Gegenteil. Sie waren am Strand bei klarem Verstand gewesen. Oder nicht? Ihre Gefühle wechselten von verträumt und einer plötzlichen Sehnsucht, ihn zu sehen, zu einem schrecklich schlechten Gewissen. Sie hatte einen anderen Mann geküsst! Noch nie hatte sie das getan. Zumindest nicht seit sie siebzehn war, sondern vor Alvaro. Den sechzehnjährigen Octavio aus ihrer Nachbarschaft. Aber mehr, weil er sie küssen wollte, weil sie zu schüchtern war, um Nein zu sagen, aber auch aus Neugier, weil sie wissen wollte, wie es sich anfühlte, einen Jungen zu küssen. Außerdem hatte sie damals für ihn geschwärmt, für Octavio mit seinen dunklen Locken und feurigen Augen. Doch er küsste kurz darauf ihre Freundin Valeria und Matilda war am Boden zerstört. Der Kuss bekam eine schale Bedeutung. Und dann kam Alvaro. Und hörte nicht mehr auf, sie zu küssen. Doch, seit einigen Jahren küssten sie sich kaum noch, wurde ihr gerade bewusst. Selbst wenn sie miteinander schliefen, küssten sie sich nicht mehr. Warum eigentlich nicht?

Seit dieser Nacht am Strand mit Tom wusste sie wieder, was ihr fehlte. Sinnliche Berührungen, begehrt zu werden, aber auch verletzlich sein zu dürfen. Sie seufzte unwillkürlich, versuchte, sich zusammenzureißen. Sie hatte einiges im Laden zu tun. Dadurch, dass sie nur den halben Tag arbeiten konnte, und durch den Workshop hatte sich viel angestaut. Sie musste dringend ein paar selbst entworfene Schmuckstücke heraussuchen, für den Kunsthandwerkermarkt auf dem Passeig Sagrera in Palma. Denn dort verkaufte eine Bekannte von ihr Keramiken und Bilder, sie hatte ihren Stand bis Ende September und Matilda gab ihr immer wieder ein paar selbst gefertigte Schmuckstücke von sich mit, um sie dort verkaufen zu lassen. Eine zusätzliche Einnahmequelle, die sie jetzt erst recht gut gebrauchen konnte. Der Kunsthandwerkermarkt fand in den Abendstunden statt, ging bis Mitternacht, eine der Besonderheiten dieser Insel. Late-Night-Shopping, hatte es Amelie genannt. Die Freundinnen hatten sich dort schon öfter verabredet, um einen netten Abend zusammen zu verbringen.

Früher war Matilda ab und zu sogar mit ihren Eltern dort gewesen, erinnerte sie sich. Sie hatte schon als Kind die glitzernden Schmuckstücke bewundert und davon geträumt, selbst einmal welche zu entwerfen. Dieser Traum war wahr geworden. Dennoch fühlte sich Matilda im Moment nicht glücklich. O Gott, was hatte sie getan? Ihr Glück zerstört? Mit einem

Touristen? Wie dumm konnte sie sein! Sie hatte Alvaro betrogen und würde sich das niemals verzeihen können!

Sie bemerkte Amelie in der Tür ihres Ladens und zuckte zusammen.

»Hey. Was ist denn mit dir los? Hast du einen schlimmen Kater von gestern Abend oder bist du gerade mitten in einem wirren Tagtraum?«

Matilda versuchte, sich nichts anmerken zu lassen. »Alles gut, weder noch. Was gibt es?«

Amelie grinste, kniff ein Auge zusammen, um Matilda zu mustern. »Irgendetwas ist. Was ist denn gestern am Strand noch passiert? Los, sag schon, ich seh das doch.«

Matilda schaffte es nicht, ihre Freundin anzulügen. »Ich bin Tom begegnet«, sagte sie bemüht neutral.

»Oh, wow! *Dem* Tom?«

Matilda nickte und musste unwillkürlich lächeln.

»Dieses Lächeln kenne ich. Das Honigkuchenpferdlächeln, zuletzt gesehen bei Teresa, nachdem sie ihren Simon endlich geküsst hat.«

Matilda schlug sich die Hände vors Gesicht. »Wieso muss man mir immer alles ansehen?«

Amelie lachte. »Weil du eine offene, ehrliche Frau bist, und das ist super. Komm, lass dich in den Arm nehmen.«

Matilda kam hinter der Theke hervor und die Freundinnen umarmten sich. »Ich fühle mich so schlecht. Wir waren beide angetrunken«, flüsterte Matilda in Amelies Armbeuge, um sich zu verteidigen. »Ich weiß, das ist keine Entschuldigung.«

»Du musst dich bei niemandem entschuldigen.«

Sie löste sich von Amelie. »Doch. Bitte sag es nicht den anderen.«

Amelie hob ihre Hand zum Schwur. »Ich schwöre. Aber ich find's super. Das ist schon mal ein Schritt in die richtige Richtung.«

»Ich weiß es nicht. Immer noch nicht. Alvaro hat zum Glück geschlafen, als ich heimgekommen bin, sodass wir nicht geredet haben. Und heute früh hat er sich um seine Mutter gekümmert und mich kaum angesehen.«

»Aber es war ein schöner Abend mit Tom?«

»Ja, definitiv.«

»Na dann, das ist doch schon mal genial. Genieß das Leben, Matilda. Es kann so kurz sein.« Einen Moment wurde Amelie nachdenklicher. Sie war einmal sehr krank gewesen, dachte bestimmt daran. Sie hatte ja recht, aber sie war Single, nicht in einer Beziehung wie Matilda.

»Du findest es wirklich nicht schlimm? Wenn Alvaro das getan hätte, ich weiß nicht, ob ich es ihm verzeihen könnte, eher nicht.«

»Was? Nein, überhaupt nicht schlimm. Solange *du* das machst und nicht er.« Sie lachte. »Das gehört jetzt zur Gehirnsortierung dazu. Ein Muss sozusagen.« Sie lächelte wieder.

Ein kleiner Stein plumpste Matilda vom Herzen. Aber nur ein kleiner. Wie sollte sie Alvaro weiter gegenübertreten und wie Tom? Aber vor allem wie sich selbst?

»Du sagst Alvaro nichts, haben wir uns verstanden?« Amelie sah sie streng an. »Du bist immer viel zu ehrlich. Aber manchmal ist es besser, dem Partner nicht alles zu erzählen.« Sie fügte trocken hinzu: »Sagt die Beziehungsexpertin.« Dann lachte sie. »Aber ich lese ja auch Frauenromane, aus denen ich viel lerne. In der Theorie zumindest.«

Matilda musste jetzt auch lachen. Amelie nahm ihr die Schwere und sie war der Freundin so dankbar dafür.

»Ich muss wieder«, verabschiedete sich Amelie. »Wollte nur kurz gucken, wie es dir geht. Wenn du mich brauchst, ich bin zwei Schritte nebenan, wie du weißt.«

Sie ging zur Tür, aber genau in dem Moment wollte ein Mann herein, sie prallten aufeinander.

»Huch, pass doch auf!«, entfuhr es Amelie.

»Oh, sorry.« Der Mann trug ein legeres, eher cooles Radlerdress, sah sie fasziniert an. Ein großer, gut gebauter blonder Mann in ihrem Alter, er strahlte, als würde er Amelie kennen. »Hey, servus, ich bin der Freddy.«

»Hey, Freddy«, erwiderte Amelie. Da Freddy immer noch so grinste und sich nicht bewegte, fügte sie trocken hinzu. »Und du meinst, du bist umwerfend, ja?«

Er lachte. »So wie du, würde ich sagen.«

Amelie musste jetzt auch grinsen. »Gut gekontert, Freddy. Lässt du mich jetzt durch?«

»Ungern.« Er blieb stehen.

»Und was muss ich tun, um weiterzudürfen?«

»Mich küssen?«, erwiderte er frech.

Amelie zögerte keine Sekunde, sie war sehr groß, so groß wie Freddy, küsste ihn einfach auf den Mund. Matilda sah ihr fassungslos zu. So unkonventionell konnte nur Amelie sein.

Der Kuss dauerte lange, als wären sie plötzlich wie Magnete zusammengekommen, ihre Augen schlossen sich und sie schienen es beide zu genießen. Dann löste sich Amelie, beide schlugen die Augen auf, sie grinste über seinen verblüfften, verträumten Gesichtsausdruck.

»Mmhm, wow, perfekt. Mehr«, sagte er, trat aber zur Seite, um sie durchzulassen.

Sie ging lächelnd an ihm vorbei und er sah ihr fasziniert nach.

»Hey, wo gehst du jetzt hin, Frau ohne Namen?«

»Ganz weit weg von dir.« Sie lachte und verschwand in ihrem Laden.

»Boah!« Freddy fuhr sich überwältigt mit den Händen übers Gesicht.

Matilda ahnte, warum Amelie das gemacht hatte. Sie wollte ihr zeigen, dass ein Kuss nur ein Kuss war.

»Ich hoffe, du kennst die Frau«, wandte er sich jetzt an Matilda. »Die muss ich wiedersehen.«

Matilda lächelte. »Meine Freundin Amelie. Sie hat den Laden neben mir. Verstecken vor dir kann sie sich also nicht.«

Er grinste wieder. »Ihr seid echt gut drauf. Die Insel ist eh der Hammer, was ich bisher gesehen hab.« Er blickte sich jetzt angetan in Matildas Laden um, sah auch immer wieder sie interessiert an.

»Kann ich dir irgendwie helfen?«

»Mir nicht, aber … dem Tom.«

Jetzt erst verstand Matilda. Das musste der beste Freund von Tom sein. Freddy, natürlich, der Name war ihr irgendwie bekannt vorgekommen.

»Tom?« Mehr fiel ihr nicht ein. Sie wurde nervös.

»Ja, dem gehts grad nicht so gut. Aber ich versteh ihn total.« Er sah Matilda angetan an. »Des passt, glaub ich.«

»Was passt?«

»Egal. Wir sind verabredet, aber er diskutiert noch mit der Ines rum. Da dachte ich, schau ich mir die Läden am Meer, von denen er so geschwärmt hat, doch mal an. Und lern dich kurz kennen.«

Matilda musste schlucken. Der Kuss gestern hatte sicher dazu beigetragen, dass Tom gerade seine Beziehung beendete. Doch auch wenn Ines' Fremdgehen vor allem schuld daran war, fühlte sie sich jetzt ebenfalls schlecht.

»Schau nicht so, die Ines ist schon eine nette Frau, aber die beiden passen überhaupt nicht zusammen. So gar nicht. Sie kommt aus einer komplett anderen Welt. Das weiß sie im Grunde auch. Sie ist die Eisprinzessin und der Tom kommt aus einer bodenständigen, total lieben Familie.«

Matildas Mund fühlte sich trocken an. Was sollte sie darauf erwidern? Die Beschreibung erinnerte sie an sich und Alvaro. Er kam aus einer reichen Familie, zumindest war sie jahrelang wohlhabend gewesen und war es bestimmt immer noch. Matildas Eltern waren dagegen einfache Leute.

Freddy lächelte sie an. »Der Tom bringt mich um, wenn er erfährt, dass ich hier war. Ich glaub, ich geh mal lieber. Nach nebenan.« Er zwinkerte und ging und ließ Matilda aufgewühlt zurück.

Der Vormittag zog sich hin. Es kamen kaum Kunden und von denen kauften nur zwei ihren selbst gemachten Modeschmuck mit Muscheln als Anhänger. Auch das bot sie in ihrem Laden an, eben für jeden Geschmack und Geldbeutel etwas. Matilda hoffte, dass sich bald neue Kundschaft für einen Trauring-Workshop anmelden würde, denn das brachte wirklich Geld ein. Geld, mit dem sie ihre Eltern unterstützen konnte.

Sie dachte immer wieder an Tom, der Ines bestimmt von ihrem Kuss erzählt hatte. Und sie? Sollte sie es Alvaro nicht doch sagen?

Es war Mittag, Matilda räumte ihre Sachen zusammen, um den Laden zu schließen. Dabei kamen die meisten Kunden nachmittags, das Geld hätte sie jetzt so gut gebrauchen können.

Amelie streckte ihren Kopf herein. »Hey, hey, machst du gerade zu?«

»Ja, ich muss ja wieder zu Ariadna.«

Amelie trat ganz herein. »Wir haben uns was überlegt.«

»Wer wir?«

»Deine Freundinnen und Freunde. Wir finden es so toll, dass du deine Eltern und sogar deine Schwiegermutter unterstützt, deshalb wollen wir dich unterstützen. Wir machen deinen Laden nach der Mittagspause wieder auf und wechseln uns ab. Also ich bin heute dran. Weil ich ja direkt daneben bin, düse ich rein, wenn ich Kundschaft sichte. Josy ist morgen dran, dann hält bei ihr Eric die Stellung im Café und Liz ist übermorgen dran, dann springt Cristian ein und verkauft in ihrem Laden seine Oliven. Teresa ist ja leider nicht da, aber sie hat gesagt, zur Not kommt sie auch mal. Sie ist ja nur schwanger und sucht schon nach einer Aushilfe für ihren Laden.«

Überwältigt hatte Matilda zugehört. »Ihr seid verrückt.«

»Weißt du ja.« Amelie grinste.

»Das kann ich nicht annehmen. Ihr habt genug mit euren Läden zu tun.«

»Doch, kannst du. Eine kurze Zeit wird's gehen. Deine Schwiegermutter ist ja bestimmt nur noch diese und vielleicht nächste Woche hilfebedürftig, hast du gesagt …«

»Habe ich gehofft«, unterbrach Matilda.

»Ja, und die Hoffnung stirbt zuletzt. Insofern geht das wie gesagt mal für kurze Zeit. Wir wollen nämlich auch nicht, dass deine Eltern den Orangenhain verkaufen müssen. Das wäre zu traurig. Die Orangen schmecken so lecker, du hast uns ja immer welche mitgebracht. Und vor allem wollen wir nicht, dass du deinen Laden aufgibst.«

Matilda trat auf Amelie zu, umarmte sie lange. Dann löste sie sich wieder. »Ihr seid die besten Freundinnen, die man sich vorstellen kann.« Sie musste eine Träne wegblinzeln vor Rührung.

»Eine für alle, alle für eine.« Amelie lächelte. »Und dieser Freddy ist echt eine Marke.«

»Ach ja, war er denn noch lange da, ich hab ihn gar nicht gehen gesehen?«

»Schon 'ne Weile. War total lustig mit ihm. Aber dann musste er Tom treffen, die machen heute eine Radtour.«

»Wie schön!«, entfuhr es Matilda. »Ich hoffe, das geht mit seiner verletzten Hand. So, jetzt muss ich los zu Ariadna. Sonst kann Alvaro nicht in die Glasbläserei und wird sauer.«

Amelie verabschiedete sich und ging.

Matilda schloss ihren Laden ab, trat auf die Terrasse, sah einen Moment aufs Meer. Da hörte sie plötzlich die Stimme ihres

Vaters. Ihr Vater? Was machte er denn hier? Er redete wie immer in Mallorquin mit ihr. »Matilda, gut, dass ich dich erwische.«

»Papá! Was machst du denn hier?«

Den Weg von Sollér hierher in den Nordosten der Insel nahm er selten auf sich, weil er trotz Brille schlecht sah und daher so unsicher Auto fuhr. Umso mehr freute er sich immer, wenn seine geliebte Matilda nach Hause kam.

»Ist etwas passiert?«

Er wiegte den Kopf. »Deiner Madre geht es nicht gut.«

Erschrocken fragte Matilda nach.

»Sie geht nicht mehr aus dem Haus, hat Angst, die Finca auch noch zu verlieren. Sie will nicht in eine winzige seniorengerechte Wohnung ohne Garten, sagt sie.«

»Die Finca auch noch? So schlimm steht es?«

»Nein, sie steigert sich da in etwas hinein. Sie sagt, wenn man uns den Orangenhain und alles wegnimmt, muss man sie aus der Finca tragen.«

Traurig nahm Matilda ihren Papá in den Arm. Er roch so vertraut, nach Orangen, nach Zimt, nach zu Hause.

Dann sah sie ihn nachdenklich an. »Und wieso hast du mich nicht angerufen? Du fährst doch so ungern.«

Er nickte. »Weil ich dir noch etwas bringen wollte.« Jetzt erst registrierte Matilda die große Umhängetasche, die er bei sich trug. Er öffnete sie und holte zwei Marmeladengläser heraus. Ein grün-weiß kariertes Papier war mit einem Gummi über dem Deckel befestigt. Auf einem Etikett stand von Hand geschrieben: »Mallorquinische Orangenmarmelade aus Sollér 2022«.

»Du hast doch gesagt, weil dein Laden nicht nur ›Perlenzauber‹, sondern auch ›und Meer‹ heißt, dass du hier alles verkaufen kannst, was du möchtest.«

Er hielt ihr die beiden Marmeladengläser hin. Orangenmarmelade, von ihrer Mutter selbst gemacht. Matilda verstand, nahm sie lächelnd.

»Ich soll Mamás Orangenmarmelade verkaufen? Habt ihr dann noch genug?«

»*Sí.* Ende Oktober sind die nächsten Orangen reif zur Ernte. Da kann sie ja wieder neue einkochen.« Die meisten Orangen verkaufte ein Bekannter für sie auf dem Markt in Palma. Zumindest versuchte er es. Aber er hatte wohl gesagt, nicht mehr alle abnehmen zu können. Die Leute wollten für Orangen nicht mehr viel zahlen. Es lohnte sich nicht mehr. Die Orangen aus Südafrika waren eindeutig billiger.

Wegen der Orangenmarmelade roch er nach Zimt. Matilda liebte die Orangenmarmelade ihrer Mutter. Ein Rezept von ihrer Großmutter, also von Matildas Urgroßmutter. Ein Geheimrezept, das nur in der Familie weitergegeben werden durfte. Und nach dem nur mit den eigenen Orangen aus ihrem Orangenhain gekocht werden durfte. Matilda schnürte es erneut die Kehle zu, als sie daran dachte, wie wichtig ihrer ganzen Familie dieser kleine Orangenhain war. Früher hatte er die Familie ernährt, inzwischen leider nicht mehr.

»Das ist eine gute Idee, Papá. Gib mir ruhig alle Gläser.« Sie schloss ihren Laden wieder auf und ihr Papá folgte ihr hinein, holte die restlichen Marmeladengläser aus seiner Tasche, reichte sie Matilda und sie stellte sie in das Regal zu den Ketten mit den Mallorca-Perlen.

»Wie schön das Orange neben den weißen Perlen wirkt. Die Touristen werden sie lieben. Alle werden sie lieben. Meine Freundinnen kennen Mamás Orangenmarmelade ja schon.« Sie lachte auf. »Vermutlich kaufen sie gleich alle Gläser weg, weil sie so köstlich ist und um mich zu unterstützen.«

Er lachte jetzt ebenfalls. Matilda spürte, wie ihm das Herz etwas leichter wurde. Vielleicht hatte er auch einfach mal rausgemusst.

»Komm, lass uns ein bisschen spazieren gehen, du liebst das Meer doch auch so wie ich.«

Er willigte sofort ein. In Sollér gab es zwar auch einen wunderhübschen Hafen am Meer, Port de Sollér, aber dorthin kamen ihre Eltern, die mehr im Landesinneren lebten, selten.

Sie gingen den Weg am Meer entlang.

»Wie schön es hier ist«, sagte er, blieb stehen und sah aufs Wasser.

»Ja, es ist ein Traum, hier arbeiten zu dürfen. Ich bin sehr dankbar.« Sie musste schlucken.

Er sah sie an. Und wie er ihr schon als kleines Mädchen immer alles angesehen hatte, wusste er es auch jetzt.

»Was hast du denn, mein Kind?«

»Ach nichts, ich mache mir Sorgen um euch.«

»Das brauchst du nicht. Irgendwie geht es immer weiter.« Sie setzten den Spaziergang fort.

»Du hast etwas auf dem Herzen, ich sehe es dir an«, fing er wieder an. Ihr lieber Papá. Sie konnte nicht anders, es brach aus ihr heraus. »Alvaro will, dass ich, wenn wir heiraten, meinen Laden aufgebe, Papá. Und bei ihm die Buchhaltung mache.«

Er sah sie nachdenklich an. »Und du willst das nicht?«

»Nein.« Sie wusste, dass er es normal fand. Dass die Frau den Haushalt machte, sich um die Kinder kümmerte. Im Familienbetrieb mitarbeitete.

»Dann sag ihm das«, entgegnete er jetzt.

Überrascht sah Matilda ihn an. »Du bist auf meiner Seite?«

»Ich bin dein Vater, ich bin immer auf deiner Seite.« Er lächelte verschmitzt.

Wie sehr sie ihn liebte. Sie schlang die Arme um seinen Hals, drückte ihn an sich. »Du bist der beste Papá auf der ganzen Welt!«

»Ganz sicher nicht.«

»Dann eben der beste Papá auf Mallorca.« Sie lachten. Matilda sah auf ihre Uhr. »Ich muss jetzt leider zu Ariadna, du weißt doch, sie hat sich den Fuß verknackst. Bis heute Abend, bis Alvaro kommt, muss ich für sie da sein.«

»Du gutes Kind.« Er nickte.

Sie überlegte kurz. »Was meinst du, Papá, willst du vielleicht mitkommen? Du kannst doch nicht gleich schon wieder fahren.«

Er zögerte, erklärte ausweichend: »Sie will mich doch sicher nicht sehen, wenn es ihr nicht gut geht.«

»Ach was. Wie kommst du denn darauf?«

»Ich glaube, sie weiß nicht, was sie mit mir reden soll.«

Ihre und Alvaros Eltern hatten sich nur selten gesehen. Matilda erinnerte sich an ihr Kennenlernen. Matildas Eltern waren im Haus von Alvaro eingeladen gewesen, damals hatte sein Vater noch gelebt. Aber Matilda hatte gespürt, dass sich ihre Eltern in dem großen Haus, dem der Besitz der Familie anzumerken war, nicht wohlgefühlt hatten. Auch dass Alvaros Eltern kaum Gesprächsstoff fanden mit ihnen. Der Abend war ein ziemlicher Reinfall gewesen und die wenigen weiteren Treffen liefen ähnlich ab.

Aber sie wollte ihren Vater aufbauen. »Wir könnten uns auf die Terrasse in ihrem Garten setzen und du kannst dich etwas ausruhen vor der Rückfahrt. Ich glaube, Ariadna ist etwas milder geworden mit den Jahren.«

Er sah sie unwohl an. »Sie wird mich nach deiner Aussteuer fragen. Wir können aber im Moment nichts beitragen, wenn ihr heiratet.«

Matilda schluckte. Sie hatte ihren Eltern noch gar nichts von Alvaros Vorschlag, endlich zu heiraten, erzählt, weil sie sich so unsicher war. Aber natürlich gingen sie davon aus, dass es irgendwann eine Hochzeit geben würde.

Er fuhr fort: »Mamá macht das traurig und sie schämt sich. Und ich schäme mich auch.«

»O nein, das müsst ihr nicht. Es ist nicht wichtig, weil …« Sie hielt inne. Sollte sie ihm sagen, dass es vielleicht nie eine Hochzeit mit Alvaro geben würde? Aber dann hätte sie sich entschieden. Und etwas in ihr konnte es noch nicht.

»Gut, dass du da einheiratest, Kind«, sagte ihr Vater jetzt auch noch. »Dann wirst du nie so Geldsorgen haben wie deine Mutter, die einen armen Orangenbauern geheiratet hat.«

»Aber Papá, bitte rede nicht so. Ich heirate Alvaro nicht, weil seine Familie etwas besitzt.«

»Die Glasbläserei ist bekannt auf Mallorca«, fuhr er unbeirrt fort. »Eine gute Partie. Eine sehr gute.«

Sollte sie ihm sagen, dass sie gar nicht mehr so gut lief? Aber natürlich gab es einen himmelweiten Unterschied zwischen »Die Glasbläserei läuft nicht mehr so« und »Wir müssen unseren Orangenhain verkaufen«. Ihre Eltern taten ihr unendlich leid.

»Bitte, Papá, komm mit.« Sie wollte ihn nicht gleich wieder auf die Autobahn schicken. Sie wollte Zeit mit ihm verbringen. Und das ging jetzt nun mal nur bei Ariadna. Vielleicht würde diese ja im Wohnzimmer auf dem Sofa bleiben, dann konnten sie im Garten sitzen und reden.

»Also gut«, sagte er schließlich. »Jetzt gleich wieder eine Stunde Auto zu fahren ist wirklich nicht so gut für mich.«

»Sehr schön. Dann fährst du jetzt bei mir mit und später fahre ich dich zu deinem Auto.«

»Von mir aus.«

Sie drehten um, gingen den Weg am Meer entlang zurück und zum Parkplatz neben Josys Café.

»Matilda, alles gut?«, rief Josy, die gerade Kaffee und Kuchen an einem Tisch auf ihrer Terrasse servierte.

Matilda nickte, lächelte bemüht. »Mein Papá hat mir Orangenmarmelade gebracht, damit ich sie in meinem Laden verkaufe.«

»Ooh, die traumhafte mit Zimt, die von deiner Mamá? Da nehm ich ein, zwei Gläser.«

Matilda lachte, bedankte sich.

»Ach, und Eric meinte, er braucht für seine Schokomanufaktur immer Orangen aus Mallorca. Die kann er in Zukunft gern von deinem Vater beziehen, der andere Lieferant ist ihm eh unsympathisch, weil er seinen Pflückern schlechte Löhne zahlt.«

Matilda sah ihren Vater erfreut an und übersetzte es ihm rasch. »Ein neuer Abnehmer, wäre das was?«

»O ja, gern.« Er hob in Richtung Josy die Hand. *»Gracias. Muchas gracias.«*

# Kapitel 15

Matilda parkte ihren Wagen vor Ariadnas Haus. Ihr Vater war immer stiller geworden. Das mit der Aussteuer lag ihm wirklich im Magen. Wieso hatte sie nicht daran gedacht? Sie hätte es ihren Eltern sofort sagen müssen, dass sie nichts für die Hochzeit, falls die einmal stattfinden sollte, von ihnen erwartete. Sie fühlte sich schlecht. So blass sah Papá neben ihr aus. Er betrachtete das große Haus, fühlte sich bestimmt sehr unwohl.

Sie stiegen aus, Matilda klingelte kurz, um sich anzukündigen, holte ihren Schlüssel heraus und schloss auf.

Alvaro kam ihnen angespannt entgegen. Sie hatten immer noch keine Zeit gefunden, zu reden. Gingen sich auch aus dem Weg. »*Hola,* da bist du ja«, begrüßte er sie und gab ihrem Vater die Hand: »*Bon dia.*« Vor ihm riss er sich zusammen, aber sie merkte ihm an, dass er sauer war, weil es so lange gedauert hatte. »Entschuldigung, ich muss ins Büro.«

Matilda beobachtete ihren Vater, der offenbar merkte, dass die Stimmung zwischen ihnen angespannt war. Er runzelte die Stirn. Sie hatte Alvaro nicht geküsst, auch das war ihrem Papá, der ihre Mutter zur Begrüßung immer küsste, sicher aufgefallen.

Matilda überspielte, lächelte ihren Vater an. Sie standen immer noch in der großen Eingangsdiele. Ariadnas Stimme war zu hören.

»Matilda? Bist du jetzt da?«, rief sie aus dem Wohnzimmer.

»Ja, bin ich«, rief Matilda zurück. »Und ich habe Ignacio mitgebracht, ich hoffe, das ist in Ordnung, er hat mich überraschend im Laden besucht, er wusste nicht, dass ich den Laden jetzt mittags immer schließe, um zu dir zu kommen.«

Einen Moment sagte Ariadna nichts. Matilda ärgerte sich ein wenig. Konnte ihre Schwiegermutter nicht etwas gastfreundlicher zu ihrem Vater sein?

»Wen hast du mitgebracht?«, rief sie jetzt. Ah, sie kannte vermutlich mehrere Ignacios.

»Meinen Papá!« Sie gab ihrem Vater einen Wink. »Komm, Papá.«

Matilda ging vor in das Wohnzimmer, wo Ariadna mit ihrem roten Kissen auf dem Sofa lag.

*»Bon dia«,* begrüßte ihr Papá Ariadna auf Mallorquin. »Wie geht es dir, Ariadna?«

»Wie soll es mir schon gehen«, erwiderte Ariadna nur. Sie sah ihn skeptisch an. Das konnte ja heiter werden.

»Brauchst du irgendwas, Ariadna?«, fragte Matilda schnell nach.

Die zuckte die Schultern. »Die Wäsche müsste gemacht werden.«

»Erledige ich später. Jetzt, wo mal mein Papá da ist, möchte ich mich mit ihm unterhalten. Wir setzen uns auf die Terrasse und trinken etwas. Möchtest du auch ins Freie?«

Sie hoffte, sie würde Nein sagen. Und sie hatte Glück. »Nein, nein. Die Hitze, du weißt doch. Jetzt ist Siesta.«

Tatsächlich war es wirklich heiß. Ihr Papá hatte damit kein Problem, schließlich arbeitete er immer in der prallen Sonne in seinem Orangenhain. Zudem wurde die Terrasse von einem Weinblätterdach überschattet.

»Komm.« Matilda bedeutete ihrem Vater, hinauszugehen, er folgte ihr. Sie nahmen draußen Platz, die reifen grünen Weintrauben hingen herunter. »Was möchtest du trinken?«

Er zuckte bescheiden die Schultern. »Ein stilles Wasser.«

»Ich habe selbst gemachte Orangen-Zitronen-Limonade mit Pfefferminze.«

»Gern.«

Sie ging rein in die Wohnküche, holte eine Karaffe und zwei Gläser.

Zurück auf der Terrasse, füllte sie die Gläser, reichte ihm eines und setzte sich wieder.

»Du bist hier schon richtig zu Hause, was?« Er lächelte aufmunternd.

Matilda schüttelte sofort den Kopf. Nein, sie fühlte sich hier nicht zu Hause. Ihr ging es ein wenig wie ihrem Vater. Alles war etwas steif, etwas zu edel. Bei ihnen daheim in der Finca konnte man sich viel wohler fühlen. Eine Sehnsucht übermannte sie. »Nein, Papá, bei euch in Sollér fühl ich mich zu Hause.«

Er lächelte, wurde dann wieder ernst. »Hoffen wir mal, wir müssen nicht irgendwann wirklich noch ausziehen. Ich hätte Angst, dass Mamá das nicht verkraftet. Sie würde eingehen wie eine Blume ohne Wasser, wenn sie ihren Garten und alles nicht mehr hat.«

»Das darf auf keinen Fall passieren. Ich tue alles, um euch zu helfen.« Sie nippte an ihrem Glas. »Es ist nur schwierig im Moment, dass sich Ariadna ausgerechnet jetzt den Fuß verknacksen musste. Ich muss mich um sie kümmern, da kommt mein Laden natürlich zu kurz. So lieb, dass meine Freundinnen mir helfen.«

»Ja, das sind gute Mädchen. Und natürlich musst du dich um deine Schwiegermutter kümmern. Du bist auch ein gutes Mädchen.«

»Danke, Papá, so habt ihr mich erzogen.«

Sie lächelten sich an. Matilda griff seine Hand, drückte sie fest. »Mamá und du, ihr seid mir so wichtig. Ich will, dass es euch gut geht.«

»Und ich will, dass es Mamá und dir gut geht.« Er sah sie nachdenklich an. »Bist du denn glücklich, Matilda?«

Erschrocken sah sie ihn an. Was sollte sie darauf sagen? Ihr Leben war gerade einfach sehr kompliziert. Aber sie wollte ihrem Vater ihre Gedanken zu Alvaro ersparen. Ihr Papá war viel traditioneller eingestellt als sie, war so froh, dass sie in diese Familie einheiraten würde. Und dann waren da noch die ständigen Gedanken an Tom, auch davon konnte sie ihm auf keinen Fall erzählen.

Sie nickte schnell, bemühte sich um ein Lächeln. »Ist gerade alles ein bisschen viel. Ariadna akzeptiert ja keine Putzfrau, deshalb muss ich das im Moment machen. Ist auch kein Problem eine Zeit lang, aber dieses große Haus sauber zu halten, das macht man nicht mal schnell nebenher.«

»Und ich halte dich auch noch auf.«

»Nein, nein, ich bin so froh, dass du da bist.«

Er erzählte ihr noch das Neueste aus ihrem Dorf, welcher Bauer auch in Schwierigkeiten steckte, wer sein Haus verkaufen musste, wo eine Ferienimmobilie entstehen sollte.

Es klang nicht gut. Viele alteingesessene Mallorquiner konnten sich die Mieten nicht mehr leisten, fanden keinen bezahlbaren Wohnraum, weil zu viel an Feriengäste vermietet wurde.

»Dabei freuen wir uns ja, wenn Gäste auf unsere Insel kommen. Sie müssen sich nur anständig benehmen.«

»Das tun ja die meisten.«

Er nickte, trank seine Limonade aus, stand dann auf. »Matilda, kannst du mich jetzt zu meinem Wagen fahren? Ich will Mamá nicht so lange allein lassen und du musst dich um deine Schwiegermutter kümmern.«

Matilda stand seufzend auf. »Dann drück Mamá aber fest von mir und sag ihr, sie soll sich keine Sorgen machen. Wie gesagt, ich bin für euch da.«

Er lächelte und gemeinsam gingen sie wieder hinein ins Wohnzimmer. Ariadna lag nicht mehr auf dem Sofa. Seltsam, denn normalerweise musste man sie selbst auf dem Weg ins Bad stützen, so sehr schmerzte ihr Fuß immer noch.

Matilda sah ihren Vater irritiert an. In dem Moment kam Ariadna leichtfüßig aus dem Flur ins Wohnzimmer, schien überhaupt keine Schmerzen zu haben. Als sie die beiden sah, hielt sie inne.

Matilda warf ihrem Vater wieder einen Blick zu, sah dann Ariadna an. »Tut dein Fuß etwa gar nicht weh?«

»Mein Fuß?«

»Du konntest doch gar nicht auftreten vor Schmerz?«

Ariadna sah sie ertappt und voll schlechten Gewissens an.

Matilda runzelte die Stirn. »Du hattest gar keine Schmerzen? Und gar keinen verletzten Fuß? Das glaube ich jetzt nicht. Dann war also alles nur gespielt? Aber wieso?«

Ariadna sah betreten zu Boden.

Matilda verstand, spürte, wie sie immer wütender wurde. »Damit ich bei dir einziehe! Hatten die anderen doch recht, das war alles gelogen, mit mir kann man ja alles machen!«

Ihr Vater sagte die ganze Zeit nichts, berührte jetzt nur Matildas Arm, um sie etwas zu beruhigen.

»Komm, Papá. Wir gehen.« Sie nahm seine Hand, zog ihn mit in den Flur, trat mit ihm zur Haustür hinaus und knallte sie hinter ihnen zu.

Sie stiegen in ihr Auto, Matilda startete den Wagen. Tränen schossen ihr in die Augen, sie blinzelte sie weg. »Und wegen Ariadna hab ich mich zu wenig um euch gekümmert! Das ist ja wohl wirklich das Allerletzte von ihr. Spielt mir ihre Verletzung nur vor! Ich schlafe hier keine Nacht mehr. Alvaro soll mir nachher meine Sachen in meine Wohnung bringen.« Mit quietschenden Reifen fuhr sie los, ihr Papá hielt sich am Haltegriff fest.

* * *

»Alter, die Tour ist der Hammer, absolut genial, aber bisschen krass in der Hitze«, hörte Tom Freddys Stimme hinter sich. Sie radelten einen steilen Berg hinauf, um eine enge Kurve. Vor ihnen tat sich die weitläufige Serra de Tramuntana auf, Mallorcas beeindruckendes Gebirge.

Tom trat vornübergebeugt stärker in die Pedale, musste sich verausgaben, musste seinen Körper fordern, um den Schmerz zu übertönen. Er spürte seine verletzte Hand, sie tat noch weh, aber mit der Handschiene konnte er den Lenker erstaunlich gut halten. Er hätte die Beziehung vermutlich auch ohne Ines' Seitensprung beendet, dennoch hatte ihn dieser tief getroffen und es gab kein Zurück mehr. Die ganze Nacht hatte er mit Ines diskutiert, sie hatten beide geweint. Ein Traum war zerplatzt, von beiden. Man konnte es nicht weg- oder schönreden. Es gab keine neue Chance. Sie hatte ihn betrogen, kurz vor der Hochzeit, so eine Beziehung kam für ihn sowieso nicht infrage. Vertrauen, das war das Wichtigste in einer Partnerschaft, und sein Vertrauen war zutiefst erschüttert. Wieso sie das getan hatte, konnte sie selbst nicht mehr erklären. »Wir hatten einen netten Abend, es hat sich so vertraut wie früher angefühlt. Mensch, wir waren vier Jahre zusammen. Und er hat mich in den Arm genommen, an sich gedrückt, er roch wie früher, der Alkohol, und dann ist es irgendwie geschehen.«

Sie hatte Tom angebettelt und gefleht, nicht alles deshalb hinzuwerfen. Er versuchte, ihr zu erklären, dass er vorher schon ins Zweifeln gekommen war, weil sie so unterschiedlich waren, aber Ines wollte es einfach nicht verstehen. Sie wollte nicht abreisen, nahm sich am Morgen ein Zimmer in einem Hotel. Mit Spa, um sich zu erholen. Sie hatte das Geld, er nicht. Wäre Freddy nicht gekommen, wäre Tom sofort nach München zurückgeflogen. Aber es war nicht nur Freddy, der ihn auf dieser Insel hielt. Da waren Matilda und die Gefühle, die sie in ihm ausgelöst hatte, diese besondere, liebevoll wirkende Frau. Sie strahlte etwas aus, was ihm bei allen anderen, die er kennengelernt hatte, immer gefehlt hatte. Diese zurückhaltende, schüchterne, ehrliche Art. Natürlich konnte er sich nicht sicher sein, dass sie wirklich so war. Aber das, was er bisher von ihr mitbekommen hatte, ließ es vermuten.

Ein Auto überholte sie. Es ging ziemlich steil den Berg hoch und der Schweiß rann Tom von den Schläfen. Freddy hinter ihm fluchte erneut. »Wieso sperren sie die Straße eigentlich nicht für Autos?«, rief er.

»Weil alle diese Schlucht sehen wollen, nicht nur die Radler«, rief Tom zurück. So viel hatte er über die Schlucht von Sa Calobra vor ihrem Urlaub gelesen. Die Serpentinenstraße MA-2141 galt unter Radlern als echte Herausforderung. Es war klar gewesen, dass Ines diese Tour nicht mitmachen würde. Sie war empfohlen für Radsportprofis. Er hatte vorgehabt, sie allein zu radeln, hatte gedacht, es sei für Ines okay, einen halben Tag allein zu verbringen. Die Bilder, die er von der Schlucht und dem Meer dort gesehen hatte, waren zu genial, er fand es auch völlig okay, im Urlaub mal etwas getrennt zu unternehmen. Sie allerdings nicht.

Freddy rief: »Schwitzt du dich nicht zu Tode?«

»Doch, ist mir egal!«, rief Tom zurück. Eigentlich sollte man die Strecke mit dem Rad besser im Frühjahr oder Herbst fahren, weil es im Sommer viel zu heiß dafür war. Ihm war jetzt alles egal. Sein Leben fühlte sich an, als sei es auf null gestellt worden. Seine ganze Zukunft, wie sie noch vor einem Tag ausgesehen hatte, war wie ein Ballon zerplatzt. Wieder Single, wieder allein, wieder diese Sonntage, an denen alle irgendetwas vorhatten, nur er nicht. Freddy zum Glück auch nicht immer. Die Freunde hatten, bevor er mit Ines zusammengekommen war, viel Zeit miteinander verbracht. Auch Freddy schaffte es nicht, eine coole Beziehung zu führen.

»Bestimmt, weil meine Eltern mich in ein Internat gesteckt haben«, hatte er mal gesagt, oder »Ich bin mir selbst genug, ich brauch keine Frau, die mich einengt« und lauter solche Sprüche.

Klar, war es weder ein Makel noch schrecklich, allein zu sein, aber es war einfach so viel schöner in einer harmonischen Beziehung. Doch besser allein als Stress von Anfang an. Es gab kein Zurück zu Ines.

Tom trat noch fester in die Pedale. Der Berg wurde immer steiler. Die Tour war wirklich nur etwas für Profis. Aber er lohnte sich. Hier, mitten im Tramuntanagebirge lernte man eine ganz andere Seite von Mallorca kennen. Natur pur, tolle Ausblicke, Glücksgefühle kamen hoch. Es war die beste Idee gewesen, hierherzukommen, sich auf dem Rad zu verausgaben, auch wenn die Hand pochte.

Wieder wurden sie von einem Auto überholt und da die Straße hier wirklich eng wurde und sich in eine Kurve nach der anderen schlängelte, wurde Tom geschnitten. Es erinnerte ihn an den Radunfall am Anfang seiner Reise. An Matilda, die sich über ihn beugte, als er im Graben lag. An ihr schönes, liebes Gesicht und ihre dunklen, tiefgründigen Augen.

»Hey, du Hirni!«, rief Freddy dem Wagen nach.

Der Fahrer hob entschuldigend die Hand. Immerhin. Nicht alle waren so rücksichtslos wie dieser Bekannte von Matilda.

Nachdem Tom verbissen weitergefahren war, sodass Freddy Mühe hatte, ihm zu folgen, kamen sie nach einiger Zeit endlich oben an.

Ab jetzt würde es bergab gehen. Hinunter zum Meer, das in dieser Schlucht besonders türkisblau und wunderschön sein sollte.

Der Ausblick von hier oben war auch schon gigantisch. Freddy war jetzt ebenso aus dem Häuschen. »Dass es auf dieser Insel so eine geile Landschaft gibt, hätte ich nie gedacht.« Mit Bergen waren die beiden Bayern vertraut, aber das Tramuntanagebirge war etwas ganz Besonderes. Kein Wunder, dass die UNESCO die Serra de Tramuntana zum Welterbe ernannt hatte. An dem sogenannten »Krawattenknoten«, der auf der Höhe von Sa Moleta lag, kreiste die Straße in einer wirklich beeindruckenden 270-Grad-Kurve um sich selbst. Ein bisschen geübt sollte man als Autofahrer sein, wenn man die berühmte Straße fahren wollte, dachte Tom. Er nahm sein Handy, knipste ein Bild von dieser gigantischen Schlucht, zögerte einen Moment, schickte es dann Matilda, schrieb einen kurzen Text dazu.

Nach einer Verschnauf- und Trinkpause sausten sie auf den Rädern den Berg hinab, so schnell es die vielen Kurven und Autos, die ihnen entgegenkamen, erlaubten. Es war eine gefährliche Strecke für Radfahrer, zuvor hatte schon ein Schild verkündet, dass hier ein Radfahrer ums Leben gekommen war.

Nach einer berauschenden Abfahrt kamen sie unten an. Es gab hier einige touristische Lokale, aber Tom und Freddy stellten die Räder ab, holten sich nur an einem Stand eine kalte Cola und machten sich damit auf den Weg zum Meer. Der Torrent de Pareis, der Grand Canyon von Mallorca, war ein bekannter Ausflugstipp. Eine Tour, die sich wirklich lohnte. Auch wenn man einige andere Touristen in Kauf nehmen musste.

Das Meer, das auf dem Weg in die Schlucht hinein immer wieder zur Linken zu sehen gewesen war, sah von Nahem noch traumhafter aus. Türkisblau, unberührt, wie ein perfektes Insta-Bild. Sie gingen weiter in die Schlucht, mussten samt ihren Rädern über Steine klettern, einen kleinen Bach durchwaten, kamen schließlich an dem schmalen Strand an.

»Lass uns baden«, schlug Freddy vor.

»Zu voll hier. Besser gleich weiter in die Schlucht«, entgegnete Tom. An dem Strandabschnitt waren ihm zu viele Menschen.

»Okay, weiter.« Freddy verstand ihn, auch ohne viele Worte. Das war schon immer so gewesen. Sie hatten einmal einen Studentenjob zusammen, beide trugen ein Affenkostüm, verteilten Flugblätter vom Münchner Tierpark Hellabrunn. Sie machten Faxen, verständigten sich mit wenigen Worten, mehr ging nicht in diesem bescheuerten Kostüm. Danach waren sie total durchgeschwitzt, fuhren zusammen zum Englischen Garten, badeten nackt im Eisbach und tranken ein, zwei Bier am Chinesischen Turm.

Sie redeten nie besonders viel. Auf dem Fahrrad ging es eh nicht und auch jetzt löcherte Freddy seinen Freund nicht mit Fragen. Tom hatte ihm vorher kurz den Stand mit Ines erzählt.

Der Canyon wurde immer enger, sie mussten erneut über große Steine klettern, um weiterzukommen. Die wenigsten Touristen gingen bis hierher.

Tom liebte die Natur, sah sich begeistert um. Das alles hätte er verpasst, wenn er auf Ines eingegangen wäre und einen weiteren Strandtag mit ihr verbracht hätte.

Freddy war genauso begeistert von dieser Schlucht. »Schon krass, was den meisten Mallorcatouristen entgeht, wenn sie nur am Ballermann abhängen.«

»Sei doch froh, stell dir vor, die wären alle hier.«

Freddy lachte. »Stimmt auch wieder. Echt eine coole Insel.«

Sie beschlossen, nicht tiefer vorzudringen, und setzten sich auf einen hohen Stein. Es wurde ab hier sehr eng und sie mussten ja auch rechtzeitig den Rückweg antreten, bevor es dunkel wurde.

»Coole Insel, coole Frauen hier«, sagte Freddy jetzt grinsend.

»Hast du etwa schon welche kennengelernt?«

»Ich war vorhin in den Läden am Meer. Nachdem du so davon geschwärmt hast.«

Tom sah ihn verblüfft an. »Wie bitte?«

»Na ja, ich musste mir diese Matilda ja mal live angucken. Die schüchterne Frau, die so gut küssen kann.«

Tom lachte auf.

»Und?«, fragte er neugierig nach. Vielleicht sollte er mehr auf Freddys Urteile hören. Vor Ines hatte er ihn schließlich gewarnt.

»Süß. Echt süß. Passt voll zu dir, glaub ich. So schön natürlich. Und die andere passt zu mir.«

Tom lachte auf. »Was? Die andere?«

»Die den Laden daneben hat. Mit den Mandelcremes und Duftseifen und so. Die große Blonde aus Norddeutschland, Amelie. Die ist bisschen forscher, frecher, genau mein Fall.«

»O Mann, Freddy! Die haben beide genau auf uns gewartet«, erwiderte er trocken. »Matilda heiratet bald.« Sein Puls ging schneller. Es war so hoffnungslos. Aber deshalb würde er nicht zu Ines zurückgehen. Denn allein die Tatsache, dass er so kurz nach der Trennung von Ines schon wieder an eine andere Frau denken konnte, sagte ihm klar, wie richtig die Trennung war. Er fröstelte plötzlich. »O Mann, ich bin total fertig.«

»Seh ich, Alter«, entgegnete Freddy und sah ihn besorgt an. »Du bleibst jetzt erst mal sitzen.«

»Wir müssen aber bald zurück, sonst findet man hier irgendwann mal unsere Knochen.«

»Schaffen wir schon, zur Not schlafen wir in einer Höhle, Abenteuer-man.«

Tom fuhr sich mit der gesunden Hand übers Gesicht, spürte den kalten Schweiß. Sein Leben hatte sich auf dieser Insel komplett gedreht. Er fühlte sich haltlos, aber auch schwerelos. Sollte er weiter in München leben? Sein Single-Leben fortführen wie vor Ines? Oder war es Zeit, sein Leben komplett zu überdenken und etwas ganz Neues anzufangen?

# Kapitel 16

»Hab ich's nicht gleich gesagt? Deine Schwiegermutter hat das mit dem Fuß nur gespielt, um dich ins Haus zu locken, die alte Hexe«, entfuhr es Amelie.

»Eine Hexe ist sie nicht. Aber unmöglich war das wirklich.« Matilda nahm Ariadna selbst jetzt noch in Schutz, merkte sie. Amelie, Liz, Josy und sie standen in Josys Café, hatten sich dort auf einen späten Café solo getroffen. Matilda hatte ihrem Papá angeboten, mit ihm nach Hause zu fahren, wollte auch zu ihrer Mutter, aber er hielt es für besser, dass sie in ihrem Laden blieb und am Wochenende zu Kaffee und Kuchen kam. »Sonst merkt Mamá noch, dass ich es dir erzählt habe«, hatte er gesagt.

»Wieso tut deine Schwiegermutter das?«, fragte sich Liz gerade laut.

»Na, damit Matilda und Alvaro ganz bei ihr einziehen, ist doch klar. Das ist es doch, was sie die ganze Zeit schon wollte«, erklärte Amelie. »Matilda macht schön den Haushalt, so wie jetzt, so stellt sich die Madame das vor.«

»Ohne mich«, verkündete Matilda aufgewühlt. »Und wegen ihr hab ich meine Eltern vernachlässigt. Jetzt kann ich wenigstens auch nachmittags wieder in meinem Laden sein. Danke noch mal, dass ihr mir angeboten hattet, einzuspringen. Das vergesse ich euch nie.«

»Dann solltest du auch nie vergessen, was für eine Lüge dir Ariadna aufgetischt hat«, erklärte Amelie.

»Mach ich nicht. Ich hab mich in ihr getäuscht. Ich war einfach zu naiv.«

»Nenn es gutgläubig, das klingt besser«, erwiderte Josy lächelnd. »Du bist einfach ein guter Mensch und gehst davon aus, dass alle so sind.«

»Jedenfalls kümmere ich mich jetzt nur noch um meine Familie. Meine Mamá hat so eine Angst, nicht nur den Orangenhain, sondern sogar unsere Finca zu verlieren, dass sie das Haus nicht mehr verlässt. Ich muss ab jetzt für meine Eltern mitverdienen bis zu ihrem Ruhestand. Und darüber hinaus, denn hoch ist ihre Rente wirklich nicht. Und ich mache das gern. Bitter ist nur, dass sie ihr Leben lang hart gearbeitet haben. Und es reicht nicht aus.«

»Echt bitter«, fand Josy. »Und so geht es vielen. Erst recht uns Selbstständigen.«

»Ja.« Matilda stellte ihre Tasse ab. »Mein Papá hat mir ein paar Gläser von Mamás Orangenmarmelade gebracht, die ich verkaufen kann. Aber es ist natürlich nicht viel, was dabei herauskommt. Er ist so süß. Und er hat recht. Selbst die kleinen Einnahmen summieren sich, man darf nur nicht aufgeben. Eine weitere Trauring-Workshop-Buchung hab ich leider noch nicht und ich fürchte, Ines wird den Kurs auch nicht weiterempfehlen.«

Amelie dachte nach. »Wir helfen dir. Uns fällt schon was ein. Ich überlege mir ein neues Marketingkonzept.«

Liz und Josy nickten. »Wir sind dabei. Vielleicht hat Teresa auch noch eine Idee«, erklärte Josy.

Eine Kundin, die draußen auf Josys Terrasse gesessen hatte, kam herein und wollte zahlen.

»Ich komme gleich«, erwiderte Josy. »Mädels, ich muss wieder.«

»Ich auch«, gab Liz ihr recht. »Bei mir kommt gleich ein Koch, der Cristians Oliven kaufen möchte. Gleich ganz viele davon.«

»Oh, wie toll!« Amelie freute sich für sie.

Alle stellten ihre Tassen auf Josys Theke, bedankten und verabschiedeten sich.

Gedankenverloren ging Matilda in ihren Laden zurück. Amelie hatte recht, es musste eine neue Idee her, um mehr Geld mit ihrem Laden zu verdienen, damit sie ihre Eltern stärker unterstützen konnte. Nur welche? Matilda war in solchen Dingen einfach nicht kreativ, bewunderte Menschen, die viele Ideen hatten. Oder konnte jeder kreativ sein?

Sie hörte das Vibrieren ihres Handys, holte es schnell heraus. Vielleicht hatte ihr Papá geschrieben. Hoffentlich hatte er keinen Unfall gebaut. Aber es war nur eine Werbemail. Und dann entdeckte sie eine Nachricht von Tom. Er hatte ein Foto geschickt. Matilda erkannte sofort das Tramuntanagebirge, den Krawattenknoten am Coll dels Reis. Von hier ging es hinab in die Schlucht von Sa Calobra und man hatte einen traumhaften Blick. Hatte er etwa mit seiner verletzten Hand diese anstrengende Radtour unternommen? Er hatte das Foto vor gut einer Stunde geschickt. Dazu den Text:

Jetzt gehts ab in die Schlucht.

War es nicht schon recht spät, um den Rückweg anzutreten? Sofort machte sie sich Sorgen. Sie schrieb ihm:

Meine Lieblingsschlucht. Bist du noch dort?

Im nächsten Moment fiel ihr ein, dass in der Schlucht selbst kein Handyempfang möglich war, vermutlich nur unten bei den Restaurants.

Matilda sah auf die Uhr. Es war schon kurz vor 18 Uhr, er sollte jetzt schleunigst zurückradeln, wenn er noch dort war. Denn es waren Regen und sogar ein Gewitter vorhergesagt. In den Bergen konnte es dann zu Steinschlag kommen. So oft unterschätzten Touristen die Natur. Sie schrieb ihm, dass es ein Gewitter geben sollte, sah aber, dass ihn die Nachricht nicht erreichte. Offenbar kein Empfang. Dann befand er sich vermutlich in der Schlucht. Sie starrte aufs Meer, das unruhiger wurde. Mit dem Boot sollte man heute Abend nicht mehr draußen sein. Und in so einer Schlucht auch nicht. Sie rief Tom an, auch wenn es nichts brachte, falls er sich in der Schlucht aufhielt. Er ging nicht ran. Und plötzlich merkte sie an ihrer Sorge, wie viel ihr an diesem Mann lag. Wie sehr er bereits ihr Herz berührte. Aber auch, wie durcheinander sie war. Sie dachte aufgewühlt an Alvaro, den Mann, den sie seit ihrer Jugend hatte heiraten wollen. Sie musste endlich mit ihm reden. Ihm von Ariadnas Lügengeschichte erzählen und ihn bitten, ihr ihre Sachen zu bringen. Matilda nahm ihr Handy, suchte seine Nummer heraus und drückte auf Anrufen. Doch auch er nahm nicht ab.

* * *

Die Angestellten der Glasbläserei verließen das Gebäude, freuten sich sichtlich auf ihren Feierabend. Matilda kam ihnen vom Parkplatz entgegen, grüßte viele mit Namen, denn sie kannte die Männer und Frauen fast alle persönlich. Matilda wusste, dass Maria eine bettlägerige Mutter zu pflegen hatte und sich mit ihren Schwestern abwechselte, kannte die frechen Kinder von Pablo, war mit der Tochter von Yago in die Schule gegangen.

Das letzte Jahr hatte er eine Darmkrebsoperation gehabt, war auf diesen Job angewiesen. Sie alle waren auf ihre Arbeit angewiesen und somit war ihr auch klar, wie groß Alvaros Verantwortung war, die Glasbläserei am Laufen zu halten.

»Der Chef ist im Büro«, sagte Yago und wünschte ihr einen schönen Abend.

»Danke. Wünsche ich dir auch«, entgegnete sie nett.

Sie betrat das altehrwürdige Gebäude, ging den Flur entlang zu Alvaros Büro.

Die Tür stand offen, Matilda sah hinein. Er war nicht da, aber auf dem antiken Schreibtisch lagen Papiere, wild durcheinander. Es sah so chaotisch aus, dass Matilda nicht anders konnte, als hinzugehen, um sie zu ordnen. Kein Wunder, dass es Probleme mit der Buchhaltung gab, wenn er seinem Buchhalter die Papiere so unordentlich übergab.

Matilda schob die Papiere zusammen, wollte sie zurück in die Mappe legen, aus der sie gerutscht zu sein schienen. Dabei fiel ihr ein Kuvert auf, aus dem Geldscheine ragten. Sie wollte auch diese wieder ordentlich zurückschieben, sah, dass auf dem Umschlag »Gonzalez« stand. Sie wunderte sich, sah hinein. Ein ganzer Stapel Hunderteuroscheine lag darin. Irritiert überschlug sie, dass es um die 5 000 Euro sein mussten!

So viel Geld für Gonzalez? Wofür?

In dem Moment hörte sie Schritte. Rasch legte sie alles wieder auf den Schreibtisch, da trat Alvaro auch schon ein. Mit einem Blick erfasste er, dass sie das Geld gesehen haben musste, genauso die Beschriftung auf dem Umschlag.

»Was machst du da?«, fuhr er sie an.

»Ich wollte nur alles ordentlich hinlegen, wenn du nicht Ordnung hältst, kann ich auch nicht die Buchhaltung für dich erledigen.«

Er sah sie misstrauisch an.

Sie fasste sich ein Herz. »Alvaro, wofür ist das Geld? Wieso gibst du Gonzalez so viel Geld?«

Er schien fieberhaft zu überlegen. »Das geht dich nichts an«, presste er heraus.

»Das geht mich nichts an? Machst du krumme Geschäfte? Dann geht es mich sehr wohl etwas an. Denn dann heirate ich dich sicher nicht!«

»Ich mache keine krummen Geschäfte, so ein Unsinn!«

»Ach ja? Und wieso gibst du Gonzalez dann mehrere Tausend Euro? Erledigt *er* etwas Verbotenes für dich?«

Sie hörte ein Geräusch an der Tür. Gonzalez, mit seinem Basecap auf dem Kopf, stand im Türrahmen, hatte es gehört, grinste süffisant.

»Das traust du mir zu, Schönheit?«

»Nenn mich nicht so! Wofür bekommst du Geld?«, wandte sie sich jetzt an ihn. Alvaro war ja offensichtlich zu feige, um ihr zu antworten.

»Weil ich es wert bin«, scherzte Gonzalez und plusterte sich auf. Wie unsympathisch dieser Kerl war.

Matilda merkte, dass sie so nicht weiterkam. »Bitte, Gonzalez, ich bin mir sicher, dass es einen vernünftigen Grund gibt, bitte sag ihn mir.«

Er warf Alvaro einen Blick zu, der schüttelte den Kopf. Aber Gonzalez ließ sich ungern etwas vorschreiben.

Dieses Wissen setzte Matilda ein. »Lässt du dir von Alvaro den Mund verbieten? So hätte ich dich gar nicht eingeschätzt.«

»Tu ich nicht. Das Geld ist nur eine Entschädigung. Weil er vor dir als der unschuldige Held dastehen will.«

»Du Idiot, sei still«, blaffte Alvaro ihn an. Diesen Ton kannte Matilda an ihm nicht. Sie zuckte zusammen.

»Wofür eine Entschädigung?«, hakte sie nach.

Alvaro trat einen Schritt auf Gonzalez zu. »Wir haben eine Abmachung, Freund.«

»Sí, aber da wusste ich noch nicht, dass eine Strafanzeige gegen mich läuft. Ich geh doch nicht in den Knast für dich. Nicht für 5 000 Euro!«

Fassungslos hörte Matilda den beiden zu. Sie ahnte, um was es ging. Um die Fahrerflucht nach dem Radunfall von Tom.

»Gonzalez, du bist also gar nicht gefahren, sondern Alvaro?«, hakte sie erschüttert nach.

Beide Männer sahen sie nur wortlos an. Ihr wurde schlecht. Erst der Verrat von Alvaros Mutter, jetzt wurde klar, dass auch er nicht besser war. Im Gegenteil. Er hatte Fahrerflucht begangen und dann auch noch seine Schuld seinem Freund in die Schuhe geschoben und ihn mit Geld gekauft.

»Aber … ich habe dich doch im Auto gesehen, Gonzalez? Dein Basecap, das warst nicht du?«, stammelte sie. Sie hatte nur das Basecap gesehen, nicht sein Gesicht, wurde ihr jetzt klar.

»Das lag im Auto. Alvaro hat es aufgezogen, als Gag, hat er mir danach gesagt.«

Alvaro presste die Lippen zusammen. »Ich musste zu einem extrem wichtigen Banktermin. Ich habe im Rückspiegel gesehen, dass er sich bewegt hat. Dass er lebte. Ich hatte einen Blackout, hab mich geschämt. Dich hab ich gar nicht gesehen, Matilda. Mein Fuß ist einfach aufs Gaspedal gestiegen, ich konnte nicht mehr klar denken. Der Typ ist auch viel zu sehr links gefahren. Erst nachdem ich weitergefahren war, wurde mir klar, was ich getan hatte. Aber es war zu spät. Ich musste zur Bank, Gonzalez war schon dort. Ich habe es bereut, ich wollte dazu stehen, mich nach dem Fahrer erkundigen, es wiedergutmachen, mich entschuldigen. Aber Gonzalez kam auf die Idee, dass er behaupten könne, er sei es gewesen, dass er es für Geld auf seine Kappe nehmen würde. Er hat mich erpresst, weil er Spielschulden hat!«

Gonzalez grinste, zuckte nur lapidar die Schultern. Sie sah ihn fassungslos an. Was für ein widerlicher Kerl. Und auch Alvaro stieß sie ab.

Der wandte sich erneut aufgewühlt an Matilda. »*Mi amor!* Du hast doch selbst gesagt, dem Radfahrer ging es gut, nur eine kleine Handverletzung. Ich bin auf Gonzalez' Angebot eingegangen, auch um meinem Freund bei den Schulden zu helfen. Das war dumm von mir. Es tut mir so leid, Matilda, bitte glaub mir, dieser Banktermin war extrem wichtig, es ging um das Überleben der Glasbläserei, es ging um viele Mitarbeiter, um *unsere* Existenz!«

Sie sah ihm fassungslos in die Augen. In seine dunklen Augen, die sie immer so liebevoll angesehen hatten, hinter denen er jetzt so viel vor ihr verborgen hatte.

»Du bist weitergefahren. Du hast einen Menschen abgedrängt, einen Unfall verursacht und ihn im Graben liegen gelassen. Ohne zu wissen, ob und wie sehr er verletzt war!«

»Wie gesagt, ich hab doch im Rückspiegel gesehen, dass er sich bewegt hat. Dass er lebte. Was muss der Kerl auch mitten auf der Straße fahren. Das tun sie immer, die Touristen. Und dann kam Gonzalez mit der Idee, wir behaupten, er sei gefahren.«

»Hör auf!«, fuhr sie ihn an. »Der Radfahrer kann sich gar nicht bewegt haben, weil er kurz bewusstlos war. Du lügst und jetzt soll auch noch das Unfallopfer schuld sein! Und Gonzalez?« Ihre Stimme wurde schrill. »Sag mal, Alvaro, merkst du überhaupt noch irgendwas?«

Sie spürte, wie ihr schwindelig wurde. Ihr Alvaro, den sie immer bewundert hatte, der sein Leben im Griff gehabt hatte, schon als junger Mann. Schon länger war dem nicht mehr so, schon länger schien ihm alles zu entgleiten. Auch trank er in letzter Zeit immer mehr. Sie hatte es verdrängt, aber jetzt wurde es ihr bewusst. Sie sah ihm in die Augen, Tränen drängten sich empor. Wie konnte sich ein Mensch nur so verändern? Als junger Mann war er so anders gewesen.

»Alvaro, bringst du mir meine Sachen in meine Wohnung? Die, die bei deiner Mutter sind«, brachte sie tonlos hervor. Ihre Stimme zitterte leicht. »Deine Madre hat die Beinverletzung nur vorgetäuscht, sie hat es zugegeben. Sie hatte gar keine Schmerzen im Fuß und hat allen, sogar dem Arzt, die Leidende vorgespielt. Mein Vater und ich waren bei ihr, da ist sie gelaufen wie ein junges Mädchen. Und du, du hast auch mit mir gespielt. Mit meinen Gefühlen. In den letzten Jahren hast du dir nicht mehr angehört, was ich wirklich wollte. Meine Träume und Vorstellungen vom Leben nicht mehr ernst genommen. Wir haben uns so sehr auseinandergelebt. Es ging die letzten Jahre immer nur um dich. Andere sind dir völlig egal. Selbst dein bester Freund. Ich werde dich nicht heiraten. Meine Eltern werde ich auch allein unterstützen können, dafür brauche ich dich nicht. Ich schaffe das allein!«

Noch nie hatte sie so mit ihm gesprochen, noch nie waren ihr die Worte so leichtgefallen. Endlich war alles heraus, endlich hatte sie verstanden, dass er ein Mensch war, der nur an sich dachte. Er hatte Tom im Graben liegen lassen, er hatte sich darauf eingelassen, Gonzalez die Schuld zu geben.

Sie drehte sich um, ließ die beiden Männer stehen und rannte durch das alte Gemäuer hinaus zu ihrem Wagen.

Mittlerweile war die Sonne schon langsam am Untergehen. Der Himmel färbte sich in ein Rosarot, das so ganz ihrer Stimmung widersprach. Rosarot war ihre Sicht auf Alvaro lange gewesen. Sie glaubte ihm sogar, dass er es nicht mit Absicht getan hatte. Dass er unter extremem Druck stand und der Banktermin sehr wichtig gewesen war. Aber das alles entschuldigte nicht, einen Menschen im Straßengraben liegen zu lassen. Und auch nicht das halbseidene Verschleierungsmanöver mit Gonzalez.

Mit Tränen in den Augen fuhr Matilda ihren Wagen am Meer entlang. Es tat unendlich weh, was aus Alvaro geworden war.

Aber sie spürte auch Erleichterung, dass sie die Entscheidung, die längst überfällig gewesen war, gefällt hatte. Das Schicksal hatte es ihr erleichtert. Hätte sie auch so gehandelt, wenn Alvaro sich nicht so verhalten hätte? Er hatte gewollt, dass sie ihre Selbstständigkeit aufgab. Wieso hielten manche Frauen so lange an Kerlen fest, die ihnen nicht guttaten? Das hatte sie sich öfter gefragt. Jetzt hatte es Matilda am eigenen Leib erfahren. Wenn man liebte, verzieh man viel. Und man erinnerte sich immer wieder an die guten Seiten des anderen. An die schönen Zeiten, die erste Verliebtheit, die tiefe Liebe, die sich daraus entwickelte. Die Landschaft sauste an ihr vorbei. Die Freundinnen hatten es viel früher gesehen. Hatten dezente Bemerkungen gemacht, Amelie war sogar sehr direkt gewesen. Aber Matilda hatte Alvaro immer in Schutz genommen. Es nicht wahrhaben wollen, genauso das mit seiner Mutter. Der Apfel fällt nicht weit vom Stamm, sagte ihr Papá immer. Und er schien recht zu haben. Ihr lieber Papá. So gern hätte sie sich jetzt einfach in seine Arme geworfen und geweint. Wie ein kleines Kind. Und in die Arme ihrer Mamá. Einen Moment überlegte sie, jetzt noch nach Sollér zu ihnen zur Finca zu fahren. Aber es war schon spät, sie fuhr nicht gern in der Dunkelheit und sie wollte die beiden jetzt nicht noch mehr beunruhigen. Da sie Alvaro nicht heiraten würde, würden sie sich Sorgen machen um die Tochter, die ihre scheinbare finanzielle Absicherung nun nicht mehr hatte. Verstärkt Sorgen auch um ihre eigene Zukunft.

Matilda stellte das Radio an. Ein Liebeslied erklang, jetzt konnte sie die Tränen nicht mehr zurückhalten. So viele Jahre war sie mit Alvaro zusammen gewesen, es tat so sehr weh, auch wenn es richtig gewesen war, es zu beenden. Sie dachte an Tom, dass er genau das jetzt fühlen musste. Auch ihm ging es nach der Trennung von Ines ganz sicher furchtbar schlecht.

Der Kuss hatte vielleicht auch gar nichts zu bedeuten gehabt. Dicke Tränen liefen ihr über die Wangen, die Sängerin im Radio sang über den Schmerz der Liebe. Hoffentlich hatte Tom den Heimweg mit dem Rad aus dieser Schlucht rechtzeitig angetreten, dachte sie. Ganz sicher, er war ja ein erwachsener Mann. Dennoch beschlich sie ein so ungutes Gefühl. Was, wenn ihm etwas zugestoßen war? Kurz entschlossen fuhr sie an den Straßenrand, suchte am Handy seine Nummer heraus und rief ihn an. Wenn er jetzt nicht ranging, sollte sie dann sicherheitshalber zur Schlucht von Sa Calobra fahren? Im Dunkeln die engen Serpentinen? Und weiter? Sie konnte doch nicht allein in der Nacht einfach loslaufen? Das Handy klingelte und keiner ging ran. Ganz sicher machte sie sich zu viele Sorgen. Und wenn nicht? Matilda spürte plötzlich einen Mut, den sie nicht an sich kannte. Sie würde dorthin fahren. Und sie würde trotz der Dunkelheit in diese Schlucht laufen und nach ihm rufen. Was sollte schon geschehen? Andere Menschen befanden sich dort nicht.

Ihr Telefon klingelte, erleichtert nahm sie ab. Es war Teresa.

»Hey, Süße, wie geht es dir?«

»Wie es mir geht? Schrecklich.«

»Habe ich es doch geahnt. Erzähl, was ist los.« Teresa hatte oft ein untrügliches Gespür für ihre Freundinnen. Sie hatte einmal gesagt, dass sie hochsensibel sei. Erleichtert, dass sie ihr Herz ausschütten konnte, erzählte Matilda von ihrer Trennung und von ihrer Sorge um Tom, den Radfahrer.

»Uff, das klingt nicht gut. Aber allein fährst du nicht zu dieser Schlucht, ich frag Simon und wir kommen mit.«

»Du bist so lieb, Teresa. Danke, aber du bist doch hochschwanger. Das ist zu viel Aufregung. Was, wenn es ausgerechnet dann losgeht?«

»Es gibt keinerlei Anzeichen dafür. Die beiden sind ganz lieb und ruhig. Wir sind für dich da. Warte, ich sag ihm Bescheid und ruf dich gleich noch mal an.« Sie legte auf.

Ein warmes Gefühl durchströmte Matilda. Sie merkte es immer wieder: Es tat so gut, so tolle Freundinnen zu haben.

Kurz darauf klingelte ihr Handy erneut. Sie nahm schnell ab und sagte: »Und? Was sagt Simon? Er kann ja auch allein mitkommen.«

Stille am anderen Ende der Leitung. Dann hörte sie Toms Stimme. »Simon? Keine Ahnung, was er sagt. Hier ist Tom.«

Erleichterung pur. Ihr Herz raste. »Tom! Wie geht es dir? Bist du verletzt?«, fragte sie aufgewühlt nach.

»Was? Nein, alles gut. Na ja, nicht wirklich. Du weißt ja.«

»Bist du noch in der Schlucht?«

»Nein, wir sind zurück. Freddy hat auf mich aufgepasst. Schon gut, 'nen Freund wie ihn zu haben. Er meinte auch, ich soll dich anrufen. Aber ich hätte es auch von allein getan. Weil ich ja nicht mehr lange hier bin, und ich würde dich gern sehen.«

Sie hörte ihm zu, lächelte. »Mich?«, brachte sie nur heraus.

»Ja, dich.«

Ihr Handy vibrierte, Teresa meldete sich wie vereinbart.

»Warte, Teresa ruft an. Ich möchte dich auch gern sehen, aber heute ist mir alles zu viel. Ich hab mich von Alvaro getrennt.« Sie wollte ihm jetzt nicht erzählen, dass er der Unfallfahrer gewesen war. »Morgen?«, schlug sie vor.

»Gern. Ich komme in deinen Laden. Ciao!« Er hatte aufgelegt.

Matilda spürte ihr Herz klopfen, sie nahm den Anruf von Teresa an, berichtete ihr, dass es Entwarnung gebe. Simon wäre sofort mitgekommen, er hatte auch gesagt, Teresa solle zu Hause bleiben, und vorgeschlagen, Cristian zu fragen, der ja einmal Notarzt gewesen war, erzählte Teresa. »Mein Gott, bin ich froh, dass es ihm gut geht«, fügte sie hinzu. »Aber weißt du was, Matilda, dir geht's nicht gut, das hör ich deiner Stimme an und das ist ja auch ganz normal, nach so vielen Jahren tut eine Trennung natürlich weh. Ich komm jetzt zu dir in deine Wohnung und wir essen ganz viele Schokokekse. Ich trinke Orangensaft, du Orangenblütencocktail und wir machen Mädelsabend auf deiner Couch, was hältst du davon?«

Matilda spürte, wie ihr Herzschlag sich wieder normalisierte, sie sagte gern zu. Freunde waren einfach das Beste und Wichtigste auf der Welt.

# Kapitel 17

Freddy, der in der Schlucht zum Aufbruch gedrängt hatte, als Tom sich wie gelähmt fühlte, hatte ihm vermutlich das Leben gerettet. Denn es hatte gestern Abend im Nordwesten der Insel noch ein starkes Unwetter gegeben, wie Tom heute Morgen im Radio gehört hatte. Außerdem hatte Freddy Tom klargemacht, dass er Matilda treffen müsse, auch wenn das mit Ines nicht lange her war. »Ich glaub wirklich, diese süße Mallorquinerin ist die Richtige für dich, Alter. Keine Ahnung, warum, ist nur so ein Gefühl«, hatte er gesagt, als sie nach der anstrengenden Radtour in einer kleinen Bodega eingekehrt waren, mallorquinischen Rotwein getrunken und köstliche Tapas gegessen hatten. Pica pica, klein geschnittener Tintenfisch in einer pikanten Soße, und Albóndigas, diese leckeren Hackfleischbällchen in Tomatensoße. Dazu Patatas bravas mit ganz viel Knofi. Hoffentlich roch er jetzt nicht zu extrem.

Die Freunde hatten die Räder am Parkplatz bei den Läden am Meer abgestellt, gingen an Josys Café vorbei zu Matildas Laden. Tom wurde immer nervöser. Sie trugen heute beide keine Radlerklamotten, sondern kurze Jeans und T-Shirts. Auch Freddy wirkte nervös. Er wollte zu Amelies Laden, »zu der großen Blonden aus dem Norden, die so gut küsst«, wie er grinsend gesagt hatte. Ob sich Amelie auf ihn einlassen würde?

Und Matilda? Für die Frauen waren sie beide doch nur irgendwelche Touristen, wie sie täglich vorbeikamen. Am liebsten wäre Tom jetzt umgedreht. Was machte er hier? Er lebte in München, Matilda auf Mallorca, zwei völlig verschiedene Welten.

»Jetzt komm schon!«, hörte er Freddy neben sich. »Ich muss doch so tun, als wäre ich nur mit dir hier und schau dann eben mal kurz im ›Mandelduft und Meer‹ vorbei.« Er zwinkerte Tom zu.

»Ich weiß nicht, lass uns in ein Café irgendwo am Strand gehen, das hat doch alles keinen Sinn.«

Freddy blieb abrupt stehen. Sie standen jetzt vor einem verschlossenen Laden mit der Aufschrift »Blütentraum und Meer«. Es waren nur noch wenige Schritte zu Matildas Laden. Die weiße Markise wehte dort im Wind.

»Weißt du, was Sinn hat im Leben?«, entgegnete Freddy jetzt. »Glücklich sein. Das ist das Einzige, was wichtig ist. Und ich hab doch gesehen, wie ihr euch anschaut. Und *ich* hab gemerkt, wie viel Spaß es macht, wenn mir Amelie Kontra gibt. Das passt nicht mit jeder Frau. Auch das Küssen nicht. Und meine dummen Sprüche muss man erst mal aushalten und dann auch noch dagegenhalten können.«

»Das stimmt.« Tom lachte, klopfte seinem Freund auf die Schulter.

»Also weiter.« Freddy schob ihn grinsend vor Matildas Laden. Tom wurde nervös, sah hinein, ihr direkt in die Augen. Sie stand hinter der Theke, eine Perlenkette mit Lederhalsband in der Hand, wirkte wie erstarrt. Freddy gab ihm noch einen kleinen Schubs in Richtung Ladentür, ging selbst weiter. Tom stolperte hinein, aber das lag mehr daran, dass seine Knie weich geworden waren. Er hielt sich am Türrahmen fest. Das hatte er noch nie gespürt, es immer für eine alberne Formulierung in irgendwelchen Romanen gehalten. Dass einem die Knie weich wurden wie Pudding. Aber sie fühlten sich gerade genau so an, wie Wackelpudding. Und er fürchtete, jeden Moment uncool in sich zusammenzusacken.

»Geht es dir nicht gut?«, fragte sie besorgt, legte die Perlenkette ab, kam um die Theke herum zu ihm, griff nach seinem Oberarm, hielt ihn am Bizeps fest. Unwillkürlich spannte er ihn an.

Sie lächelte. »Du hast ja Kraft.«

Er nickte. »Jetzt wieder.«

Einen Moment wusste keiner von beiden, was sagen. Sein Magen rumorte. Sein Blick fiel auf die Goldschmiedeecke. Dort lag noch Material für einen Ring-Workshop bereit. Sie folgte seinem Blick, erklärte: »Ich hoffe, ich habe bald eine neue Buchung für einen Trauring-Workshop. Wenn die Laufkundschaft das sieht, vielleicht bekommt sie dann Lust. Obwohl ich im Moment eigentlich gar keine habe, Eheringe zu schmieden, aber ich muss Geld verdienen für meine Eltern.« Matilda hielt inne. Sie merkte, dass ihre Stimme zitterte.

Tom lächelte, sah sie fasziniert an. »Du siehst verdammt hübsch aus, wenn du nervös bist.«

Matilda lachte auf. »Und sonst etwa nicht?«

Er grinste. »Sonst sowieso.« Er räusperte sich. »Ich bin auch nervös«, gab er zu. »Ich glaub, ich hätte mich die nächsten Monate oder Jahre vergraben innerlich, keine Frau mehr an mich rangelassen, wenn mir Freddy gestern in der Schlucht nicht den Kopf gewaschen hätte. Er kennt mich einfach zu gut. Das mit Ines und mir hat echt nicht gepasst. Sie ist kein schlechter Mensch, sie hat mich heute früh angerufen und gebeichtet, dass sie den Unfallverursacher bei der *policía* gar nicht angezeigt hat. Sie hätte es tun können als Zeugin, aber dann hätte man die Strafanzeige nicht zurückziehen können.«

»Das heißt, es läuft keine Strafanzeige?«

»Nein.«

»Es war Alvaro«, brach es aus ihr heraus. »Ich meinte ja, Gonzalez erkannt zu haben, wegen seines Basecaps, aber das trug Alvaro. Das weiß ich aber erst seit gestern.«

»Oh. Dein Freund.«

»Mein Ex-Freund. Er muss sich auf jeden Fall bei dir entschuldigen.«

»Nein, nein, das muss er nicht. Ich schätze, da du so lange mit ihm zusammen warst, ist er im Grunde ein guter Kerl. Ich will jetzt meine Zeit nicht damit verbringen.«

»Du hast recht, im Grunde ist er immer noch ein guter Mensch. Alvaro steht nur sehr unter Druck, die Verantwortung für die Glasbläserei ist sehr, sehr groß, die Verantwortung für die Angestellten.«

»Kann ich mir vorstellen. Manches Erbe will man nicht geschenkt haben. Oder ändert es was an deiner Einstellung zu ihm, dass er keine Strafanzeige bekommen hat?«

»Nein, überhaupt nicht. Es ist zu viel geschehen. Wir haben einmal zusammengepasst, vor vielen Jahren. Aber jeder Mensch verändert sich und leider verändern sich manche Paare in verschiedene Richtungen.«

»Das ist wohl wahr. Oder man kapiert von Anfang an nicht, dass es der falsche Partner für einen ist, wie bei mir. Ines ist nicht sehr emotional, das habe ich erst mit der Zeit gemerkt und so wahnsinnig lang kennen wir uns ja nicht. Liegt vermutlich an ihren Eltern, die sie eher distanziert erzogen haben. Finde ich sehr schade für sie, aber ich bin eben doch mehr der emotionale Typ, meinte zumindest Freddy und der kennt mich gut. O Mann, was erzähl ich da?« Er fuhr sich mit der gesunden Hand durchs Haar.

»Ich mag emotionale Männer«, sagte Matilda leise.

Er lächelte. »Sie leiden aber auch mehr. Zumindest, wenn sie keinen Freddy haben. Ich wär normalerweise nach der Trennung nach München geflogen, hätte gelitten, wäre vielleicht kaputt gegangen. Und nach ein paar Monaten hätte ich mir vorgeworfen, dich nicht gefragt zu haben. Eine Chance verpasst zu haben.«

Überrascht sah sie ihn an, biss sich auf ihre Unterlippe, wie sie es oft tat und was ihn verrückt machte.

»Ich wollte dich fragen … ob du eine Radtour mit mir machen willst.« Er lachte sympathisch auf und Matilda ebenso. Einen kurzen Moment schien sie Angst gehabt zu haben, er wolle sie etwas anderes fragen, hatte er das Gefühl.

Tom fuhr fort: »Ich weiß, du bist auch frisch getrennt und brauchst eigentlich Zeit. Aber die haben wir nun mal nicht. Mein Flieger geht bald. Auch wenn München nicht aus der Welt ist. Und man alles hinkriegen kann, wenn man das möchte. Wie gesagt, Freddy hat recht. Man muss das Leben genießen, jetzt, bei all den Krisen auf der Welt, muss man genau das *jetzt* tun. Denn wer weiß, was morgen ist.«

Matilda schien nach Worten zu suchen und diese Sekunden kamen ihm endlos vor. Dann gab sie ihm recht. »Freddy ist ein wirklich guter Freund. Und natürlich hat er recht. Das Problem ist nur … ich will meinen Laden nicht früher schließen, ich will jetzt wirklich alles tun, um meine Eltern zu unterstützen, das weißt du ja. Jeder Cent hilft.«

»Ja, das weiß ich und das find ich riesig von dir. Allein deshalb könnt ich dich …« Er zögerte einen Moment, wollte sie jetzt so gern küssen, sah auf ihre Lippen, näherte sich ihnen, doch da hörte er Kunden hinter sich. Er hielt inne, wollte sie vor ihrer Kundschaft nicht in Verlegenheit bringen. Auch war er nicht sicher, ob sie in diesem Moment wirklich dasselbe wollte wie er. Sie schien zu zögern.

Er nahm allen Mut zusammen. »Und eine Radltour nach Feierabend?«

* * *

Der weiße Sand des Playa de Muro, eines der längsten Strände Mallorcas, glitzerte in der Abendsonne. Matilda hielt ihren Fahrradhelm in der Hand, sah auf das türkisblaue Wasser, das beinahe aussah wie in der Karibik. Viel zu lange war sie nicht mehr hier gewesen. Ein Holzsteg führte vor ihr ins Meer. Es sah aus wie auf einem dieser Bilder, die einen träumen ließen. »Wow!«

Tom stand mit Helm und Rucksack neben ihr und blickte sich begeistert um. »Gibt wirklich viel zu entdecken auf dieser Insel. Den Strand kannte ich noch nicht.«

»Ja, es ist wunderschön hier. Dieser Strand ist nicht nur bei Touristen, sondern auch bei Einheimischen beliebt. Toll für Familien, weil es weit flach ins Wasser reingeht und man ein ganzes Stück ins Meer hinauswaten kann.«

Zum Playa de Muro war es eine schöne Radstrecke gewesen. Da sie nach regulärem Ladenschluss losgefahren waren, konnten sie keine stundenlange Tour machen, doch so gern hätte Matilda ihm noch mehr schöne Ecken der Insel gezeigt. Sie liebte ihre Heimat, war stolz auf sie. Es gab hier wirklich viel zu entdecken. Früher war sie mit ihrem Papá mit dem Rad gefahren, und es hatte ihr Spaß gemacht. Aber seit sie Alvaro kannte, waren solche Ausflüge immer weniger geworden. Denn Alvaro fuhr nicht gern Rad und sie hatte sich seinen Vorlieben angepasst. Wie dumm von ihr. Sie liebte es, den Fahrtwind um die Nase zu spüren, per Rad in die Natur zu fahren. Sie hätte es allein oder mit einer Freundin machen können, aber wie es immer so ist, wurde man bequem in einer langjährigen Beziehung, vernachlässigte Freunde, die der Partner nicht so mochte. Wie ihre Freundin Paula aus der Schulzeit, die Alvaro »zu anders« fand. Viel zu oft hatten sie als Pärchen etwas mit Gonzalez und einer neuen Freundin von ihm unternommen. Matilda bedauerte die verlorene Zeit, die sie mit diesem Kerl sinnlos verbracht hatte.

Aber es nützte ja nichts, zurückzusehen. Alvaro und sie hatten auch viele gute Zeiten gehabt, sonst wäre sie ja nicht so lange mit ihm zusammen gewesen. Tom hatte recht, sie beide hatten sich zur falschen Zeit kennengelernt. Ihre beiden Trennungen waren noch viel zu frisch, um für einen neuen Partner wirklich offen zu sein. Was machte sie also hier?

Gerade, als sie vorschlagen wollte, zurückzufahren, schlug er vor, sich zu setzen.

»Lass uns hier eine Pause machen und uns in den Sand setzen.« Er deutete auf seinen Rucksack. »Ich hab einen Rotwein und ein paar deiner Lieblingstapas eingepackt. Die hat mir Amelie verraten. Sie meinte, es gebe da so einige. Freddy war dort fast nicht mehr wegzukriegen.« Er lächelte. »Sogar Schokocookies und deine Lieblingsschoki to go aus Josys Café hab ich dabei. Und es wäre ja schade, wenn sie schmilzt, oder? Josy hat uns auch viel Spaß gewünscht und mir aufgetragen, dir zu sagen, dass du den Abend einfach genießen sollst.«

»Was? Ihr steckt alle unter einer Decke?« Einen Moment fühlte Matilda sich überfahren, aber dann wurde ihr klar, dass die Freundinnen nur ihr Bestes wollten.

Er lächelte, holte eine Decke aus dem Rucksack, breitete sie aus.

Sie verschränkte die Arme, sah, wie er nervös wurde. »Na gut.« Sie setzte sich, sah zu, welche Köstlichkeiten er auspackte. Und da Amelie ihre Vorlieben kannte, war wirklich alles dabei, was sie mochte. Wie süß von ihm! So ein besonderes Picknick hatte Alvaro nie für sie organisiert. Aber jetzt wollte sie Tom nicht mehr mit Alvaro vergleichen. Sie hatte nichts mehr von ihm gehört, nicht einmal ihre Sachen hatte er ihr gebracht. Ganz sicher schämte er sich zutiefst. Sie wollte jetzt aber nicht an ihn denken. Sich nur auf Tom konzentrieren, das hatte er verdient. Dieser Mann, der sich wirklich Gedanken um sie zu machen schien.

Er hatte Datteln im Speckmantel besorgt, gebratene Piementos de Padrón, kleine Paprika, Garnelen in Knoblauchöl, Tortilla, mallorquinischen Kartoffelauflauf und ein Glas Oliven. Aus Liz' Laden, Cristians Oliven, wie sie sofort sah.

Sie genossen die Tapas und tranken Wein. »Ich hab extra möglichst viel bei deinen Freundinnen in den Läden am Meer eingekauft, um sie zu unterstützen«, erklärte Tom. »Ich weiß ja, wie das ist als Selbstständiger. Und ich find eure Läden so toll, so gute Oliven hab ich selten gegessen.«

Matilda steckte sich eine Olive in den Mund, genoss den herrlichen Geschmack. »Das stimmt, Cristians Oliven sind besonders lecker, er legt sie in eine Flüssigkeit ein, die nach einer geheimen Kräuterrezeptur angesetzt ist. Du solltest dir mal seine Finca ansehen, sie ist wunderschön, ähnelt der meiner Eltern sehr. Er hält dort einige Tiere, auch um Menschen zu helfen. Er war mal Arzt und es heißt ja, Tiere können heilen.«

»Das glaube ich auch. Was du über diesen Cristian erzählst, klingt wirklich sympathisch.«

»Das ist er. Und sein Esel Picasso ist echt ein Schatz. Manchmal kommt er mir vor, als würde er uns verstehen.«

»Vielleicht tut er das ja auch.« Tom lächelte. »Tiere spüren mehr, als wir denken. Haben deine Eltern Tiere auf ihrer Finca?«

»Sie haben Hühner und einen frechen Hahn. Ich hatte früher ein Pferd, das aber leider gestorben ist vor ein paar Jahren. Und sie haben einen Hund, Rodriguez. Ein Mischling, sehr süß und frech. Er vermisst mich immer sehr.«

»Fährst du oft nach Hause?«

»Alle paar Wochen in letzter Zeit, aber ich werde jetzt wieder öfter fahren. Der Alltag ist keine Ausrede. Wer weiß, wie lange meine Eltern noch leben, auch wenn sie nicht soo alt sind, man weiß es einfach nicht. Ich will möglichst viel Zeit mit ihnen verbringen. Und jetzt gerade brauchen sie mich eh mehr, ich will für sie da sein. Wie ist dein Verhältnis zu deinen Eltern?« Ihr wurde bewusst, wie wenig sie von ihm wusste.

»Sehr gut. Sie sind ein großes Vorbild für mich. Sie gehen gut miteinander um, führen eine harmonische Ehe. Sie haben nicht viel, aber sie sind zufrieden und dankbar für das, was sie haben.«

»Und wie oft siehst du sie?«, hakte sie nach und nahm einen Schluck Wein.

»In letzter Zeit zu selten. Sie wohnen nicht in München, sondern in Niederbayern, ich komme also quasi von einer bayrischen Finca.«

Er grinste. »Vielleicht sind wir ja ähnlich aufgewachsen. Nur du mit Orangenbäumen um dich herum und ich mit Apfelbäumen.«

Sie lächelte. »Eine schöne Vorstellung.«

»Ja.« Er sah sie an, räusperte sich. »Ich bin ein echter Familienmensch. *Quality time* mit meinen Eltern ist mir wichtig. Wenn ich zu ihnen fahre, dann bin ich immer ein paar Tage dort, insofern ist das dann wenigstens sehr intensiv und schön.«

Matilda nahm noch eine Olive, aß sie. Tom tat es ihr gleich. »Die sind wirklich köstlich. Da bring ich meinen Eltern ein paar Gläser mit.«

»Wir ernten sie selbst.«

»Wir?«

»Meine Freundinnen und ich, Liz ist ja mit Cristian zusammen, der die Oliven anbaut.«

»Klasse. Die Olivenernte stell ich mir spannend vor.«

»Ist sie. Du kannst im Herbst zur Olivenernte wiederkommen. Es helfen oft auch Feriengäste mit. Es macht Spaß und ist meditativ. Auf Cristians Finca steht eine sehr alte Ölmühle. Dort werden die Oliven traditionell mit einem Mahlstein gemahlen, angetrieben von Picasso.«

»Von einem Esel, wow! Toll, ich komme gern wieder.«

Sie sahen sich in die Augen. Matildas Magen zog sich zusammen, sie hatte plötzlich keinen Appetit mehr. Wie konnte das sein, dass dieser Mann in ihr diese Gefühle auslöste? Gefühle, wie sie sie zuletzt mit siebzehn gehabt hatte.

Seine Hand lag auf der Decke neben ihrer. Langsam, ganz langsam wanderte sie zu ihrer. Sollte sie ihre zurückziehen? War das Ganze nicht dazu verurteilt, nur Herzschmerz zu bereiten? Tom würde ganz bald nach München fliegen und Flüge alle paar Wochen konnte sie sich im Moment auf keinen Fall leisten, ihre Eltern gingen vor.

Sie zog ihre Hand zurück, stand auf. »Lass uns weiterfahren, ich … möchte dir lieber noch etwas von der Insel zeigen. Der Nordosten Mallorcas ist ein absoluter Traum, hier gibt es so viele schöne Buchten. Weder im Süden noch im Westen gibt es so viele unterschiedliche Strände und versteckte Paradiese zu erkunden. Und man kann alles super mit dem Rad entdecken. Kein Wunder, dass so viele Profiradler jedes Jahr zum Trainieren hierherkommen. Aber auch für Hobbyradfahrer gibt es tolle Touren, quer über die ganze Insel.« Sie merkte selbst, wie nervös sie war, wie viel sie deshalb wieder redete, beinahe schon dozierte. Und sie sah ihm seine Enttäuschung an.

Aber er sagte nichts dazu, verstand. Gemeinsam und still packten sie die restlichen Tapas, den angebrochenen Wein, die benutzten Gläser und die Decke wieder ein. Tom verstaute alles in seinem Rucksack und sie gingen schweigend zu ihren Rädern zurück.

Matilda setzte ihren Helm auf, wie um sich auch vor ihm zu schützen. Sie fuhr los, trat in die Pedale. Ihre Eltern gingen vor. Sie konnte sich nicht auf eine Wochenendbeziehung einlassen mit einem Mann, den sie kaum kannte. Sie wollte nicht mehr leiden. Die Trennung von Alvaro tat weh, sehr sogar. Auch wenn er sie enttäuscht hatte, so hatte er doch zu ihr gehört. Sie brauchte Zeit, um das alles zu verarbeiten, wollte sich nicht gleich wieder auf jemanden einlassen.

Sie fuhren mit den Rädern eine Straße am Meer entlang, das Wasser glitzerte in der Abendsonne. Die laue Abendluft tat gut. Matilda nahm den Weg nach Hause, wollte noch einen kleinen Abstecher machen, um Tom eine besonders schöne Bucht zu zeigen, das war sie ihm schuldig. Oder nicht? Etwas in ihr wollte nur noch weg von ihm, nach Hause in ihre kleine Wohnung, aber ein anderer Teil sehnte sich danach, bei Tom zu bleiben und möglichst viel Zeit mit ihm zu verbringen. Doch es hätte nur wehgetan. Sie wusste das. Er fuhr hinter ihr und als ob sie vor ihren Gefühlen davonfahren könnte, trat sie stärker in die Pedale.

# Kapitel 18

Nachdem sie zur Halbinsel La Victoria geradelt waren – eine wunderschöne Strecke für Radfahrer–, waren sie beide erschöpft und müde. Es hatte gutgetan, sich zu verausgaben, erst recht in ihrem jetzigen Gefühlszustand. Matilda beschloss, wieder mehr Rad zu fahren, sie war Tom dankbar, dass er sie an ihre frühere Leidenschaft erinnert hatte.

Sie fuhren auf kleinen, von Olivenbäumen gesäumten Wegen zurück nach Alcúdia. Es lag für Matilda auf dem Weg, sie wollte Tom dort an seiner Ferienwohnung verabschieden. Plötzlich roch sie Rauch. Sie schnupperte. Gab es einen Buschbrand? Sie sah Tom, der neben ihr radelte, an. »Riechst du das?«, fragte sie nach.

Er schnüffelte und nickte. »Hier brennt was. Vielleicht verbrennt einer Gartenabfälle. Äste von Olivenbäumen vielleicht?«

»Nein, das wäre ungewöhnlich. Die Olivenernte beginnt doch bald, schon im Oktober.«

Sie fuhren weiter, auf kleineren Wegen, um nicht an der verkehrsreichen Straße entlang zu müssen. Der Rauchgeruch wurde immer intensiver.

Da sah Matilda einen Esel, der vor ihnen mitten auf dem schmalen Weg stand. Er scharrte mit den Hufen und schrie aufgeregt »Iih-aah«. Sie bremsten ab.

»Der riecht das Feuer auch«, vermutete Tom laut.

Matilda betrachtete den Esel, er hatte starke Ähnlichkeit mit Picasso, aber sahen so nicht alle mallorquinischen Esel aus? Das Tier schnaubte jetzt, scharrte mit den Hufen, sah sie an. Es war Picasso, Cristians Esel, jetzt erkannte Matilda ihn an seinen besonders flauschigen Ohren. Und dann dieser wache, kluge Blick.

Er sah sie an, als sollten sie ihm folgen.

»Picasso! Was willst du mir sagen? Und wieso bist du überhaupt hier? Bist du mal wieder ausgebüxt?« Sie schaute sich um. Kein Cristian weit und breit.

»Er will uns, glaube ich, wirklich etwas sagen«, mutmaßte Tom. Matilda erinnerte sich an Toms Unfall, den Picasso gespürt haben musste. Was für ein sensibles Tier!

Beide betrachteten den Esel, der jetzt wieder »Iih-aah« machte und schnaubte.

Dann ging er ein paar Schritte vor, hielt inne, wartete, ging weiter, wartete wieder, und wieder ging er los. Matilda und Tom warfen sich Blicke zu, folgten ihm erkennbar und als sie das taten, lief Picasso los.

»Du hast recht, er will uns etwas sagen. So aufgeregt hab ich ihn noch nie erlebt.« Sie registrierte jetzt, dass der Rauch in der Luft stärker geworden war. Beißender Geruch stieg ihr in die Nase. Sie kannte die Gegend gut, denn hier ganz in der Nähe stand Alvaros Elternhaus, das Haus ihrer Schwiegermutter, mitten in der Natur. Ähnlich nah gab es nur noch das Haus des einen Nachbarn, der im Garten half, sich aber zurzeit oft auf dem Festland aufhielt, wie Ariadna erzählt hatte.

»Dort um die Ecke befindet sich das Haus meiner Schwiegermutter«, rief ihm Matilda zu.

»Oh, hoffentlich ist alles in Ordnung bei ihr!«, entfuhr es Tom.

Sie folgten dem Esel mit den Rädern, Picasso verfiel jetzt in Trab und sie kamen am Tor zu Ariadnas Anwesen an. Der Rauchgeruch wurde immer stärker. Schnell sprang Matilda vom Rad, öffnete das Tor mit dem Zahlencode, den sie zum Glück kannte, rannte zurück zu ihrem Fahrrad, sprang wieder auf und sie fuhren an Picasso vorbei den Weg zum Haus. Flammen schlugen aus dem Küchenfenster, dicke Rauchwolken quollen heraus.

»O Gott, nein!« Matilda erstarrte, saß auf ihrem Rad, fühlte sich wie gelähmt. Wie in einem dieser Albträume, in denen man sich bewegen wollte, um sein Leben zu retten, es aber partout nicht konnte. Ihr Mund wurde trocken, Panik stieg in ihr auf. Feuer! Traumatische Erinnerungen wurden in ihr wach. Schweiß brach ihr aus, sie rang nach Atem, zitterte.

»Verdammt«, entfuhr es Tom, der schon sein Handy zückte. »Wir müssen die Feuerwehr rufen. Ich kenn die Nummer der Feuerwehr auf Mallorca nicht.«

»112, wie bei euch.«

Er wählte sofort. »Wie ist die Adresse?«

»Meine Schwiegermutter«, stammelte Matilda. »Ariadna, sie ist ganz sicher da drin.« Sie nannte ihm rasch die Adresse. Tom hatte jetzt jemanden in der Leitung, erklärte auf Englisch die Situation, seinen Namen und wo sie sich befanden, auch dass sich eine Person im Haus befinden musste. Dann legte er auf.

»Los komm, bis die Feuerwehr da ist, dauert es zu lange!«

Er merkte, dass Matilda wie angewurzelt stehen blieb, panisch das Feuer anstarrte, sich nicht bewegen konnte.

»Ich kann nicht«, flüsterte sie gepresst. »Feuer …« Sie versuchte, ihre Hände zu heben, aber nicht mal das ging, sie krampften sich am Fahrradlenker fest. »Ich kann nicht!«

»Dann geh ich allein rein. Bis die da sind, brennt alles lichterloh.«

Matilda stand da wie erstarrt. Sie konnte nicht einmal mehr denken, sich überhaupt nicht mehr bewegen.

»Ist irgendwo ein Schlüssel versteckt? Dann komm ich schneller rein und vielleicht kann sie eh nicht mehr die Tür öffnen.«

»Im Blumentopf, dem rechts vor der Tür. Nein, links. Unter den Geranien. Sie müsste um diese Uhrzeit im Schlafzimmer sein, im ersten Stock, dann rechts«, kam es stakkatoartig aus Matilda heraus. »Ich komm mit, ich … kenn mich im Haus aus.« Wieder versuchte sie, sich zu bewegen, doch immer noch hielt ihre Panik sie fest wie in einem Schraubstock. Verzweifelt versuchte sie, die Starre zu überwinden.

Tom legte kurz seine Hand auf ihren Arm, widersprach. »Nein! Du bleibst hier. Du hast eine Panikattacke. Sonst muss ich noch zwei raustragen, das geht nicht. Ich hol sie da raus, vertrau mir.«

Die Flammen wurden stärker, wohl da ein Fenster im ersten Stock offen stand, wie Matilda jetzt sah. Ehe sie widersprechen konnte, hastete Tom die letzten Meter zum Haus, sprang vom Rad, warf es auf den Boden und rannte zur Haustür. Er suchte hektisch nach dem Schlüssel unter den Geranien, erst links, fand ihn rechts, öffnete die Tür und verschwand in dem brennenden Haus.

Matildas Herz raste, so schnell wie noch nie. Tom! Was, wenn ihm etwas geschehen würde? Und Ariadna! Sie musste ihnen helfen. O Gott, hatte sie links gesagt? War das Schlafzimmer nicht rechts?

Picasso, der jetzt neben ihr stand, sah sie an. Mach was, tu doch was, schien sein Blick zu sagen.

»Ich kann nicht, Picasso«, flüsterte sie. »Bitte hilf mir.«

Der Esel trat näher zu ihr, stupste sie mit seiner weichen Schnauze an. Seine Wärme, seine Kraft lösten etwas in ihr. Matilda spürte, sie konnte sich endlich wieder bewegen. »Danke, Picasso, das vergesse ich dir nie!«

Sie trat in die Pedale, um so schnell wie möglich die letzten Meter zum Haus zu kommen. Sprang ebenso wie Tom vorher vom Rad und ließ es umkippen, ging mit weichen Knien auf das Haus zu, musste husten, aber ihre Sorge um Ariadna, um Tom, ließ sie weitergehen. Sie zog ihr T-Shirt nach oben, presste es sich vor Mund und Nase und ging in das verrauchte Haus hinein.

»Tom? Tom? Ariadna?«, rief sie voller Angst, aber niemand antwortete. In der Küche brannte es, wie sie durch die offene Tür sah. Die Hitze im Erdgeschoss erfüllte den ganzen Flur. Hoffentlich war Ariadna vor Ausbruch des Feuers schon oben im Schlafzimmer gewesen, dort brannte es vermutlich nicht, wenn der Brand in der Küche entstanden war, wie es aussah. Und hoffentlich war Tom nicht in die falsche Richtung gelaufen, weil sie ihm die falsche genannt hatte. Ihre verfluchte Rechts-Links-Schwäche! Ihre Gedanken rasten. Musste im ersten Stock nicht mehr Rauch sein als unten? Stieg Rauch nicht nach oben? Matilda konnte nicht mehr klar denken. Sie presste ihr T-Shirt fest vor Mund und Nase, ihre Augen brannten. Es war unerträglich heiß. Wieder starrte sie auf das Feuer in der Küche, wieder fühlte sie dieses Gefühl, gelähmt zu sein, sich nicht bewegen zu können. Tom! Ariadna! Tom hatte sich in Lebensgefahr begeben! Er war in Lebensgefahr! Sie spürte wieder diese Panik, Atemnot. Dann erfüllte der Rauch ihre Lungen und sie merkte, wie ihr schwummerig wurde.

* * *

Gleißendes Licht. Die Sonne schien heute so hell. Das Meer sah ruhig aus und türkisblau. Der Duft von Schokokuchen und Kaffee hing in der Luft. Josy kam aus ihrem Café, trug ein Tablett, beladen mit ihrem Schokokuchen, Schokis to go, Ensaimadas und Café con leche für alle. Liz, Cristian, Amelie und sogar Teresa, Simon und Eric waren gekommen. Sie saßen in Josys Café auf der Terrasse, sahen in Gedanken verhangen vor sich hin. Das Feuer in Ariadnas Haus hatte alle zutiefst geschockt. Es hatte so viel zerstört, so viel ans Licht gebracht.

»Frisch gebackener Schokokuchen und Kaffee, das brauchst du jetzt, Matilda«, erklärte Josy und reichte ihr den Kuchenteller.

Matilda nahm ihn dankbar entgegen, sog den Schokoladenduft ein. Sie stand noch etwas unter Schock, hustete immer wieder. Der viele Rauch, die lodernden Flammen. Diese schreckliche Angst um Tom. In diesem Moment war ihr klar geworden, wie viel er ihr schon bedeutete, wie sehr ihr Herz an ihm hing. Sie hatte es gestern geschafft, ihre Panik so weit zu überwinden, dass sie hinaufgelaufen war in den ersten Stock. Dort war ihr Tom mit Ariadna auf den Armen entgegengekommen, beide hustend, aber lebend. Gemeinsam brachten sie die arme Frau, die völlig aufgelöst war, ins Freie.

Tom hatte Ariadna auf ein Mäuerchen gesetzt, sich sofort nach Matildas Befinden erkundigt, und als er sich vergewissert gehabt hatte, dass es Matilda einigermaßen gut ging, hatte er Ariadna in ihrer Obhut gelassen und war zurück zum Haus gerannt.

»Nicht! Tom! Es ist keiner mehr drin!«, hatte Matilda ihm nachgerufen. Aber er rannte weiter, zur Terrasse, nahm dort den Gartenschlauch und versuchte, mit diesem durch das geöffnete Küchenfenster den Brand in der Küche einzudämmen. Deshalb hatte sich der Brand vermutlich schnell ausgebreitet, durch den Luftzug, das offene Fenster in der Küche und das im ersten Stock.

Nach einer gefühlten Ewigkeit hörte Matilda endlich das Horn der Feuerwehr und dann ging alles schnell. Die Feuerwehrleute löschten den Brand, erklärten, dass gleich ein Notarzt komme für Ariadna, und ein Feuerwehrmann fragte Matilda, ob sie auch einen Arzt benötige. »Ich brauche nur Tom«, hatte sie geflüstert. Und Tom, der neben ihr stand, hatte sie angesehen, in seine Arme genommen und einen Moment gehalten.

Matilda hatte angeboten, mit Ariadna ins Krankenhaus zu fahren, aber in dem Moment war Alvaro mit seinem Wagen eingetroffen, zurück vom Basketball, sichtlich schockiert. »Danke, Matilda, dass du sie gerettet hast«, hatte er gesagt, sich dann sogar kurz bei Tom bedankt. Dann war er mit in den Krankenwagen gestiegen und mit seiner Mutter mitgefahren.

Tom und Matilda waren mit den Rädern in Matildas kleine Wohnung gefahren, nachdem die Sanitäter sie durchgecheckt hatten. Tom wollte sie auf keinen Fall allein lassen. Er machte sich Sorgen, ob sie sich nicht doch eine Rauchvergiftung geholt hatte. Und sie machte sich Sorgen um ihn. Denn auch er hustete immer wieder stark, hatte viel mehr von dem giftigen Qualm eingeatmet als sie. Sie wollte ihn nicht gehen lassen. Aufgewühlt standen sie sich gegenüber, es war mittlerweile Mitternacht.

»Ich schlafe auf deinem Sofa.«

»Das musst du nicht, es ist unbequem.«

»Nein, keine Widerrede. Ich lasse dich nicht allein.«

Matilda hatte diese Wärme gespürt, die dieser Mann immer in ihr auslöste. Sie hatte ihm eine Decke und ein Kissen gebracht, hatte sich ihr Nachthemd angezogen und war erschöpft in ihr Bett geschlüpft. Wand an Wand schliefen sie, Matildas Herz raste. Aber dann war sie vor Erschöpfung eingeschlafen.

Am Morgen war sie aufgewacht, ins Wohnzimmer gegangen und er war weg gewesen. Aber er hatte einen Zettel hinterlassen:

Bin zu Ines, hatte eine Nachricht von ihr auf dem Handy. Bis später.

Nachdenklich hatte sich Matilda einen Kaffee zubereitet. Er hatte ihr auch noch eine Sprachnachricht auf dem Handy hinterlassen, dass er deshalb leider vor dem Frühstück zu Ines ins Hotel musste, weil sich Ines verabschieden wollte. Das hatte sie ihm geschrieben, auch dass sie doch heute schon abreisen wolle, um ihre Trennung in Frankfurt zu verdauen und die ganzen gebuchten Hochzeitsevents abzusagen.

»Tom kommt also gleich hierher?«, hakte Josy nach und schreckte Matilda aus ihren Gedanken.

»Was? Ja. Aber das kann dauern. Er verabschiedet sich von Ines.«

Sie nahm ihren Café con leche, nippte daran.

Cristian, der ihr gegenübersaß, sah sie forschend an. Als ehemaliger Notarzt hatte er sie heute früh noch mal untersucht.

»Warum ist eine Rauchvergiftung eigentlich so gefährlich?«, fragte Teresa.

Cristian erklärte: »Kohlenmonoxid bindet sich deutlich stärker als Sauerstoff an das Hämoglobin, also an den roten Farbstoff im Blut, der den Sauerstoff transportiert. Und so verdrängt er diesen. Dadurch kommt es zu einer Minderversorgung der Organe mit Sauerstoff, man nennt das auch ›inneres Ersticken‹.«

Teresa schlug sich die Hand vor den Mund. »Wie schrecklich! Da habt ihr alle drei ja riesiges Glück gehabt!«

»Wir haben Tom gehabt«, entgegnete Matilda. »Ohne ihn wäre Ariadna gestorben. Wäre ich allein zufällig zum Haus gekommen, hätte ich es wegen meiner Panik vor Feuer bestimmt nicht geschafft, sie rauszuholen, oder es wäre …«

Amelie unterbrach sie: »Matilda, das hat doch keinen Sinn, darüber zu grübeln, was gewesen wäre, wenn … Es wäre alles Horror gewesen. Ihr habt Glück gehabt, ihr habt Tom gehabt, er ist wirklich ein Held und das meine ich so.«

Liz und Josy gaben ihr recht. Liz sah ihren Cristian liebevoll an. »Und Picasso war auch ein Held.«

Cristian bestätigte lächelnd. »Gut, dass er mal wieder ausgebüxt ist.«

»O ja, er ist der tollste Esel auf der Welt. Er hat den Brand gerochen und uns dorthin geführt, sonst wären wir gar nicht näher zu Ariadnas Haus gefahren. Und er hat mich aus meiner Starre geholt mit seiner weichen, warmen Schnauze.«

Liz freute sich. »Er hat schon mehrere aus ihrer Starre geholt, Picasso ist wirklich ein besonderes Tier. Fast schon magisch.«

Josy sah das genauso. »Aber wirklich. Man darf Tiere nicht unterschätzen. Viele sind sehr intelligent. Delfine ja auch.«

»Ich bringe Picasso nachher ein paar Mohrrüben vorbei, die mag er doch so gern, nicht wahr?«, schlug Matilda vor. »Oder mit was kann ich ihm sonst eine Freude bereiten?«

»Mohrrüben sind perfekt, sie sind seine Leibspeise. Da wird er sich freuen. Hast du heute früh schon was von der Feuerwehr gehört, wie der Brand entstanden ist?«

»Ja, vorhin. Ariadna muss einen Topf auf dem Gasherd vergessen haben. Vermutlich lag etwas daneben, ein Handtuch oder so, was Feuer gefangen hat. Zum Glück ist es glimpflich ausgegangen, das Haus ist noch bewohnbar. Nur die Küche und der Flur müssen renoviert werden.«

»Oje«, entfuhr es Liz.

»Und was ich heute früh noch erfahren habe, von Alvaro, was wirklich traurig ist«, fuhr Matilda fort. »Der Hausarzt seiner Mutter hat ihm gesagt, dass er bei Ariadna schon länger eine Demenz diagnostiziert hat. Alvaro hatte nie Zeit, mit ihr zu ihm zu gehen. Der Arzt hatte ihr Briefe an ihren Sohn mitgegeben.

Die hat sie ihm aber nie ausgehändigt. Sie wollte es, so lange es ging, verheimlichen.«

»Sie ist dement? Oje, wirklich traurig«, stimmte Josy ihr zu.

»Vielleicht hat sie auch vergessen, Alvaro die Briefe zu geben«, warf Amelie ein.

»Das kann gut sein. Manchmal hab ich natürlich gemerkt, dass sie vergesslich wurde. Aber ich hab es auf das Alter geschoben. Das war ein Fehler. Ich war vorhin kurz bei ihr im Krankenhaus«, fuhr Matilda fort. »Sie hat sich sehr entschuldigt, dass sie den Unfall mit dem Fuß vorgeschwindelt hat, aber sie hat es nur getan, weil sie so Angst hatte, allein in dem großen Haus zu sein.« Matilda dachte an ihren Besuch im Krankenhaus. Ariadna lag im Krankenbett, blass und immer wieder hustend. Sie hatte Matilda gebeten, sich zu ihr aufs Bett zu setzen, hatte deren Hand in ihre genommen und sie fest gedrückt. »Es tut mir so leid«, hatte sie gesagt. »Weil ich Hilfe brauche und ihr partout nicht zu mir ziehen wolltet, hab ich es getan.«

»Das verstehe ich. Alles ist gut«, erwiderte Matilda.

»Nicht alles gut. Ich will in kein Heim, auf keinen Fall.« Ariadna traten Tränen in die Augen. Sie ließ Matildas Hand wieder los. Starrte aus dem Fenster. Sie schwieg, presste die Lippen zusammen, die bebten. Dann flüsterte sie: »Es war mir peinlich, zuzugeben, dass ich vergesslich wurde.«

»Das muss dir nicht peinlich sein, Ariadna, so geht es einigen«, erwiderte Matilda mitfühlend. »Aber ich kann mir vorstellen, dass es schwer ist, es zu akzeptieren.« Sie nahm die Hand ihrer Beinaheschwiegermutter in ihre. Einen Moment sagten beide nichts.

»Ich danke dir, du bist ein gutes Kind, Matilda. Und ich schäme mich, so oft so streng zu dir gewesen zu sein. Bitte, bitte, ich will zu Hause bleiben.«

Matilda schluckte, erklärte dann angerührt: »Ich rede mit Alvaro. Ich bin sicher, wir finden eine Lösung.«

»Bitte«, wiederholte Ariadna flehentlich. »Ich will zu Hause bleiben!«

Berührt beendete Matilda vor den Freundinnen ihre Erzählung, nippte erneut an ihrem Kaffee. Die anderen sahen sich betreten an. »Nur ist eine ausgebildete Pflegekraft jetzt noch nicht nötig und extrem teuer«, fuhr Matilda fort. »Irgendwie müssen wir es hinkriegen, dass Ariadna zu Hause bleiben kann, ohne dass ihr etwas geschieht. Selbst wenn Alvaro wieder ganz einziehen würde, wäre er ja trotzdem den ganzen Tag in der Glasbläserei.«

»Ja, das stimmt, es ist nicht so einfach. Die meisten älteren Leute wollen in ihrem Zuhause bleiben.« Teresa streichelte nachdenklich über ihren Bauch. »Versteh ich ja auch. Wobei es gute Heime mit liebevoller Betreuung gibt.«

»Die gibt es«, pflichtete Liz ihr bei. »Aber man weiß es eben nie vorher.«

»Dann haben wir Ariadna doch unrecht getan«, warf Josy ein. »Sie hat das mit dem Fuß nicht aus Egoismus oder fieser Absicht vorgespielt, ist also nicht die böse Schwiegermutter, wie sie im Buche steht, sondern es war die pure Verzweiflung, weil sie allein und einsam war. Und krank.«

Matilda gab ihr betreten recht. »Das tut mir so leid für sie. Aber jetzt, wo ich mit Alvaro nicht mehr zusammen sein will, kann ich doch nicht zu ihr ziehen.«

»Auf keinen Fall«, befand Amelie. »Aber sie braucht Hilfe. Wir müssen jemanden finden, der sie unterstützen kann im Alltag, damit nicht noch einmal ein Unglück passiert.«

In dem Moment trat Cecilia auf die Terrasse, freute sich, die jungen Frauen und ihren Enkel Cristian alle beisammen zu sehen. Die alte Frau grüßte herzlich, wuschelte Cristian über den Kopf.

»*Abuela*, bitte. Komm, setz dich zu uns, es gibt Schokokuchen von Josy«, sagte er.

»Da sag ich nicht nein«, erwiderte Cecilia. Cristian holte ihr einen Stuhl vom Nebentisch, sie ließ sich in den Korbstuhl sinken, der knarzte.

»Habt ihr von dem schrecklichen Feuer gehört?«, fragte Cecilia nach. Es hatte sich in Windeseile bis ins Dorf herumgesprochen. Die Freundinnen und Cristian erzählten, dass Matilda vor Ort gewesen war, dass der Brand durch einen vergessenen Topf entstanden war, von Ariadnas beginnender Demenz. Cecilia hörte entsetzt zu. »Die arme Ariadna. Ich kenne die Glasbläserfamilie nur etwas, aber egal wie viel Besitz man hat: Am Ende kann es jeden erwischen mit einer Demenz oder einer anderen Krankheit.« Sie starrte vor sich hin, Teresa gab ihr recht.

Plötzlich sah Cecilia wieder auf. »Wir Alten sollten zusammenhalten«, fügte sie jetzt nachdenklich hinzu.

»Was meinst du damit?«, hakte Matilda nach.

»Ich meine, dass mir eine Idee gekommen ist, wie wir ihr vielleicht helfen können. Meine Freundin Candela sucht verzweifelt eine bezahlbare Bleibe. Sie kann die Miete ihrer alten Wohnung mit ihrer mageren Rente nicht mehr bezahlen. Seit es immer mehr Feriendomizile gibt, wird die Miete für uns Mallorquiner ständig teurer. Sie ist rüstig und geistig fit, sie könnte in Ariadnas großem Haus leben und dabei ein Auge auf sie haben. Zumindest erst mal. Was meint ihr?«

»Das ist eine großartige Idee«, fand Matilda. »Eine Art Alten-WG. Und der Nachbar von Ariadna kann den beiden unter die Arme greifen, wenn etwas ist. Er hilft schon im Garten, war gerade nur nicht auf der Insel. Aber das kommt wohl nicht so oft vor, meinte Ariadna.«

Auch die anderen fanden es perfekt.

»Wie lange das gesundheitlich bei beiden gut geht, muss man sehen, aber so lange wäre es eine Lösung für beide«, fand Cecilia.

»Müssen sie nur noch zustimmen«, warf Amelie trocken ein. »Oft sind ja Leutchen in dem Alter nicht so offen für so was Neumodisches wie eine WG.«

»Wir fragen sie einfach«, schlug Matilda vor. »Besser als einsam sein. Und das Haus gefällt Candela sicher. Ich frage erst Ariadna und dann fragt Cecilia ihre Freundin Candela, in Ordnung?«

»In Ordnung.«

Cristian erklärte stolz: »Meine Großmutter hat immer die besten Ideen, deshalb liebe ich dich so, *abuela.*«

Gerührt nahm Cecilia seine Hand, drückte sie. »Und ich dich, mein Enkelsohn. Wie du die Finca und die Olivenfarm führst, mein Benito wäre stolz auf dich und so gerührt, dass du dort jetzt mit Liz wohnst.«

Cristian gab Liz einen Kuss und lächelte. »Mein Leben ist so viel reicher geworden seitdem.«

»Jetzt reicht's aber wieder«, beschwerte sich Amelie. »Was sollen wir Singles denn zu dieser ganzen Romantiknummer sagen.« Alle lachten. Amelie sah Matilda an. »Ist es mit Alvaro denn definitiv aus?«

»Ja, für mich ja. Nach allem, was geschehen ist, sowieso. Er ist mir jetzt die ganze Zeit aus dem Weg gegangen, er weiß es im Grunde. Ich will natürlich noch mal in Ruhe mit ihm reden. Aber ich bin mir sicher. Ich bin jetzt Single«, erwiderte sie und sah, wie sich Josy und Amelie Blicke zuwarfen. Rasch fuhr sie fort, auch um abzulenken, sie wollte in dieser großen Runde nicht weiter darüber reden: »Ariadna war traurig darüber, dass die Hochzeit nicht stattfinden wird. Ich habe ihr heute Morgen im Krankenhaus erzählt, dass Alvaro und ich keine Zukunft haben. Sie und ich haben inzwischen ein gutes Verhältnis. Die Zeit in ihrem Haus, die Ereignisse mit dem Brand, ihre Erkrankung und Einsamkeit, das alles hat sie mir nähergebracht. Sie ist mir jetzt sogar näher als vor ein paar Wochen, als sie meine Schwiegermutter werden sollte. Seltsam, oder?«

Liz nickte. »Schon. Man muss Menschen manchmal einfach besser kennenlernen, ihnen eine Chance geben, hinter die Fassade blicken. Mein Großonkel Alfonso hat ja genauso eine harte Schale, aber schon auch ein weiches Herz.«

Cecilia, die ihn kannte, wiegte den Kopf, als ob sie das bezweifelte. Sie lächelte jedoch dabei.

»Das stimmt, jeder hat das vermutlich«, erwiderte Matilda, dachte an ihren Besuch im Krankenhaus zuvor. »Ariadna war sehr sauer auf ihren Sohn, dass er sich keine Mühe mehr gegeben hat in unserer Beziehung. Sie meinte: ›Man muss immer an der Beziehung arbeiten, immer.‹ Sie hat selbst gemerkt, dass Alvaro die letzte Zeit distanzierter mir gegenüber geworden ist. Sie hofft, dass sie mich, auch wenn wir nicht heiraten, trotzdem noch öfter sehen wird.«

»Und was hast du gesagt?«, wollte Teresa wissen.

»Ich habe ihr versprochen, sie zu besuchen. Und das möchte ich auch und das werde ich. Soweit ich das mit meinem Laden und den Besuchen bei meinen Eltern unter einen Hut bekomme. Das weiß sie. Und Zeit mit euch will ich ja auch verbringen. Hach!«

Cecilia nahm eine der Gabeln, kostete von dem Schokokuchen und ließ ihn im Mund zergehen. »Ja, Zeit ist kostbar. Ich habe nicht mehr viel davon, da merkt man es erst recht. Deshalb sollte man sich die Zeit für gutes Essen nehmen. Das Leben ist zu kurz für schlechten Kuchen.«

Die Freundinnen lachten.

»Wirklich köstlich der Schokokuchen, Josy, ein wundervolles Rezept.« Sie zwinkerte ihr zu. Denn das Rezept hatte sie Josy, als diese auf die Insel gekommen war und ein kleines Café eröffnen wollte, gegeben. Ein altes Rezept ihrer Familie, die die Bäckerei im Dorf seit vielen Jahren führte.

Matilda ging es schon etwas besser durch die anderen, die für sie da waren. Und sie war jetzt zuversichtlich, dass sie in ihrem neuen, ungewohnten Leben als Single zurechtkommen würde. Sie hatte hier im Nordosten der Insel eine wundervolle Zweitfamilie mit den Freundinnen und Cecilia. Sie dachte an Tom. Was würde aus ihnen werden? Doch egal, wie es sich mit Tom entwickeln würde, sie war nicht allein und einsam wie Ariadna. Vor allem hatte sie auch noch ihre Eltern. Und dafür war sie sehr dankbar.

In der Nacht nach dem Brand hatte sie lange wach gelegen, konnte vor Adrenalin nicht schlafen. Sie hatte viel darüber nachgedacht, wie sie ihre Eltern noch mehr unterstützen konnte. Denn allein die aktuellen Einnahmen durch den Laden würden nicht reichen, war ihr klar geworden, nachdem sie in der Nacht sogar noch ein wenig Buchhaltung gemacht hatte. Es durfte auf keinen Fall so weit kommen, dass ihre Eltern den Orangenhain aufgeben mussten. Nur hatte sie immer noch keine Idee, wie sie das schaffen sollte. Sie wollte gleich im Laden am PC recherchieren, wenn keine Kundschaft da war. Matilda aß ihr Ensaimada zu Ende, trank ihren Café con leche aus und verabschiedete sich von den anderen. »Ich muss in den Laden.«

»In der Mittagspause Marketingtreffen?«, fragte Amelie nach.

Matilda zögerte. »Oh, eigentlich gern. Aber in der Mittagspause bin ich mit Tom zu einer kleinen Radtour verabredet. Soll ich das verschieben oder passt es euch auch kurz nach Feierabend?«

»Nach Feierabend geht klar. Okidoki.« Die anderen nickten.

Sofort wurde Matilda nervös, als sie an das Treffen mit Tom dachte. Er war sehr lange bei Ines gewesen, was, wenn er sie doch zu sehr liebte?

»Radtour mit Tom, sehr schön«, wiederholte Josy lächelnd.

»Und ich mach eine mit Freddy«, fügte Amelie grinsend an.

»Ach«, entfuhr es Teresa, sie lächelte. »Freddy? Was habe ich verpasst?«

»Nichts. Das ist der beste Freund von Tom und in zwei Tagen wieder in München. Ganz süß und lustig und man soll die Zeit doch genießen. Ende der Geschichte«, erwiderte Amelie trocken.

»Schau'n wir mal. Aber mit dem genießen, da hast du recht.« Teresa nahm einen Schluck entkoffeinierten Kaffee und lächelte. »Und man muss Menschen auch eine Chance geben, Amelie, vor allem Männern.«

»Teresa!«, schalt sie Amelie gespielt genervt. »Du hörst schon wieder Hochzeitsglocken, ich fass es nicht. Wie kann man nur so hyperromantisch veranlagt sein?«

Teresa lachte. »Ich glaube eben daran, dass jeder irgendwann einen passenden Partner findet.«

»Jeder außer mir«, fügte Amelie an. »Aber keine Sorge, Matilda, wir stalken euch nicht, wir fahren extra in die andere Richtung, falls wir zusammen losfahren sollten.«

Matilda lachte.

»Also, heute Abend Marketingbesprechung, da werfen wir alle Ideen zusammen, wie wir den Orangenhain halten können.«

Die anderen bestätigten.

»Ihr seid so lieb«, erklärte Matilda gerührt.

»Reiner Eigennutz, wir wollen schließlich weiter die leckere Orangenmarmelade deiner Mamá essen«, scherzte Amelie. Die anderen lachten.

»Also, viel Spaß bei der Radtour.« Amelie lächelte Matilda an.

»Über die Insel mit dem Rad, das bin ich als junges Mädchen auch gern gefahren«, verkündete Cecilia. »Mit über achtzig mach ich das nicht mehr. Also, genießt es, solange ihr jung seid.«

»Das tun wir.« Matilda umarmte Cecilia, die für sie wie eine Großmutter war. Sie duftete nach Lavendelseife. Und sie hatte wieder einmal so recht. Oft kam man sich mit Ende zwanzig schon alt vor, dabei lag das Leben, zumindest hoffentlich, noch vor einem.

# Kapitel 19

Tom hielt Ines im Arm. Sie standen im Hotelgarten ihres exklusiven Hotels im Schatten einer Palme. Roséfarbene Bougainvilleen rankten sich an einer weißen Mauer entlang. Er atmete Ines' vertrautes Rosenparfum ein. Sie hatte recht, man musste an Beziehungen arbeiten, manchmal machte man Fehler, aber wenn derjenige sie einsah, musste es auch möglich sein, zu verzeihen. Ja, sie hatte recht. Und dennoch konnte er es nicht verzeihen. Und vor allem: Er wollte es nicht. Er wollte nur eines, zu Matilda, *sie* in den Arm nehmen, *sie* riechen. Aber Ines klammerte sich an ihn, denn ihre Welt brach unter ihr zusammen. Es tat ihm unendlich leid, er hatte angeboten, befreundet zu bleiben, für sie da zu sein. Und er meinte es so. Aber nicht auf die Art, wie sie es sich wünschte.

Ihre Umarmung wurde fester. Sie streichelte ihm über den Rücken, immer tiefer, in Richtung Po, wie sie es gern tat, um ihn zu erregen. Stopp, dachte er. »Nicht«, flüsterte er und versuchte, sich zu lösen. Sie klammerte weiter, gab es dann aber nach zwei Sekunden auf, ließ ihn los, sah ihn an. Totenbleich, zutiefst traurig, voll Scham, verständnisvoll. »Ich könnte mich auch nicht mehr in den Arm nehmen«, bestätigte sie.

»Sag das nicht. Du musst dich immer selbst in den Arm nehmen können. Versprich mir das.«

»Okay, weiser alter Indianerhäuptling.« Sie lachte. »Nein, im Ernst. Du hast vollkommen recht. Vielleicht war das mein Problem. Ich hab mich von meinen Eltern nie richtig geliebt gefühlt, weil sie es nicht konnten, weil sie selbst Eltern hatten, die ihre Gefühle nicht zeigen konnten. Und sobald mich jemand liebt, werf ich mich in seine Arme, wie eine Ertrinkende. So auch bei meinem Ex. Ich habe gespürt, dass ich nicht die Eine für dich bin.«

Erstaunt und beeindruckt über ihre Offenheit sah er sie an. »Dann hast du das früher gemerkt als ich selbst.«

»Ist ja manchmal so.« Sie presste die Lippen zusammen. »Vermutlich wollte ich dich deshalb möglichst schnell heiraten, damit du es dir nicht anders überlegen konntest. Hat ja super geklappt.«

»Es tut mir so leid.«

»Danke, aber Mitleid hilft mir nicht. Vielleicht ist es ganz gut, wenn ich eine Zeit lang allein bin. Single sein hat viele Vorteile. Hey, ich bin von der letzten Beziehung gleich in die nächste mit dir gegangen, das ist nicht gut.« Sie sah ihn an. »O nein, entschuldige, ich wollte jetzt nicht sagen, dass du es mit Matilda nicht probieren sollst.«

»Nicht?«

»Nein. Ich mein, es ist immer besser, erst mal etwas für sich zu sein. Aber wenn einem ein Mensch begegnet, der es sein könnte, dann ist das nicht immer zum perfekten Zeitpunkt. Ich denke, du solltest es herausfinden, ob sie perfekt für dich ist. Und der Zeitpunkt perfekt. Zweimal perfekt wäre allerdings ein bisschen ungerecht für Leute wie mich, die in der Liebe immer Pech haben.« Sie lachte bemüht. Er hörte ihr aber an, wie traurig sie war.

»Du hast nicht immer Pech. Wir hatten doch eine tolle Zeit und das meine ich wirklich.« Er fuhr sich durchs Haar. »Keiner hat immer Pech. Auf Pech folgt Glück, denk immer dran.«

»Oder Doppelpech. Oder Dreifachpech.«

Sie lachten. »Nein, schon gut«, erklärte Ines tapfer. »Ich berappel mich schon wieder. Warte.« Sie zog das Ringkästchen aus ihrer Handtasche, die Ringe, die sie in Matildas Trauring-Workshop hergestellt hatten. »Die brauch ich nicht mehr. Willst du sie?«

Er zuckte überfordert die Schultern.

»Eigentlich war das ja ein Wink des Schicksals, dass du deinen Ehering nicht selbst anfertigen konntest. Sondern sie für dich.«

»Das stimmt. Irgendwie schon. Willst du deinen nicht wenigstens behalten?«

Sie zögerte, sah auf das Kästchen in ihrer Hand. »Also gut.« Dann sah sie Tom an. »Ich bin dir ja nicht böse. Ich versteh dich. Die Ehe meiner Eltern hat mit einer Lüge angefangen, meine soll das nicht.«

»Mit einer Lüge?«

»Meine Mutter hatte sich bei einer Reise in England verliebt, wollte sich trennen von meinem Pa, sie hatten aber die Hochzeit schon ausgemacht. Mein Vater hat sie unter Druck gesetzt. Es war also keine Liebesheirat, zumindest bei meiner Mutter nicht.«

»Verstehe. Kein guter Start. Vielleicht ist die Ehe überbewertet heutzutage, damals war sie sicher noch wichtiger.«

Ines nickte, presste wieder ihre Lippen zusammen, steckte das Ringkästchen wieder ein. »Also, werde glücklich, Tom, egal wie. Ich versuch es auch.«

»Danke, du bist eine tolle Frau, ein toller Mensch. Ich hoffe trotzdem, wir bleiben Freunde.«

Sie zuckte die Schultern. »Wir werden sehen.« Dann drehte sie sich schnell um und ging in ihr Hotel zurück. Tom sah ihr aufgewühlt nach. Hatte er das Richtige getan?

* * *

Matilda stand in ihrem Laden, sah auf ihr Handy und fragte sich, ob sie das Richtige tat. Sie wartete. Es war nach zwölf. Wieso kam Tom nicht? Hatte er es sich anders überlegt?

Nein, sie spürte, dass sie ihm vertrauen konnte, anders als bei Alvaro in letzter Zeit. Der hatte sie noch mal angerufen, war eben erneut bei seiner Mutter im Krankenhaus gewesen. Die Ärzte hätten gesagt, dass die Rauchvergiftung nicht stark sei, sie werde sich rasch erholen. Zumindest was das betraf. Mit ihrer beginnenden Demenz schien Alvaro überfordert, wollte sich aber in das Thema einlesen und fand Matildas Vorschlag einer Alten-WG zumindest überlegenswert. Wenn Ariadna so etwas wollte, das war natürlich die Voraussetzung. Und wenn Cecilias Freundin Candela dort nicht einziehen wollte, so fand sich sicher jemand, der froh wäre, kostengünstig in so einem schönen Haus mit Garten zu leben. Ariadna konnte auch umgänglich sein, das hatte sie die letzten Tage bewiesen. Ein bisschen dominant und sie gab gern Befehle, aber auch nahbar. Alvaro, der einer Aussprache mit Matilda seit ihrem Streit in seinem Büro aus dem Weg gegangen war, öffnete sich bei diesem Telefonat. Der Brand und die Sorge um seine Mutter schienen etwas in ihm angestoßen zu haben. Er war tief getroffen gewesen, in seinem Stolz verletzt, dass sie sich wirklich von ihm trennen wollte, das hörte sie ihm an. Auch war es ihm peinlich vor den Leuten im Dorf, verlassen worden zu sein. Matilda versuchte, ihm zu erklären, dass seine Lüge und die Fahrerflucht nicht ausschlaggebend seien für ihren Entschluss. Sie teilte all ihre Gedanken mit ihm und schlug ihm schließlich vor, offiziell zu sagen, dass sie sich einvernehmlich getrennt hätten. Sie würde das auch ihren Freundinnen erklären und Ariadna fand das sicher auch gut. Er zögerte, fand keine Worte, bedankte sich dann bei ihr. Ebenso dafür, dass sie sich weiter um seine Mutter kümmern wollte, so gut es zeitlich ging. Er klang überfordert, hatte hörbar einen Kloß im Hals. Matilda ging es auch nicht gut dabei, ihr tat er leid und sie versprach, auch weiter für ihn da zu sein, immerhin hatten sie so viele Jahre zusammen verbracht. Auch so viele schöne Jahre.

Das Telefonat hatte sie aufgewühlt. Sie blickte nachdenklich aus dem Fenster. Das Meer sah unruhig aus. Eine Kundin kam herein, erkundigte sich nach dem Trauring-Workshop und Matilda schöpfte Hoffnung, dass bald wieder etwas mehr Einnahmen reinkämen. Aber der Preis war der Kundin zu hoch. Da bereits das Material einiges kostete, konnte Matilda den Kurs nicht billiger anbieten, etwas musste sie ja damit verdienen. »Es tut mir leid«, erklärte Matilda ehrlich.

»Das muss Ihnen nicht leidtun. Ist doch klar, dass Sie etwas dabei verdienen müssen. Ich bin auch selbstständig, wissen Sie. Alle wollen immer alles umsonst. Mir tut es leid, dass ich das Geld nicht habe.« Sie sah auf ein Perlenarmband, das nicht teuer war. »Aber dieses hier nehme ich gern mit. Sie haben so hübsche Schmuckstücke, kreieren Sie die selbst?«

»Viele ja. Das Armband zum Beispiel.«

»Wunderschön. Was für ein toller Beruf! Und dann noch vor dieser traumhaften Kulisse.«

»Ja, ich bin sehr, sehr dankbar dafür.«

Die Kundin bezahlte, verabschiedete sich nett und ging. Nachdenklich sah Matilda ihr nach. Schon wieder hatte sich eine Biene in ihren Laden verirrt.

»O nein, Bienchen, da geht es raus.« Matilda ging um die Theke herum, nahm ein Papier, um der Biene den Weg zu zeigen. Gerade als diese wieder nach draußen flog, trat Tom ein. Sein Gesicht strahlte, als ginge die Sonne auf.

»Hey, da bin ich wieder«, sagte er leise, stand vor ihr, duftete so gut.

»Hey.« In Matildas Magen flatterte es. Am liebsten hätte sie ihn umarmt, aber sie wollte erst hören, wie der Abschied mit Ines gelaufen war. Ganz bestimmt fühlte er sich noch ziemlich durcheinander.

»Wie geht es dir?«, fragte sie nach.

»Das Gespräch mit Ines war schwer, aber okay.« Er lenkte ab. »Was möchtest du mir von deiner Insel zeigen?«

Sie hatten ausgemacht, dass sie sich etwas überlegte. »Das ist eine Überraschung. Oder magst du keine Überraschungen?« Wie wenig sie von ihm wusste.

»Doch, solange sie von dir kommen sowieso.« Tatsächlich hatte sie ihm eine bestimmte Bucht zeigen wollen, aber jetzt hatte sie eine andere Idee. »Mein Rad steht vor dem Laden.«

»Perfekt, meines lehnt sich dann wohl gerade an deines an.«

* * *

Matilda fuhr vor. Ein paar Tage zuvor hätte sie nie die Führung übernommen, wurde ihr gerade bewusst. Warum eigentlich nicht? Sie war immer hinterhergefahren, hinterhergelaufen, hinterher. Das war einmal, beschloss sie, als ihr der laue Fahrtwind um die Nase wehte. Vorne hatte man den viel besseren Blick, fühlte sich frei und schwerelos. Und man konnte das Tempo bestimmen. Sie spürte Tom in ihrem Rücken, genoss seine Blicke auf sich. Auch das hatte sie bisher nie gemocht. Dass ihr jemand auf den Hintern sah. Aber bei Tom war das etwas anderes. Es fühlte sich gut an, sie fühlte sich weiblich, begehrenswert.

Matilda radelte die Landstraße entlang, bog dann in einen kleineren Weg, den Olivenbäume säumten. So ging es eine Zeit lang weiter. Tom fuhr mit dem Rad immer wieder neben ihr, wenn der Weg breit genug war, lächelte sie an, sagte ein paar Worte, wie schön er die Landschaft hier fand, mehr nicht. Es fühlte sich richtig an. Es fühlte sich verbunden und eins an. Sie mochte sein Hobby, hatte vergessen, wie erfüllend Radfahren sein konnte, wie viel mehr man von seiner Umgebung und der Natur sah, und es war so viel besser für die Umwelt, als motorisiert unterwegs zu sein. Sie wollte ihren Wagen jetzt öfter stehen lassen. Der Weg von ihrer kleinen Wohnung zu den Läden am Meer war zwar nicht gerade kurz, aber wenn sie rechtzeitig mit dem Rad losfuhr, hatte sie gleichzeitig schon Sport gemacht. So wie heute Morgen. Sie war zu lange zu bequem gewesen, hatte ständig alles mit dem Auto unternommen. Was sich auf dieser Insel anbot, aber das Radfahren eben auch. Schon öfter hatte Matilda darüber nachgedacht, was sie dazu beitragen konnte, die Natur zu schützen. Denn der Klimawandel änderte so viel, wie man allein an den Extremwetterereignissen sah. Ihre Freundin Paula, zu der sie fuhren, hatte die Folgen der Klimaveränderung auch zu spüren bekommen. Viel zu sehr, dachte Matilda traurig.

Sie bog auf einen schmalen Weg ein, der gerade noch breit genug war, dass Tom wieder zu ihr aufschließen konnte. »Wo führst du mich hin?«

»Du bist ganz schön neugierig. Los, weiter geht's, tritt in die Pedale!« Sie fuhr schneller und lachte.

»Und du bist perfekt«, hörte sie ihn in ihrem Rücken sagen.

Sie musste lächeln. »Ganz sicher nicht. Wer ist das schon«, rief sie ihm zu, drehte sich dann wieder um und fuhr weiter.

Nach ein paar weiteren Kilometern ins Inland der Insel, vorbei an blühenden Oleanderbüschen, rosa Zistrosen und

Mandelbäumen, kamen sie an Paulas Grundstück an. Matilda bremste ihr Rad vor dem Gartentor ab. Paula und sie hatten sich in der Grundschule in Sollér kennengelernt, die Eltern ihrer Freundin wohnten nicht weit von der Finca von Matildas Eltern entfernt. Seit ein paar Jahren lebte Paula auch hier im Nordosten der Insel, hatte sich einen Lebenstraum verwirklicht und war eine der Inselimkerinnen Mallorcas geworden.

Tom las laut vor, was auf Deutsch auf dem Holzschild unter dem mallorquinen Wort stand: »Inselimkerin«. Er drehte sich zu Matilda. »Wie toll, dazu habe ich Ines nicht mehr überreden können, aber die mallorquinischen Schwarzen Bienen haben mich total interessiert.«

»Na dann. Zufällig ist die Imkerin eine alte Schulfreundin von mir. Sie lebt hier allein mit ihren Bienen.«

»Mitten in der Natur?«

»Fernab von den Menschen.« Matilda nickte vielsagend. »Paula liebt es, für mich wäre es nichts. So hat jeder seine Eigenarten. Und jeder hat schon einiges erlebt«, fügte sie vielsagend an.

Sie öffnete das Gartentor, das an das einer Ranch erinnerte. Dann schoben sie die Räder hinein. Ein paar Meter weiter stand eine alte Finca aus Natursteinen. Paula hatte sie selbst restauriert. Rote und weiße Geranien wuchsen in Terrakottatöpfen, ein alter Brunnen stand in der Mitte des Hofes vor der Finca.

»Das sieht ja hübsch aus hier«, stellte Tom beeindruckt fest.

»So ähnlich sieht die Finca meiner Eltern aus. Nur hat sie mein Vater renoviert, mit den Nachbarn zusammen, und diese hier Paula ganz allein.«

»Wow, beeindruckende Frau.«

Paula, eine schlanke, dunkelhaarige Frau trat aus der Tür der Finca, sah ihnen erfreut entgegen. »Matilda, wie schön!«

Sie trug ein sommerliches weißes Kleid, lief barfuß, hatte ihre Haare zu einem wilden Knoten hochgebunden, aus dem mehrere Haarsträhnen fielen.

»Wir überfallen dich, entschuldige«, erklärte Matilda auf Mallorquin. »Ich wollte ihm deine Bienen zeigen. Aber du hast ja kein Telefon.«

»Das stimmt, ich mag diese Dinger einfach nicht. Ich hab gleich einen Termin mit einem Kunden im Laden, aber du kannst sie ihm gern zeigen, du kennst dich ja aus«, erwiderte Paula ebenso in ihrer Sprache. Die Freundinnen gingen aufeinander zu, umarmten sich. Paula roch nach Honig und frischer Wäsche. Sie löste sich von Matilda und deutete auf Tom. »Und wer ist das eigentlich?«

»Hey, ich bin Tom«, stellte sich dieser selbst vor.

»Genau, das ist Tom.« Sie wechselten ins Deutsche. Paula spreche ein klein wenig Deutsch, weil sie immer mal mit deutschen Touristen zu tun habe, erklärte sie Tom.

»Verstehe, du sprichst gut Deutsch«, erwiderte Tom lächelnd.

»Danke, geht so.« Paula sah Matilda fragend an. »Woher kennt ihr euch?«

Matilda zögerte, sie konnte ja schlecht sagen, er war in ihrem Trauring-Workshop. »Das ist … kompliziert.«

Tom gab ihr recht.

Paula lächelte. »Ist ja auch egal. Endlich, Matilda.«

»Endlich was?«, hakte Matilda nach.

Paula flüsterte. »Du weißt doch, dass ich Alvaro nie so mochte.«

Matilda seufzte. Ein leidiges Dauerthema zwischen den Freundinnen. Paula kannte Alvaro von damals, mochte seine Art nicht, was dazu geführt hatte, dass sich die Freundinnen immer weniger gesehen hatten. Matilda hatte sich zwar bemüht, auch Paula des Öfteren gefragt, ob sie bei einer Unternehmung mitkommen wolle, aber da diese sogar einmal auf Gonzalez hereingefallen war, sagte sie jedes Mal ab. Gonzalez hatte ihr geschmeichelt, sie hatten sich geküsst und dann hatte er sich nie wieder gemeldet. Zwei Jahre später hatte sie sich erneut auf einen Mann eingelassen, war ein halbes Jahr mit ihm zusammen gewesen. Er hatte ihr die Hochzeit versprochen, sie dann aber sitzengelassen. Für Paula, die katholisch erzogen war, brach damals eine Welt zusammen. Seitdem hatte sie sich auf keinen Mann mehr eingelassen. Ein paar wenige Dates, die immer endeten, wenn der Mann mehr wollte. Paula hatte sich einen Schildkrötenpanzer zugelegt. Matilda hatte schon so oft mit ihr darüber gesprochen, ihr gesagt, dass es sich lohne, offen zu sein für die Liebe, aber sie konnte Paula nie erreichen.

Matilda erklärte ihr jetzt, dass sie mit Tom eine kleine Radtour gemacht hatte. »Ich wollte ihm etwas Besonderes von unserer Insel zeigen, etwas, was die normalen Touristen nicht entdecken. Und weil ich eine Schwarze Biene als Kettenanhänger entwerfen möchte, wollte ich ein paar Fotos von deinen Bienen machen. Und hier sind wir.«

Tom fügte hinzu: »Matilda hat mir von den Schwarzen Bienen auf Mallorca erzählt, von einer Freundin, die Inselimkerin ist. Ich bin Grafikdesigner und würde gern Bienen zeichnen. Und vor allem finde ich es klasse, dass du Honigbienen hast, auch die gibt es ja nicht genug.«

Paula lächelte ihn erfreut an. »Da bist du der erste Mann, der das erkennt. Sonst kommen immer Sprüche wie: ›Na, Maja, hast du auch einen Stachel wie deine Bienen?‹«

Sie rollte mit den Augen.

»Oje! Manche sind echte Idioten«, bestätigte Tom.

»Also, Matilda, zeig ihm gern die Bienenstöcke. Wollt ihr euch die Schutzanzüge anziehen oder haltet ihr genug Abstand?«

»Wir halten Abstand, oder?« Sie sah Tom fragend an, der nickte.

»Gut, dann bis gleich, ich bin im Laden.«

»Alles klar. Bis gleich.«

Matilda zückte ihr Handy. »Und ich mache dann ein paar Nahaufnahmen von Tierchen, die irgendwo auf einer Blüte sitzen. Damit ich sie besser gestalten kann.«

»Schöne Idee mit dem Kettenanhänger übrigens«, befand Paula noch. »Bekomme ich auch einen?«

»Auf jeden Fall.«

Paula ging in Richtung Laden und Matilda führte Tom auf eine Wiese hinter dem Haus. Matilda spürte Toms Nähe, immer wieder, wie zufällig, berührten sich ihre Hände.

Jetzt im Spätsommer sah die Wiese recht trocken aus, aber ein paar Blühpflanzen wuchsen dennoch. Mehrere Bienenstöcke standen auf einem Hügel.

»Hier finden sie genug Blühpflanzen«, erklärte Matilda und deutete auf die Bienenstöcke.

»Ja, perfekt«, entgegnete Tom. »Ich habe mal gelesen, dass eine Biene über tausend Blüten anfliegen muss für einen Tropfen Honig.«

»Stimmt, das hat Paula mal erwähnt.« Matilda warf Tom einen Blick zu. Sie spürte die Wärme, die er ausstrahlte, ihr wurde heiß.

Tom sah sich angetan um. Matilda beobachtete ihn. Wie interessiert er alles ansah! Vorsichtig näherten sie sich den Bienenstöcken, hielten aber respektvoll Abstand. Matilda sah eine Schwarze Biene neben sich auf einer gelben Blüte, ging in die Hocke, schoss ein paar Fotos von ihr.

»Sie sieht wunderschön aus.«

»Ja, das tut sie«, erwiderte er und als sie zu ihm aufsah, merkte sie, dass er sie sehnsüchtig ansah. In Matildas Magen zog es. Sie stand auf. »Wollen wir zu Paula in den Laden? Ich würde gern Honig kaufen. Er schmeckt köstlich und ich will sie unterstützen.«

»Sehr gern.«

Sie gingen zurück, nah nebeneinander, schweigsam, und wieder berührten sich ihre Arme oder Hände.

Paula verabschiedete gerade einen Kunden an der Tür zu ihrem Laden auf Spanisch. Der hielt eine Papiertüte in der Hand und bedankte sich bei ihr.

»Gern wieder«, sagte sie und winkte ihm kurz. Dann wandte sie sich an Matilda und Tom.

»Schon fertig?«

»Äh, ja, ich habe ihm von deinem Honig vorgeschwärmt.«

»Wir wollen beide Honig kaufen«, fügte Tom an.

»Wir?« Paula grinste. »Na, dann kommt mit rein. Es gibt eine kleine Verkostung.«

Tom ließ Matilda den Vortritt. Auch während der Verkostung sah er sie immer wieder von der Seite an, war sehr angetan von dem Honig. Beide kauften zwei Gläser.

»Und du kommst über die Runden?«, erkundigte sich Matilda.

»Ja, jetzt ja. Denn tatsächlich habe ich eine tolle Kooperation mit Touristen aus Deutschland gefunden. Sie wollten unbedingt Bienen-Adoptiveltern werden. Vier Familien haben inzwischen je einen Bienenstock adoptiert, eine Patenschaft dafür übernommen, zahlen mir dafür etwas und bekommen echten mallorquinischen Honig von den Schwarzen Bienen Mallorcas dafür. Sie sind ganz verrückt danach.«

»Toll«, fand Tom und Matilda gab ihm recht.

»Liebe Grüße an deine Eltern, Matilda.« Paula drückte sie kurz.

»Richte ich gern aus.«

Nachdenklich folgte sie Tom zu den Rädern. Das war es doch. Ihr Vater konnte Patenschaften für seine Orangenbäume vergeben. Vielleicht war das eine Lösung, um seinen Orangenhain und ihre Finca zu retten. Dazu ihre Unterstützung durch ihren Laden.

Als sie bei den Rädern angekommen waren, sah Tom sie an, suchte nach Worten. »Ich weiß, du musst zurück in deinen Laden, aber lass uns heute Abend zusammen ans Meer fahren. Ich möchte die verbliebene Zeit, die wir noch haben, mit dir verbringen.«

Sie rang mit sich. Wollte es auch, so sehr. Aber tat es dann nicht noch viel mehr weh? Und sie hatte das Marketingtreffen mit den Freundinnen ausgemacht. Sie erzählte ihm davon. »Danach, okay? Wir hatten ja jetzt auch nicht wirklich Zeit zu reden.«

Er sah sie alarmiert an, nickte. Sie setzten ihre Helme auf, fuhren los. An einer Weggabelung verabschiedete sich Matilda. »Zu den Läden am Meer geht es hier entlang. Dein Weg geht da lang.« Sie deutete in die andere Richtung. Wie sinnbildlich für ihre Situation.

# Kapitel 20

Kurz nach Feierabend trafen sich die Freundinnen auf der Terrasse von Josys Café zur Marketingbesprechung, darüber, welche Aktionen man starten konnte, um Matildas Eltern zu helfen.

Matilda hatte den Freundinnen gerade von ihrer Idee oder besser gesagt von Paulas Vorbild erzählt.

»Patenschaften für Orangenbäume, das hätte von mir sein können«, scherzte Amelie angetan. »Eine wirklich coole Idee. Eine Win-win-Situation, denn viele Touristen sind begeistert, wenn sie eine Kiste mallorquinische Orangen nach Hause geliefert bekommen. Und den Orangenhain vielleicht sogar schon live gesehen haben und den netten Orangenbauern. Oder eben auf seiner Homepage, die ich gern kreiere.«

»Ich danke dir.«

Liz schloss sich Amelie an. »Ich finde das auch großartig. Wenn man genau weiß, woher das Obst kommt und wen man damit unterstützt, zahlt man gern etwas mehr als für die Orangen aus Südafrika, die die Preise kaputtmachen.«

»Und das Klima machen sie auch kaputt bei dem langen Transportweg«, fügte Teresa hinzu, die auch gekommen war, um Matilda zu unterstützen.

Amelie hatte noch eine Idee. »Freddy hat ein bisschen an der Börse spekuliert und Gewinn gemacht, den er gern nachhaltig investieren würde. Ich werde ihm vorschlagen, einen Teil eines Orangenhains zu pachten. Er findet die Idee bestimmt supercool, kann dann öfter nach Mallorca kommen und selbst nach seinen Orangen sehen.«

»Nach seinen Orangen, soso. Win-win-Situation für euch, würde ich mal sagen«, erklärte Josy grinsend.

»Ha, ha! Nein, wir sehen alles eh ganz locker. Er ist bald wieder weg, ich bin hier. Punkt. Aber er ist cool und überarbeitet, steht kurz vor einem Burn-out. Ab und zu ein bisschen auf einem Orangenhain arbeiten tut ihm sicher gut.«

»Ja, ganz sicher. Und Orangenblütentee soll er dann trinken. Der wirkt beruhigend«, bestätigte Teresa.

Matilda bedankte sich bei allen. Fühlte sich selbst immer nervöser. Denn gleich würde Tom kommen und sie beide würden mit den Rädern zusammen zum Meer fahren. Sie spürte, dass sie sehr viel für ihn fühlte. Zu viel, um es jetzt zu beenden? Sie musste sich endlich entscheiden. Sollte sie sich auf ihn einlassen, trotz allem, was dagegensprach?

* * *

»Ich bin kein Typ für eine Fernbeziehung«, erklärte er, als sie am Meer saßen, die bloßen Füße im warmen Sand. Das Wetter hatte etwas umgeschlagen. Ein Sommergewitter bahnte sich an. Tom hatte wieder die Picknickdecke ausgebreitet, Wein, Brot und Tapas dabei. Sie hatten viel über Beziehungen geredet, über die Zeit, die man nach einem Beziehungsende vermutlich für sich selbst brauchte.

Matildas Magen zog sich zusammen. *Er* hatte sich also entschieden. Wieder einmal nicht sie. Und was noch schlimmer war: Er hatte sich *gegen* sie, gegen eine Fernbeziehung entschieden. Alles in ihr schrie plötzlich NEIN!

»Aber … ich kann als selbstständiger Grafikdesigner ja von überall arbeiten«, fuhr er lächelnd fort.

Erleichterung pur. »Du Mistkerl!« Sie boxte ihn in die Seite. Er lachte, wehrte sich spielerisch, kitzelte sie. Sie ließen sich beide auf die Decke fallen.

Matilda lag jetzt auf dem Rücken, schaute in den Himmel, an dem eine dunkle Wolke stand. Tom beugte sich über sie. Sah sie an, als wäre sie das Kostbarste, was er je gesehen hatte. Dann fiel sein Blick in den Sand. »Hey, ich habe doppeltes Glück!«

»Was, wieso?« Sie stützte sich auf die Ellenbogen.

Er hielt einen Schneckenstein in der Hand. »Das ist doch ein Schneckenstein, oder nicht?«

»Ja, das Gehäuse einer Meeresschnecke. Das ›Auge der Santa Lucia‹, er soll wirklich Glück bringen. Und er wird wie gesagt gern für Schmuck genommen, ist sehr typisch für Mallorca, ein tolles Andenken an die Insel, vor allem, wenn man ihn selbst am Strand gefunden hat.«

»Ich weiß. Du hast ja einige Ketten mit ›Augen der Santa Lucia‹ in deinem Laden. Fertigst du mir eine Kette mit diesem hier an? Mit einem Lederband? Als ›Beziehungsband‹?«

Überwältigt nickte sie.

»Ich meine, ich kann dir nichts versprechen«, fuhr er fort. »Aber ich möchte nicht von dir weg. Auch wenn es völlig verrückt ist.«

»Pschscht«, sie legte ihm einen Finger auf den Mund. »Es wäre falsch, es nicht zu versuchen. Und ich möchte endlich mal verrückt sein. Ich liebe die Freiheit, so wie du. Treue ist dabei dennoch das Wichtigste. Ich hoffe, eine Beziehung, in der ich freie Entscheidungen treffen kann, ohne den anderen zu verletzen, ist möglich, oder nicht?«

Er strahlte. »Perfekt. Genau das hoffe ich auch. Und natürlich ist Treue das Wichtigste. Und Vertrauen. Und ich vertraue dir, voll und ganz.«

Auch Matilda spürte wieder, dass sie diesem Mann vertrauen konnte, vollends.

Tom beugte sich zu ihr, sie näherte sich ihm, schloss ihre Augen, spürte seine Lippen auf ihren. Sie schmeckten nach Wein, nach Tom, nach mehr. Sie küssten sich vorsichtig und sanft und dann hielt es Matilda nicht mehr aus, sie legte ihren Arm um seinen Hals, zog ihn leidenschaftlich zu sich und küsste ihn, wie sie noch nie einen Mann geküsst hatte. Ein sanfter Sommerwind zog auf, plötzlich spürte sie Wassertropfen auf ihrer Stirn, ignorierte sie, aber dann regnete es immer mehr. Der Himmel hatte sich noch mehr zugezogen, ohne dass die beiden es bemerkt hatten, und ein erfrischender Sommerregen prasselte auf sie herunter.

Sie hielten lachend inne, sich zu küssen, Tom rief begeistert aus: »Das ist jetzt wirklich perfekt, dass es regnet.«

»Was ist denn daran perfekt, dass es regnet?«, fragte sie verwundert.

Anstatt zu antworten, nahm er Matildas Hand, zog sie hoch auf die Beine.

Sie öffnete lächelnd ihren Mund, sodass sie Regentropfen auffangen konnte.

Er sah sie angetan an. »Möchtest du mit mir im Regen tanzen?«

Matilda lachte. »Sehr gern.« Erleichtert legte er seine rechte, noch geschiente Hand vorsichtig in ihre Hand, umfasste mit der linken ihre Hüfte, begann mit ihr im Sand und im Sommerregen zu tanzen. »Du bist eine Frau, mit der man im Regen tanzen kann, *das* ist perfekt«, flüsterte er.

# Epilog

***Mallorca, ein paar Monate später, Anfang November***

Die reifen Orangen leuchteten in der Sonne, prall hingen die Früchte an den Bäumen, im Hintergrund das Tramuntanagebirge. Ihr Duft erfüllte den kleinen Orangenhain. Matildas Papá und Mamá standen Arm in Arm neben ihr, sahen in die fröhliche Runde, freuten sich, dass ihre Tochter so viele Freunde mitgebracht hatte, um bei der Orangenernte zu helfen. Matildas Papá erklärte gerührt. »Mein Kind, du hast so gute Freunde, das ist so viel wert.«

»Ich weiß, Papá. Das ist mir sehr bewusst.«

Sie drückte ihn kurz, sog seinen vertrauten Geruch ein. Tom und Eric waren gekommen, Josy, Cristian und Liz, Amelie, sogar Teresa mit den erst wenige Monate alten Zwillingen – zwei wunderschönen Mädchen –, mit ihrem Simon und seinem Sohn Max. Simon kümmerte sich rührend um seine kleine Familie, hatte Teresa einen Korbstuhl mitgebracht, damit sie mit den Babys im Schatten sitzen und allen zusehen konnte. Die beiden Mädchen lagen in Stramplern in ihren Armen, schliefen seelenruhig. Teresa hatte unbedingt dabei sein wollen und Simon hatte auch sofort angeboten, bei der Ernte zu helfen. Sein zehnjähriger Sohn Max war mit Feuereifer dabei, genoss es sichtlich, hier zwischen den Orangenbäumen zu sein.

Tom reichte Eric einen Korb für die Orangen. Eric bedankte sich, wandte sich an Matildas Eltern. »Also abgemacht, ich kaufe die mallorquinischen Orangen für meine selbst gemachten Schokoladenkreationen ab jetzt bei euch.« Matilda übersetzte.

*»Muchas gracias«*, bedankte sich ihre Mutter gerührt und auch bei Josy, die ab jetzt Orangenkuchen und Orangenmarmelade in ihrem Café anbieten würde. Natürlich von diesen herrlichen Orangen. Matilda umarmte Eric und Josy. »Ihr seid toll, vielen lieben Dank.« Eric küsste Josy und sie machten sich an die Arbeit. Matilda sah, dass Amelie, die an einem Baum neben Cristian und Liz pflückte, immer wieder nervös mit suchendem Blick in die Ferne sah. Sie wartete auf Freddy, der schon länger nicht mehr nach Mallorca gekommen war, aus geschäftlichen Gründen. Oder hatte er jemanden kennengelernt? Matilda hatte Tom gefragt, der wusste aber von nichts. Allerdings war er auch lange nicht mehr in München gewesen. Seine Singlewohnung dort hatte er aufgelöst und sich eine kleine Wohnung in der Nähe von Matildas genommen. Sie wollten es langsam angehen, sahen sich aber jeden Tag. Matilda hoffte sehr für Amelie, dass Freddy zur Ernte seines gepachteten Orangenhainstücks kommen würde. Aber selbst Tom, der seinen besten Freund gut kannte, wusste es nicht.

Eine Familie mit zwei Mädchen in Max' Alter, die bei Josy das Event »Orangen ernten in einem Orangenhain im Tal von Sollér« gebucht hatte, pflückte fleißig mit. All die Marketingideen der Freundinnen hatten in dieser kurzen Zeit schon einiges gebracht.

Matilda hatte die letzten Wochen noch ein paar Buchungen für Trauring-Workshops bekommen, dazu die Patenschaften für die Orangenbäume und Freddys Pachtvertrag, er hatte die Idee spitze gefunden. Das alles hatte ihre Eltern sehr erleichtert. »Erst mal müssen wir nichts verkaufen, dank dir und deinen Freunden«, hatte ihr Papá vor ein paar Tagen zutiefst erleichtert gesagt. Er sah in Richtung seiner Frau, die weiterarbeitete. »Mamá geht jetzt auch wieder an den Strand und trifft sich mit ihren Freundinnen, sie backt und kocht und ist so fröhlich wie früher.«

»Das ist so schön.«

Sie sahen beide zu ihrer Mutter, die gerade mit Josy lachte. Sie sah wirklich unbeschwert und glücklich aus. Und Matilda war es auch. Ihre Eltern hatten Tom sofort in ihr Herz geschlossen, drängten Matilda aber nicht, mehr über ihn und sich zu erzählen. Sie hatten eingesehen, dass ein Heiratsversprechen nichts brachte, dass das Leben aus Veränderung bestand und sich Menschen manchmal anders entwickelten, als man es erhoffte. Dass man sie dann ziehen lassen musste, ohne ihnen böse zu sein.

»Papá hat sich auch geändert mit den Jahren«, hatte ihr ihre Mutter kürzlich anvertraut. »Er ist ruhiger geworden, und manchmal ist er mir zu ruhig. Aber er ist immer noch gut zu mir und liebevoll und aufmerksam. Und er achtet mich und würde niemals etwas von mir verlangen, das mir nicht guttut. Ich liebe ihn.«

»Ach, Mamá, das ist so schön, ich freue mich so für euch beide.«

»Und ich danke dir, dass du uns unterstützt. Es ist mir sehr unangenehm, wie du weißt.«

»Das muss es wie gesagt wirklich nicht. Wir sind doch eine Familie.«

»Trotzdem. Ich verspreche dir, wir werden es irgendwie wieder zurückgeben, wenn wir können.«

»Das müsst ihr nicht. Seid einfach immer für mich da.« Matilda lächelte.

Jetzt fiel ihr Blick auf Max, dann auf die Familie mit den zwei Mädchen. Die Kinder waren mit Feuereifer dabei, die Orangen zu ernten, Max kicherte und hatte sichtlich Spaß mit den Mädchen.

»Max, das sind keine Bälle«, warnte Simon ihn nett.

Max, der gerade mit einer Orange werfen wollte, hielt ertappt inne. Dann ging er zu Teresa und den Zwillingen, streichelte kurz die kleine Hand des einen Babys. Auch Teresa, die viele schlaflose Nächte hatte, war erschöpft eingenickt.

Matilda ging zu ihrer Mamá. »Ich weiß etwas, wie ihr es mir ›zurückgeben‹ könnt.«

»Wie denn?«

»Seid einfach irgendwann mal für eure Enkelkinder da, das wünsche ich mir.«

»Bist du etwa …?« Ihre Mamá schlug die Hand vor den Mund.

»Nein, nein. Ich freue mich erst mal über Teresas Zwillinge und sehe mir das alles in Ruhe an – und gehe wieder, wenn mir das Schreien zu laut wird«, scherzte sie. »Ich habe ja noch Zeit und will die mit Tom in Zweisamkeit genießen.«

»Da hast du vollkommen recht«, erklärte ihre Mamá. Erstaunt sah Matilda sie an. Bis vor Kurzem hatte ihre Mutter noch unbedingt gewollt, dass Matilda ihnen ganz bald Enkel schenken würde. Ihre Eltern hatten sich in letzter Zeit durch all die Geschehnisse auch verändert, waren offener geworden in ihren traditionellen Ansichten. Das rechnete sie ihnen hoch an. Matilda besuchte sie jetzt öfter, sofern es ihre Zeit zuließ. Auch nach Ariadna sah sie ab und zu. Sie hatte das Gefühl, die Alten-WG mit Candela tat ihr gut. Die beiden Frauen hatten sich tatsächlich für diese Idee erwärmen können. Sie gerieten zwar hin und wieder heftig aneinander, aber Ariadna vergaß den Streit dann manchmal wegen ihrer fortschreitenden Demenz wieder und so klappte es wunderbar.

»Freddy!«, gellte ein Schrei durch den Orangenhain.

Amelie rannte an ihnen vorbei, auf Freddy zu, der ihr grinsend entgegenkam. Sie sprang ihm in die geöffneten Arme und er wirbelte sie im Kreis herum.

Matilda freute sich, warf Tom einen erleichterten Blick zu.

Freddy setzte Amelie wieder ab. »Da bin ich wohl gerade richtig gekommen, um meine eigenen Orangen zu ernten. Ich sehe jede Menge Orangen-Caipi vor mir!«, scherzte er.

»Hey, Großgrundbesitzer.« Tom trat zu ihm, umarmte ihn und klopfte seinem Freund auf den Rücken.

»Na, Alter, läuft's?«

»Und wie.«

Tom stellte Freddy Matildas Papá vor. Die beiden hatten zwar den Pachtvertrag über eine Parzelle des Orangenhains miteinander geschlossen, aber gesehen hatten sie sich bisher nicht.

*»Hola«,* begrüßte ihr Papá ihn. Da er kein Deutsch sprach und nur etwas Englisch, kam Matilda dazu, um zu übersetzen.

»Möchtest du etwas über den Orangenhain wissen, fragt mein Papá.«

»Na logo, alles.«

Ihr Papá freute sich sichtlich, als sie ihm das übersetzte. Er liebte es, über seine Orangen und seinen Hain zu erzählen. »Er ist schon seit Generationen in unserem Familienbesitz, die Bäume sind hundert Jahre alt.«

Freddy staunte. »Und wieso gibt es gerade in Sollér so viele Orangen?«

Max und die Mädchen waren neugierig nähergekommen. Matildas Papá war jetzt ganz in seinem Element und erzählte und Matilda übersetzte:

»Weil das Tal von Sóller umgeben ist von den hohen Bergen des Tramuntanagebirges. Hier sind sie geschützt wie in einem Kessel, abgeschirmt von Stürmen. Denn die mögen Orangen nicht, auch keine Kälte. Hier regnet es mehr, wir haben gutes Wasser aus den Bergen und ein Wasserleitsystem, noch von den Arabern erbaut. Die Mauren haben die Orangenbäume übrigens nach Mallorca gebracht. Das Wasser wird also aus dem Gebirge zu den *huertos,* den Orangengärten geleitet.«

Beeindruckt hörten Freddy und die Kinder zu. Auch die Eltern der beiden Mädchen unterbrachen die Ernte kurz und lauschten mit, freuten sich, dass die Kinder so aufmerksam waren.

»Ein *sequier,* ein Wasserverteiler öffnet und schließt jeden Tag die Zuläufe des Kanalsystems. So bekommt jedes Landgut Wasser zugeteilt. Und es ist alles bio bei uns. Keine Pestizide. Die Fruchtfliegen bekämpfen wir wie unsere Vorfahren. In eine runde Flasche werden Duftstoffe der weiblichen Fliegen gefüllt. Die Männchen fliegen in die Flasche, weil sie denken, da drin ist eine Frau, und kommen durch den engen Hals der Flasche nicht mehr heraus. Männer halt.«

Freddy lachte amüsiert. »Wie genial! Das ist ja mal ne richtig coole Geldanlage – wenn ich das meinen Münchner Kumpels erzähle!«

»Allerdings«, gab Tom ihm recht. »Alles perfekt hier, ich sag's doch.« Dabei sah er Matilda verliebt an.

Freddy knuffte ihn, bedankte sich bei Matildas Papá und ging mit Tom ein paar Schritte. »Sag mal, Alter, so verknallt hab ich dich ja noch nie gesehen.«

Tom lächelte, gab ihm recht. »Is' so. Und du? Amelie?«

Freddy zuckte nachdenklich die Schultern und lächelte Amelie an, die zu ihnen herübersah.

Matilda hielt eine Orange in der Hand, schnupperte an ihr. Wie herrlich sie roch! Wie schön das Leben sein konnte. Wie gut ein Neuanfang tat.

Sie spürte Tom neben sich, er küsste ihren Hals. Wie er duftete. »Na, geht's dir gut?«

»Und wie.« Sie drehte sich zu ihm, sah ihn an, diesen Mann, mit dem sie sich so viel vorstellen konnte, nahm sein Gesicht zwischen ihre Hände und küsste ihn.

# Danksagung

Liebe Leserinnen und Leser,

am liebsten wäre ich jetzt auf dem Orangenhain von Matildas Eltern im warmen Sommerwind, vielleicht geht es euch ja gerade genauso. Oder in Josys Café am Meer, mit Schokoladenkuchen, Café con leche und all den Freundinnen, die immer füreinander da sind.

Wenn »Inselperlen und Meer« euer erster Roman meiner Mallorca-Sehnsucht-Reihe ist, herzlich willkommen bei den Freundinnen am Meer. Wenn ihr Liz, Josy, Teresa, Matilda und Amelie schon kennenlernen durftet, wie schön, dass ihr wieder dabei seid.

Ich stelle mir beim Schreiben immer vor, eine der Ladenbesitzerinnen, eine von ihnen zu sein, auf dieser wunderschönen Insel zu leben und meine Zeit mit den Freundinnen, ihrer Ersatzgroßmutter Cecilia und Picasso, dem Esel, zu verbringen. Die beiden Letzteren dürfen natürlich nicht fehlen, auch die Männer, die in das Leben der Frauen getreten sind, und vor allem die Liebe.

Menschen verändern sich, erst recht in langjährigen Beziehungen, das habt ihr vielleicht auch schon erlebt. Ich finde es wichtig, sich das immer wieder bewusst zu machen, auch dass es positiv sein kann. Man sollte offen dafür sein, für das Leben, für Veränderungen, denn diese kommen auf jeden Fall und so bleibt alles spannend.

Ich hoffe, ihr habt eine nette Schwiegermutter, diejenigen, die eine haben. Ich habe eine sehr nette, inzwischen ist sie leider auch dement.

Oft verkennt man Menschen, muss ihnen eine zweite Chance geben und manchmal steckt mehr dahinter, wenn jemand unleidlich ist, als gedacht.

Ich danke wieder meinem Verlag Tinte & Feder und dem ganzen Team, allen voran meiner Editorin Jenny Brodski und meiner Lektorin Judith Zimmer, die die Reihe so wundervoll betreuen. Und natürlich meinen Freundinnen, die für mich da sind, und vor allem wie immer meinem Mann, meinem Erstleser, unseren großartigen Jungs, auf die ich sehr stolz bin, und Bonnie, unserem Hund. Sie erinnert mich ein bisschen an Picasso, denn auch sie spürt mehr, als wir denken. Sie ist ein Tröstehund und vor allem ein *happy dog,* der auch Fremde immer wieder zum Lachen bringt und alle glücklich macht.

Ganz besonders danke ich aber euch, meinen lieben Leserinnen und Lesern, die ihr mir die Treue haltet oder neu dazugekommen seid. Danke für eure Unterstützung, vor allem euch, meine lieben Bloggerinnen, danke für euer aller nettes Feedback, danke, dass es euch gibt und ihr meine Arbeit wertschätzt.

Das Schöne am Schreiben ist ja, dass man sich die Welt erfinden kann, wie sie einem gefällt, ein bisschen wie Pippi Langstrumpf. Man kann sich als Autorin Orte erschaffen, an denen sich alle wohlfühlen, und das habe ich mit den Läden am Meer gemacht. Ich hoffe, ihr habt die kleine Auszeit auf Mallorca mit Matilda auch sehr genossen. Wenn ja, dann würde ich mich wie immer über eine kleine Rezi freuen.

Die Romane der Reihe können alle unabhängig voneinander gelesen werden, in jedem Band der Reihe ist eine der Freundinnen die Hauptfigur und hat ihre eigene Liebes-, Freundinnen- und Familiengeschichte. Aber natürlich tauchen die anderen Mädels alle mit auf. Liz, Josy, Teresa, Matilda und Amelie freuen sich auf euch. Und im nächsten Band, im fünften Band, könnt ihr euch auf Amelies Geschichte und ihren Laden »Mandelduft und Meer« freuen, in der vielleicht Freddy wieder eine Rolle spielen wird, oder auch nicht, in der es um Düfte geht und sehr viel Meer.

Und jetzt gibt es gleich noch ein paar köstliche mallorquinische Rezepte aus diesem Roman, Matildas mallorquinische Lieblingstapas zum Nachkochen oder -backen, wie in jedem Band der Mallorca-Sehnsucht-Reihe. Vielleicht sollte ich die Rezepte mal in einem kleinen Rezeptband zusammenfassen, ich denke darüber nach, versprochen!

Herzlich
eure Anja Saskia Beyer

**Folgt mir gern im Internet:**

www.Anja-Saskia-Beyer.com (tragt euch gern in meinen Newsletter ein)
www.facebook.com/AnjaSaskiaBeyer
www.instagram.com/AnjaSaskiaBeyer

# Mallorquinische Inselperlen-Rezepte

## Orangen-Zitronen-Limonade von Matilda

**Zutaten**
1 Liter kaltes Wasser, mit oder ohne Kohlensäure
Saft von 2 Bio-Orangen, frisch ausgepresst
Saft von 1 Bio-Zitrone, frisch ausgepresst
2–4 EL brauner Zucker
½ Stängel frische Minze

Alles in einer Karaffe vermengen, gern etwas ziehen lassen, eventuell kühl stellen und genießen.

# Matildas Lieblingstapas

## Piementos de Padrón

**Zutaten**
250 g Piementos (kleine grüne Paprikaschoten)
50 g Olivenöl
15 g Meersalz

Die Piementos im Olivenöl circa 6–8 Minuten braten. Öfter wenden. In eine Schüssel geben und das Salz darüber verteilen.

# Gorgonzolabrote mit karamellisierten Mandeln

**Zutaten**
8 Scheiben Baguette
120 g Gorgonzola
30 g Butter
30 g Rohrzucker
30 g gehackte Mandeln

Butter und Rohrzucker erhitzen, bis der Zucker geschmolzen ist. Die Mandeln dazugeben, umrühren und auf Backpapier verteilen.

Die Brote mit dem Gorgonzola bestreichen und mit den karamellisierten Mandeln belegen. Die Brote bei 180 °C für circa 6–8 Minuten in den Ofen geben. Dadurch schmilzt der Gorgonzola und das Karamell der Mandeln wird weich.

# Paprika mit Ziegenkäse und Anchovis

**Zutaten**
2 Spitzpaprika
8 in Öl eingelegte Anchovis
80 g Ziegen- oder Schafskäse
Salz, Pfeffer

Die Paprika aufschneiden, vierteln und kurz in der Pfanne in etwas Olivenöl anbraten. Dann auf Backpapier verteilen. Den Ziegenkäse auf den Paprikavierteln verteilen, salzen und pfeffern und 20 Minuten bei 180 °C im Ofen backen. Anschließend die Anchovis auf die Paprika legen und servieren.

# Mallorquinische Orangenmarmelade von Matildas Mamá

**Zutaten**
2 kg Bio-Orangen
600 g feiner Zucker
Saft von 1 Bio-Zitrone, frisch ausgepresst

Orangen mit warmem Wasser waschen, ungeschält in dünne Scheiben schneiden, mit Zucker und Zitronensaft in einem Topf bei mittlerer Hitze circa 60–90 Minuten köcheln lassen.

Die Orangenmarmelade heiß in Einmachgläser füllen und sofort verschließen.

## Freddys Orangencaipi

**(Für Genießer ab 18 Jahre!)**

**Zutaten für eine Person**
5 cl Cachaca
1 cl Limettensaft
2 Barlöffel Rohrzucker, weiß
1 Bio-Zitrone
1 Bio-Orange
Crushed Ice

Orange und Zitrone mit warmem Wasser waschen und ungeschält achteln. Die Stücke ins Glas geben, den Rohrzucker und den Saft der Limette dazu, umrühren, mit Crushed Ice auffüllen und Cachaca dazugeben. *Salud.*

## Bon profit! (Guten Appetit auf Mallorquin)

# Folge der Autorin auf Amazon

Wenn dir dieses Buch gefallen hat, folge Anja Saskia Beyer auf Amazon. Dann erhältst du eine Benachrichtigung, wenn der Autor/die Autorin sein/ihr nächstes Buch veröffentlicht. Um dem Autor/der Autorin zu folgen, gehe bitte folgendermaßen vor:

## Desktop:

1) Suche auf Amazon.de oder in der Amazon App nach dem Namen des Autors/der Autorin.
2) Klicke auf den Namen des Autors/der Autorin, um auf die Autorenseite zu gelangen.
3) Klicke auf den »Folgen«-Button.

## Smartphone und Tablet:

1) Suche auf Amazon.de oder in der Amazon App nach dem Namen des Autors/der Autorin.
2) Klicke auf einen Titel des Autors/der Autorin.
3) Klicke auf den Namen des Autors/der Autorin, um auf die Autorenseite zu gelangen.
4) Klicke auf den »Folgen«-Button.

## Kindle eReader und Kindle App:

Wenn du dieses Buch auf einem Kindle eReader oder in der Kindle App liest, wird dir automatisch angeboten, dem Autor/der Autorin zu folgen, nachdem du die letzte Seite des Buches gelesen hast.